河北师范大学人文社会科学研究学术著
河北师范大学人文社会科学研究博士（后）

文本阐释与理论观照——20世纪70年代以来外国文学专题研究系列丛书

总主编　杨金才

论朱利安·巴恩斯小说的身份主题

李　颖　著

南京大学出版社

序　言

李颖2016年博士研究生毕业获博士学位，2017年赴英国约克大学访学一年，2018年获国家社会科学基金立项，如今又将出版专著，作为导师，我对他近年来在学业和事业上的发展和进步感到欣慰。

李颖的专著《论朱利安·巴恩斯小说的身份主题》（以下简称《身份主题》）是在博士论文基础上拓展而成，主要聚焦当代英国著名作家朱利安·巴恩斯小说的身份主题研究，分别从性别、种族和民族三个维度阐释了巴恩斯小说身份主题的政治意识形态内涵。这是颇具创新性的研究。首先，它突破了国内外巴恩斯研究多注重其后现代主义创作风格和形式技巧的论述。因创作了《福楼拜的鹦鹉》、《10$\frac{1}{2}$章世界历史》等颇具后现代特征的小说，巴恩斯早被贴上了后现代主义作家的标签。相应的，国内外巴恩斯研究也主要讨论其小说的后现代特征。但《身份主题》另辟蹊径，着重考察巴恩斯小说的思想性和政治性，这无疑是一次突破性的尝试。其次，《身份主题》提出了巴恩斯小说身份书写的多维性，并阐明其中包含的女性主义意识、东方主义思想和英国中产阶级价值及其审美意识等思想内涵。这些观点比较有创新性。从某种意义上说，《身份主题》是对巴恩斯小说的重新认识和评价，拓展了巴恩斯小说的研究空间。

《身份主题》最突出的特点是强调文学文本的整体性和关联性。它尽可能地把巴恩斯所有小说作为研究对象，既阐释巴恩斯的《福楼拜的鹦鹉》《10½章世界历史》等名著，又将《凝视太阳》《你我邂逅之前》等出版多年但不被批判界重视的小说纳入研究的视野，甚至还及时关注巴恩斯的最新之作。2016年，巴恩斯推出新作《时代的噪音》时正是李颖论文即将定稿之际。李颖得知后，很快托人买到，并把相关研究写入论文，他不愿自己的研究因错过而留下遗憾。在具体的论证中，《身份主题》不是空洞的说理，而是深入的文学文本解读，全书充满了细致入微的分析和阐释。同时，文本的阐释也非局限于单部作品，而是将多部小说关联起来，形成一个强有力的阐释链，确实做到了言之有物，言之有理。值得一提的是，《身份主题》的文本阐释和联系甚至延展到巴恩斯的短篇小说以及非虚构作品，像《跨越海峡》《脉搏》《透过窗户》《论艺术》等多部作品均被论及。可以看出，李颖在巴恩斯的作品研究方面确实下了一番功夫。

《身份主题》不只重视文学文本的研究，影响文学生产的重要因素也是其考察的重点。文学总是产生于一定的社会历史和文化之中，它既要反映时代，也受制于社会历史。作者作为文学的直接生产者与作品也存在不可割裂的密切关系。《身份主题》将巴恩斯创作的历史语境，以及巴恩斯的个人经历和思想观念，纳入了研究视域。在性别身份的讨论中，《身份主题》将小说的性别意识和性向问题与传统的性别认识、英国的女性主义思潮，以及巴恩斯成长的家庭环境等因素很好地关联起来进行论证。同样，英国社会的乡村与城市观念、巴恩斯个人的阶级认同和价值观念等因素，也与巴恩斯小说的民族身份表征进行了联系和讨论。正是这种文学与文学生产之间互动关系的建立，强化了《身份主题》对文本的阐释，深化了所讨论的主题和观点,增强了著作的合理性和说服力。

  新颖的视角和观点、全面而系统的文学文本定位、作者和历史文化的在场,成就了李颖的第一部学术著作。在国内巴恩斯研究专著稀缺的情况下,它的面世对巴恩斯文学爱好者和研究者来说无疑是一件幸事。衷心祝贺李颖,也期待他产出更多、更好的学术成果。

杨金才

2020 年 6 月于南京大学侨裕楼

目　录

导　论 …………………………………………………… 1
第一章　变装表演——巴恩斯小说中的性别身份与性取向
　　　　 …………………………………………………… 52
　　　第一节　穿上女装的男人 …………………………… 54
　　　第二节　披上男装的女人 …………………………… 83
　　　第三节　性取向表演 ………………………………… 105
第二章　东方的他者化——巴恩斯小说的种族身份书写
　　　　 …………………………………………………… 124
　　　第一节　作为外他者的东方人身份建构 …………… 125
　　　第二节　作为内他者的东方人身份建构 …………… 153
第三章　英格兰性的想象——巴恩斯小说的民族身份认同
　　　　 …………………………………………………… 178
　　　第一节　内部观照：解构乡村神话，突显中年
　　　　　　　阶级意识 ………………………………… 179
　　　第二节　外部观照：突显英法差异，坚守英格兰
　　　　　　　民族个性 ………………………………… 204
结　论 …………………………………………………… 233
参考文献 ………………………………………………… 244
后记（一） ……………………………………………… 266
后记（二） ……………………………………………… 270

导　论

朱利安·巴恩斯(Julian Barnes，1946—　)是当代英国著名小说家，与伊恩·麦克尤恩、马丁·艾米斯一起被称为当代英国文坛"三巨头"，又常因其写作风格各异的小说被贴上"变色龙"①的标签(Schiff 61)。巴恩斯出生于英格兰的莱斯特(Leicester)，毕业于牛津大学，曾经担任《牛津英语词典增补版》(*Oxford English Dictionary Supplemment*)编辑，做过《新政治家》(*New Statesman*)和《星期日泰晤士报》(*Sunday Times*)等报刊的撰稿人以及《观察家》(*Observer*)等杂志的电视评论员，担任过《纽约人》(*New Yorker*)杂志驻伦敦的通信记者。他在文学创作方面起步较晚，34 岁才发表第一篇小说《地铁通达之处》(*Metroland*，1980)，但他勤奋耕耘，坚持创作，成绩斐然。巴恩斯迄今已出版 10 多部小说，其中包括《福楼拜的鹦鹉》(*Flaubert's Parrot*，1984)、《凝视太阳》(*Staring at the Sun*，1986)，《10½章世界历史》(*A*

---

①　这一称谓来自斯道特(Mira Stout)。斯道特在 1992 年刊于《纽约时代杂志》(*New York Times Magazine*)的《变色龙作家》("Chameleon Novelist")一文中称巴恩斯"英国文学的变色龙"("the chameleon of British letters")(Groes and Childs 2)。

History of the World in 10½ Chapters，1989)、《英格兰，英格兰》(England，England，1998)、《亚瑟与乔治》(Arthur & Gorge，2005)、《终结的意义》(The Sense of an Ending，2011)和《时代的噪音》(The Noise of Time，2016)。此外，他还著有《跨越海峡》(Across the Channel，1996)、《柠檬桌》(The Lemon Table，2004)、《脉搏》(Pulse，2011)等3部短篇小说集以及《透过窗户》(Through the Window，2012)、《生活的层级》(Levels of Life，2013)和《论艺术》(Keeping an Eye Open：Essays on Art，2015)等多部非虚构类文集。

巴恩斯凭借卓越不凡的文学天赋赢得一系列嘉奖，其中包括"杰弗里·费伯纪念奖"(1985)、"福斯特奖"(1986)、"古腾堡奖"(1987)、"莎士比亚奖"(1993)及法国"美第契外国作品奖"(1986)和"费米娜外国小说奖"(1992)。2011年，巴恩斯凭借新作《终结的意义》荣获布克奖。此前，他曾因《福楼拜的鹦鹉》、《英格兰，英格兰》、《亚瑟与乔治》三次被提名，但均未能折桂。此外，他还荣获法兰西艺术文化勋章以及大卫·科恩英国文学终身成就奖。巴恩斯完全配得上这样的评价："在天赋卓然的一代作家中，朱利安·巴恩斯可能是最为多才多艺和最具气质的作家。"(Groes and Childs 1)

巴恩斯小说继承了由伍尔夫和乔伊斯等现代派经典作家所开创的实验传统，他大胆创新，敢于突破小说与其他文类之间的界线。《有话好好说》(Talk it Over，1991)及其姊妹篇《爱及其他》(Love & etc，2000)由三个主人公的话语组成，形式如戏剧的对白，没有小说的情节安排和人物塑造。《10½章世界历史》虽然以"历史"命名，但里面却是十个看似毫不相干的小故事，其中夹杂着法律文书和评论等文本形式，而所谓的半章又是一篇关于爱的论文，其怪异的形式远远超出了传统小说可以定义的范围。同样，《福楼拜的鹦鹉》既有个人传记的特质,又有虚构的故事,巴恩斯将有关福楼拜的个人生活、评价、作品摘录,以及有关福楼拜的文学试卷等分别置于不同的章节,成为小说的主体,并在其中穿插着叙事人寻找福楼拜写作用过的鹦鹉的故事以及叙事人的情感故事。这两部小说因为各自独特的形式,被看作后现代小说的经典之作。巴恩斯的这种文类交叉杂糅的创作风格在新作《生活的层级》中相当明显。该作品由三部分构成,第一部分是有关早期热气球飞行以及高空摄影的历史纪实,第二部分是一个虚构故事,第三部分则是巴恩斯个人生活纪实,这三个部分相对独立,而又彼此相连,使得历史、虚构和现实形成对话,你中有我,我中有你,匠心独特,意义深远。巴恩斯不愧为"小说形式的革新者"(Guignery, "Fiction of Barnes" 1)。除了形式的革新,巴恩斯小说也注重内容的创新。

巴恩斯小说内容涉及历史、记忆、身份、真实等诸多问题,饱含作者对人类社会的敏锐观察和体悟。巴恩斯关注人类知识和经验,揭示和追求真理。《地铁通达之处》涉及青少年到成年的种种问题,如叛逆、性好奇、友谊、初恋、失真、婚姻等;《福楼拜的鹦鹉》既有对福楼拜的客观叙述,更有作者对历史、真实与虚构,以及生活与艺术关系的深入思考;《英格兰,英格兰》将个人、记忆、历史和身份等问题联系起来进行探讨,试图揭示它们之间的复杂关系。在巴恩斯看来,小说"为我们提供了一些美丽的、有条理的谎言,它包含坚实的、确切的真理。这就是它的自相矛盾、宏伟壮观、富有魅力之处"(瞿世镜408)。的确,巴恩斯小说的魅力也在于用艺术的谎言揭示生活的真理。

正是坚持形式和内容的创新,巴恩斯小说给当代英国文坛带来了活力。他相信艺术的生命力,他曾经说过"好久以来,人们周期性地宣告上帝的死亡和小说的死亡。这都是危言耸听。由于上帝是人们虚构故事的冲动创作出来的最早的、最好的艺术形象,我愿意把赌注压在小说上——不论它是何种变异的文本——我相信小说的寿命甚至会超过上帝"(瞿世镜 408)。可以说,巴恩斯"在悲观言论面前的无所畏惧、积极创新以及对人性人情的普遍关注"(王守仁、宋艳芳 98),用一本本风格独特的小说,在虚构故事的冲动中,揭示了人生的真理,不仅给所谓"死亡的小说"起到了"捶胸吹气"的作用,也为戴维·洛奇所谓徘徊于"十字路口"的英国小说注入了新鲜的血液。这也是本论文选择巴恩斯作为研究对象的重要原因之一。

巴恩斯小说研究大致始于 20 世纪 80 年代末,迄今产生了不少学术成果,包括近百篇学术论文和 5 部专著,研究范围涉及作品形式、内容、叙事、风格等多个方面,研究突出特点是,论者大都将巴恩斯小说置于后现代语境,揭示作品的后现代特征和思想主题,所采用的理论和角度多样,主要包括新历史主义、后现代叙事、符号学、女性主义等,研究对象主要集中于《福楼拜的鹦鹉》、《10½章世界历史》和《英格兰,英格兰》等三部后现代特征较为突出的作品。

到目前为止,据本研究掌握的资料和数据,国外已有近百篇研究巴恩斯小说的学术论文。这些文章有三分之二研究的对象是《福楼拜的鹦鹉》、《10½章世界历史》和《英格兰,英格兰》这三部作品。研究《英格兰,英格兰》的文章绝大多数运用后现代身份的相关理论讨论英格兰性,而关于《10½章世界历史》和《福楼拜的鹦鹉》的评论文章探讨的话题更为丰富。首先这两部作品的文类问题一直受到论者的关注。由于两部作品存在大量非小说元素,究竟如何将它们归类,这样的创作是否可称为小说,一直是争议和讨论的焦点。有论者认为这些非小说因素的存在拓宽了小说的界限,但反对者却质疑巴恩斯的小说观,认为像《福楼拜的鹦鹉》和《10½章世界历史》这样的作品不是小说而是论文集。例如约翰·梅勒斯认为《福楼拜的鹦鹉》根本就不是小说,而是关于福楼拜的论文集,它似乎不是巴恩斯写的,而是他笔下人物所为。但是多数批评家更倾向于将它视为"不可归类的文学作品,而不关心它是否符合对小说的某种预先界定"(Holmes 146)。面对《10½章世界历史》文类的混杂、叙事不连贯、缺乏统一情节、时序断裂等问题,评论者同样莫衷一是。大卫·塞克斯顿评论说:"巴恩斯写的书看起来像小说,在书架上也是小说,但打开它们,你就会发现它们又是一些别的东西。"(Guignery,"Fiction of Barnes" 61)有评论者讽刺说这部作品既像历史,也像小说:"正如被称为小说一样,它也可以命名为'一部世界历史'。"(Holmes 149)而欧茨却说它"既不如其面世所署名的那样是小说,也不像其书名显示的那样是轻轻松松的通俗世界历史",而是"散文作品的集合,一些是虚构的,其余更像是论文"(149)。也有论者认为,它不是严格意义上的小说,但却是"一部重要的小说",因为它拥有当代小说宣言中必要的因素,即后现代自我意识。虽然论者各执一词,但作为作者,巴恩斯自有定论,它们都非小说莫属:"除了小说,我不可能把《福楼拜的鹦鹉》视为其他任何形式。我认为如果你将其中虚构的基本结构抽出,它就会崩塌"(Freiburg 49);《10½章世界历史》"这部小说有整体的构思和整体运作。其中的事件有厚度和深度。如果你不喜欢,它就是短篇小说集。如果你喜欢,它就是小说"(Cook 10)。在经历了《福楼拜的鹦鹉》带来的争议之后,面对《10½章世界历史》引发的争议,巴恩斯有些生气地说:"我现在要说的是,我是小说家,如果我说它是小说,它就是。"(Lawson 36)其实,这些争议,无论来自论者还是作者本人,都已经超越了这两部作品本身,再次将"何为小说"的本体论问题提了出来,他们的观点不仅为解读巴恩斯的小说提供了借鉴意义,也有助于更好地理解小说这一文类本身。

也有论者关注这两部作品的叙事问题,讨论的焦点主要是叙事声音、多重叙事、叙事的自我意识等。其中威尔森(Keith Willson)的研究具有一定的代表性,他讨论了《10½章世界历史》和《福楼拜的鹦鹉》中的叙事声音,主要把作者的声音等同于两部作品中的叙述者的声音,进而回答了为什么读文本还不够,还要去追寻作者:"我们追寻作者,因为作者通过其不可回避的文本存在,邀约我们这样做。"(363)此外,艾玛·考克斯(Ama Cox)在《且慢,要隐藏自身":〈福楼拜的鹦鹉〉的隐藏叙述者》("Abstain, and Hide Your Life: The Hidden Narrator of *Flaubert's Parrot*")一文里指出,《福楼拜的鹦鹉》在表面的叙事之下隐藏着另一个叙事,即"布莱斯维特对福楼拜的兴趣与他自己生活中的创伤密切相关——尤其是关乎他妻子艾伦的出轨和自杀","在向我们讲述各色人物的同时,布莱斯维特交替着用福楼拜的世界作为逃避创伤和试图理解创伤的手段"(53)。希格顿(Higdon)在《"没有表白的表白":格雷厄姆·斯威夫特和朱利安·巴恩斯小说的叙事人》一文中称布莱斯维特是"不情愿"的叙述者而非"不可靠"的叙述者,因为他的跑题和打岔不是出于不信任,而是源于失落带来的痛苦(Holmes 147)。这些文章为理解巴恩斯的叙事方式和策略以及作品的结构提供很高的参考价值。

就内容而言,历史成为大多数文章关注的重点,而且多与后现代历史观结合进行讨论。其中,具有代表性的论文是杰基·布克斯顿(Jackie Buxton)的《朱利安·巴恩斯的(10½章)历史主题》["Julian Barnes's Theses on History (in 10½ Chapters)"],该文在关注历史的文章中已成为重要的参考文献,被频繁引用。它以本雅明的历史哲学为参照,审视了作品中引用和重复的事件,阐明了巴恩斯如何使人类历史变成了闹剧或"熏人的嗝",认为《10½章世界历史》"大笔勾画着格格不入的历史","挑战经典历史主义的乐观原则"(59),"是又一个历史终结的宣言"(61)。此类文章还包括巴瑞恩·费尼(Barian Finney)的《一个小虫子的历史视角:评朱利安·巴恩斯的〈10½章世界历史〉》,格雷戈里·杰·鲁宾森(Gregory J Rubinson)的《历史的类型:朱利安·巴恩斯的〈10½章世界历史〉》。当然,也有人反对从后现代的角度解读巴恩作品的历史主题。麦克·古德(Mike Goode)反对罗伦特·米勒斯等将《福楼拜的鹦鹉》视为"后现代小说教科书"(a cult text of post modern fiction),他在《探寻捕捉:朱利安·巴恩斯、让-保罗·萨特与后现代状况的欲望》("Knowing Seizures: Julian Barnes, Jean-Paul Sartre, and the Erotics of Postmodern Condition")一文中声称这部小说是关于"历史捕捉",即"我们怎样捕捉过去",认为"巴恩斯这部不同寻常的小说与关于后现代主义的学术话语相去甚远,尤其有别于关于后现代伦理的话语"(166),"批评家们对小说探究历史欲望的沉默,反映了整个当代历史书写研究对这一主题更为广泛的沉默"(167);尼尔·布鲁克斯(Neil Brooks)和艾丽卡·哈特雷(Erica Hateley)也认为《福楼拜的鹦鹉》中的布莱斯维特虽受困于多元与不确定的后现代世界,但却试图寻求现代主义的秩序和确定性"(Holmes 147)。这些反对的声音在一定程度支持了巴恩斯本人的态度,尽管被评论界贴上了"后现代作家"的标签,但巴恩斯却不予承认。这既表明他不愿被贴标签,同时也暗示仅用后现代主义阐释他的作品是不够的,我们还须扩大研究视野,古德等人的研究便是最好的启示。

关于这两部作品,也有少量文章讨论其中涉及的自然、地理等方面。例如,丹尼尔·肯德尔(Daniel Candel)的《论朱利安·巴恩斯小说〈10½章世界历史〉的女性化自然》("Nature Feminised in Julian Barnes's *A History of the World in 10 ½ Chapters*")专门讨论自然女性主义,莱昂内尔·科利(Lionel Kelly)的《海洋,港口,城市:朱利安·巴恩斯的小说〈10½章世界历史〉》("The Ocean, The Harbour, The City: Julian Barnes's *A History of the World in 10 ½ Chapters*")关注地理景观,詹姆斯·斯科特(James Scott)的《作为程式的鹦鹉:〈福楼拜的鹦鹉〉中意义的无限延迟》("Parrot as Paradigm: Infinite Deferral of Meaning in '*Flaubert's Parrot*'")讨论作为符号的"鹦鹉"的意义。凡此种种。

除此之外,真实与虚构、后现代幻象、记忆与历史等也是关注的焦点。在这些方面《英格兰,英格兰》更受关注。比较有代表性的文章包括米拉基(James J. Miracky)的《复制恐龙:迈克尔·克莱顿的〈侏罗纪公园〉和朱利安·巴恩斯的〈英格兰,英格兰〉中正品的恣肆》("Replicating a Dinosaur: Authenticity Run Amok in the 'Theme Parking of Michael Crichton's *Jurassic Park* and Julian Barnes's *England, England*")。该文认为《英格兰,英格兰》对待主题公园更为复杂:"在计划和开发公园过程中,巴恩斯不断强调建构历史和真实的后现代观念,表明作为一个模型领先(或至少赶上)真实的'超现实',这项工程完全属于幻象的第三层次。……巴恩斯讽刺了超现实世界和理论批评界,他实际上创造了对模仿的模仿,或者一部不停地自我模仿的小说(turn in on itself)。"(165)

以上议题也是学位论文和专著探讨的重点。学位论文方面,比较有代表性的硕士学位论文是詹姆斯·伊·马丁的《杜撰与真实:论历史原理与朱利安·巴恩斯小说》("Inventing

Towards Truth: Theories of History and the Novels of Julian Barnes", 2001)和沃基斯奇·布拉格(Wojciech Brag)的《寻求就是一切吗?：朱利安·巴恩斯三部小说中意义的追寻》("The Search is All?: The Pursuit of Meaning in Julian Barnes's *Flaubert's Parrot*, *Staring at the Sun* and *A History of the World in 10½ Chapters*", 2007)。瑟斯托(Bruce Sesto)的《朱利安·巴恩斯的虚构世界》(Fictional World of Julian Barnes, 1995)是较早研究巴恩斯的博士论文，它主要分析和探讨了《福楼拜的鹦鹉》、《10½章世界历史》和《豪猪》等三部作品中的后现代元素。该论文后来以专著的形式出版，但书名变成了《语言、历史、元叙事：巴恩斯小说研究》(*Language, History, and Metanarrative in the Fiction of Julian Barnes*, 2001)。另外还有4本更重要的专著，即莫斯利(Merritt Moseley)的《解读朱利安·巴恩斯》(*Understanding Julian Barnes*, 1997)、佩特曼(Merritt Pateman)的《朱利安·巴恩斯》(*Julian Barnes*, 2002)、桂涅利(Vanessa Guignery)的《朱利安·巴恩斯的小说》(*The Fiction of Julian Barnes*, 2006)以及霍尔姆斯(Frederick Holmes)的《朱利安·巴恩斯》(*Julian Barnes*, 2009)。其中，霍尔姆斯在编排上有所不同，他按相同主题将两部作品放在一起构成一章进行讨论，而其他专著均按作品写作时间顺序一章一部进行讨论。桂涅利以介绍巴恩斯评论为主，涉及小说、短篇小说集、侦探小说以及非小说等不同文类，信息量较大，能够让读者对巴恩斯作品有较为全面的了解。

这五部专著已成为巴恩斯研究的重要参考，引用率很高，尤其是《解读巴恩斯》和《朱利安·巴恩斯的小说》，它们也是本论文的重要参考书目。略有遗憾的是，这些专著主要是介绍性质的，更像是论文集，不属专题论著，而且受时代所限，它们涉及的小说数量不等,最多者即霍尔姆斯的《朱利安·巴恩斯》也只涵盖2009年以前的巴恩斯小说。

相比较而言,国内巴恩斯研究起步晚,成果少,但可喜的是,自2005年以来呈上升趋势。据不完全统计,迄今国内正式发表的学术论文达40余篇,硕士学位论文20多篇和博士论文一部,但尚无专著。国内较早研究巴恩斯的论文是阮炜于1997年在《外国文学评论》发表的《巴恩斯和他的〈福楼拜的鹦鹉〉》[①]。该文紧扣小说《福楼拜的鹦鹉》的后现代实验特征,讨论了作品的创作手法、唯美主义、社会关注及其"鹦鹉"的意义,认为巴恩斯"用准故事的手法来讲'故事',用某种准小说的形式来写'小说'",其效力"来自主题的互文性,形式与技巧的空前膨胀,以及连篇累牍的机智幽默"(58)。2005年李景端在《光明日报》发表书评,称《福楼拜的鹦鹉》"仿佛小说的'另类'人物传记"。2006年杨金才在《深圳大学学报》(人文科学版)发表题为《诘问历史,探寻真实——从〈10½章人的历史〉看后现代小说中真实性的隐遁》的研究论文,探讨后现代条件下历史与真实、艺术与真实、真实与虚构的关系,认为巴恩斯"以写历史的形式,追溯、探讨历史、艺术与真实性关系,对传统的所谓宏大叙事诸如'历史'、'真实'、'艺术再现'等概念进行颠覆,展示了后现代社会中真实性变动、易逝的本质"(92)。该文开创了国内研究《10½章世界历史》的先河,不仅为国内巴恩斯研究提供了崭新的视角,而且其深刻的洞见常被后来研究者所引用。此后,罗媛发表《追寻真实——解读朱利安·巴恩斯的〈福楼拜的鹦鹉〉》和《历史反思与身份追寻——论〈英格兰,英格兰〉的主题意蕴》,认为《福楼拜的鹦

[①] 该论文后来以"巴恩斯、福楼拜及'福楼拜的鹦鹉'——评《福楼拜的鹦鹉》"为题收入陆建德主编的《后现代主义:写实与实验》一书。

鹉》体现了对传统认识论、历史观、语言观的质疑和再认识,《英格兰,英格兰》"一方面质疑个人和民族凭借记忆、历史来确认身份的做法;另一方面又深入透视后现代超真实的类像世界里人们的身份认同危机"(105);罗小云的《震荡的余波——巴恩斯小说〈十卷半世界史〉中的权力话语》用新历史主义和文化研究等方法对小说《10½章世界历史》进行了分析;此外,殷企平在《质疑"进步"话语:三部英国小说简析》一文中简析了巴恩斯的《福楼拜的鹦鹉》对"进步"话语的质疑;张和龙的《鹦鹉、梅杜萨之筏与画像师的画——朱利安·巴恩斯的后现代小说》同样讨论巴恩斯小说的后现代特征,不同的是,他从"元小说"的角度切入,认为巴恩斯在虚构文本中融入大量非虚构性文本,"以匠心独运的手法揭示了不同文类、不同艺术门类的互文性关系,从而在更宽泛的层面上反思艺术创作和文学批评"(3)。巴恩斯荣获布克奖之后,国内巴恩斯研究出现了一个新的高峰,已有近30篇学术论文发表。其中白雪花、杨金才的《论巴恩斯〈生命的层级〉中爱之本质》,张莉的《哀悼的意义——评巴恩斯小说〈生活的层级〉》,王一平的《〈英格兰,英格兰〉的另类主题:论怀特岛'英格兰'的民族国家建构》等文章最具代表性。在探讨爱的主题的论文中,白雪花、杨金才的文章颇有见地,该文结合巴迪欧(Alain Badiou)等当代西方思想家关于爱的相关理论,从爱作为想象性生存建构模式、作为对话性伦理范式和作为信仰的实践智慧三个方面,分析《生命的层级》中爱的主题,认为"无论在文学创作还是个人的生命体验层面,巴恩斯试图从个体经验出发,以爱作为一种救赎、信仰式的建构力量,在现代社会伦理危机语境下形成伦理基本范式,以建构人经验与知识的真实内涵,确立感情的智性维度"(白雪花、杨金才 41)。较为突出的是,这一时期产生的论文,绝大多数讨论布克奖作品《终结的意义》,且以不可靠叙事为切入者居多。相比较而言,张连桥的《"恍然大悟":论小说〈终结的感觉〉①中的伦理反思》较有新意。张文将《终结的意义》视为"因伦理身份混乱而引发伦理悲剧的小说",并将文学伦理学批评与叙事策略结合起来,探讨其中的伦理冲突,认为:"叙事者以过往事件'不可靠式'的追忆为重要铺成来推动小说的叙事进程,并在'恍然大悟'式的反思中探讨诸如背叛、恐惧、痛苦、绝望、罪恶、责任等伦理命题。"(张连桥 70)

国内研究巴恩斯的硕士论文在 2009 年仅有一篇,但自巴恩斯获布克奖后,数量陡增。这些论文主要以单部作品为研究对象,尤其是《终结的意义》、《福楼拜的鹦鹉》和《英格兰,英格兰》,主要讨论小说的叙事、记忆、历史等巴恩斯小说的常见主题。博士论文方面,何朝辉的《"对已知的颠覆":朱利安·巴恩斯小说的后现代历史书写》("'Subversion of the Given': Postmodern Historical Writing in Julian Barnes's Fiction")是国内第一部,也是目前唯一的巴恩斯研究博士论文。该论文从历史的认识论、本体论和政治三个角度,结合解构主义和新历史主义理论,解读巴恩斯小说中后现代历史书写,涉及巴恩斯多部小说,有一定的广度和深度。但论文仍旧停留于国内和国外学术论文讨论历史主题的范畴,未能开启巴恩斯研究的新主题和新途径。

总体而言,国内研究与国外相比还存在一定差距,不仅成果少,而且研究对象和视角也有局限,这反映了我国学界对巴恩斯重视程度不够,虽然巴恩斯获布克奖后情况有所改观,但研究的宽度和深度仍亟待拓展和深化。

现有国内外巴恩斯研究成果丰富,不仅有助于更好地了

---

① "终结的意义"另译作"终结的感觉"。——编者注

解和把握巴恩斯小说,而且对今后的研究有重要的借鉴意义。但是,目前的巴恩斯研究尚存明显的局限和问题。首先,现有研究大都停留在少数几部公认的重要作品之上。巴恩斯已经出版十一部小说,但研究者绝大多数只关注《福楼拜的鹦鹉》、《10½章世界历史》和《英格兰,英格兰》等三部小说,而对其他构成巴恩斯小说整体不可或缺的作品缺乏关注和研究。值得注意的是,巴恩斯对自己作品的认识与评论界有所不同,比如,第一部小说《地铁通达之处》是他耗时最长、经反复修改方完成的小说,也是他较为看重的一部,但学界研究较少。同样,《凝视太阳》被评论界认为很一般,而作者本人认为论界"还不够冒险"。像这些作品有待进一步研究。第二,就研究热门的三部小说而论,存在讨论的问题较为集中,视野不够开阔,对作品的深沉内涵挖掘不够深入的缺憾。第三,现有的讨论大都关注个别文本,对作品之间的联系性缺乏研究。

不少研究者注意到巴恩斯小说的身份书写,但遗憾的是,没有进行专门研究。霍尔姆斯在其专著《朱利安·巴恩斯》中,探讨了《地铁通达之处》和《亚瑟与乔治》中主人公的身份形成问题。他视这两部小说为成长小说,因为它们分别展示了主人公的成长经历、探究了身份形成的基础以及勾画了他们心路历程。他借用主体形成的理论进行阐释,认为个人身份形成于主体所处的文化环境之中。具体地说,身份的形成是通过内化家庭、学校以及当地社区呈现的叙事和形象实现的。这些叙述涉及用来对群体进行分类和控制的范畴,如性别、阶级、民族和种族等,正是这些范畴为主人公提供了身份。霍尔姆斯进一步指出,在文化环境中,语言对主体形成具有重要作用。他把自我作为文本进行解读,而且是置于后现代语境中,所以两位主人公的个人身份形成于由语言行使的短暂的、有时是矛盾的社会力量中,与真实的、持续的现实是割裂的。也就是说,他们的身份是断裂的、去中心化和矛盾的。相比较而言,生理特征,比如乔治的近视和黑皮肤,虽然起作用,但在个人身份的形成中,更为重要的是这些身体特征被编码进入了19世纪末、20世纪初的社会文化之中:"换句话说,自然是文化书写于其上的白纸。"(Holmes 49)

贝尔(William Bell)在《不完全是终结——朱利安·巴恩斯〈福楼拜的鹦鹉〉》("Not Altogether A Bomb: Julian Barnes: *Flaubert's Parrot*")中主要讨论《福楼拜的鹦鹉》的自传特性,其中也涉及身份的问题。在贝尔看来,巴恩斯的《福楼拜的鹦鹉》似乎表明要确切地了解主体的真实身份是很困难的,因为巴恩斯提供一种身份模式的同时又提供另一种相反的身份形式。比如在"布莱斯维特的字典"中"福楼拜"这个词条被置于16个项目下由学者和批评家进行解读,所产生的结果是:福楼拜不仅具有多重身份,而且"不存在一个真正的身份,甚至作家身份本质上也是不稳定的,'因为它是以滋生其他生活的能力为特点的'"(167),但是仍然有办法认识潜藏着的自我,而这些方法是间接的,而非直接的,比如了解福楼拜可通过理解他描写自己的隐喻、论断等来实现。作者引用小说文本中的话说明传记作家要引出或重构的"不仅只是我们知道的生活,不仅只是被成功隐藏的生活,也不仅只是关于生活的谎言——这些谎言有的现在还得相信,而且还是没有度过的生活",这对于自传的目的——身份来说不失为一个成熟、复杂而又矛盾的定义(167—168)。

更多有关身份的论文主要探讨英格兰性或英格兰民族身份。例如,本特利(Nick Bentley)的《重写英格兰性:朱利安·巴恩斯〈英格兰,英格兰〉和扎迪·斯密斯〈白牙〉中的民族想象》("Re-writing Englishness: Imagining the Nation in Julian Barnes's *England, England* and Zadie Smith's *White*

Teeth")借用了安德森(Benedict Anderson)的"想象共同体"①(imagined community)概念,借助雅克-拉康的心理模式,即由想象界、符号界和现实界构成的个人心理结构,以及保罗-利科的叙事与模式阐释《英格兰,英格兰》中的英格兰性。他把英格兰性视为想象集体,认为小说通过叙事化和情节化建构英格兰性,这样的英格兰性不是正宗的英格兰性,现实中不存在。同时,他认为《英格兰,英格兰》表达了对失去的英格兰的怀恋,这导致小说忽略了帝国和多元文化的当代民族观念等问题,因为小说没有提及黑人或亚洲人,"但更重要的是,这种缺失没有在反对主题公园时提及以反对对英格兰进行虚构的和商品化的模仿"(495)。

柏波里奇(Christine Berberich)在《英格兰?谁的英格兰?巴恩斯和 W. G. 塞波尔德对英国身份(重)建构》("England? Whose England? (Re)Constructing English Identities in Julian Barnes and W. G. Sebald")中,以跨学科的方法,将身份形成、记忆创造以及民族建构等理论与旅行书写和如画风景等观念结合起来,探讨民族身份——英格兰性的"创造"(creation)。文章"审视旅游报道和如画风景等观念,以及当代旅游、广告和遗产业致力于将英格兰打造成能够走向市场(和可赚钱)的民族身份,即把英格兰神化为绿色的乐园——文学和艺术多少个世纪以来一直支持的一个形象"(167),认为巴恩斯的《英格兰,英格兰》和塞波尔德的《土星的光环》(*The Rings of Saturn*)解构了这一传统形象,它们反对这种与现代发展背道而驰、把英格兰作为田园风光进行推

---

① 安德森把民族视为一个想象的集体,在这个集体中民族被视为既是想象的,同时也是共同享有的"同志关系"。本特利将这个概念扩展,认为每个民族在历史的任何时候总是有不同的版本的民族,每一种都是社会的、地理的和历史的形象共同构成的。

销的行为,因为存在于各种"记忆场"中的英格兰性都只是英格兰性的一部分,而宣传、广告和报道中的英格兰是除去了令人不愉快的或不想要的成分,是挑选和删减而成的,这种根据某些理想化形象推销国家的行为是有害无益的(167)。

科恩-哈塔和柯博(Cohen-Hatta, Kerber)的文章《文学、文化身份和真实的界限》("Literature, Cultural Identity and the Limits of Authenticity: a Composite Approach")认为巴恩斯的《英格兰,英格兰》把怀特岛描写成微型的英格兰,并将它推至讽刺的极限来探讨身份、旅游与真实问题,其目的不仅在于表明"一个地方的身份、历史和文化总是真实和虚构的混合",也在于"强调摆脱历史负担的困难以及在不牺牲当前身份的情况下对真实的需求的难度"(70)。

萨拉·亨斯特拉(Sarah Henstra)的《论巴恩斯〈英格兰,英格兰〉中的个人/民族身份》(The McReal Thing: Personal/National identity in Julian Barnes's *England, England*)认为《英格兰,英格兰》自始至终关注后帝国时代英格兰的集体自我问题,即未来的英格兰是像主题公园式的"英格兰,英格兰"那样"抛售自己",还是像"老英格兰"那样"破产"和败落,并认为"通过将个人自我和公共角色(public role)并置以强调20世纪末对正宗的'英格兰性'的急切寻求,巴恩斯揭示了构成身份欲望的心理机制"(Henstra 95)。

以上只是部分具有代表性的文章。与它们类似,其他文章也主要以真实、记忆、历史、文化产业及商业与民族身份的关系等理论阐释《英格兰,英格兰》中的民族身份,揭示英格兰民族身份的虚构本质。这些解读不乏洞见和启示,为进一步挖掘巴恩斯小说的身份主题提供了重要参照。此外,与学术文章相似,也有不少博士论文以记忆的不同载体形式与历史和民族身份建立联系,探讨《英格兰,英格兰》中的民族身份问题。不过这些博士论文都不属于巴恩斯小说的专门研究,而是将他与另外两个或三个作家放在一起讨论。比如萨波尔(Jonathan Danial Sabol)的《记忆、历史和身份:当代北美以及英国小说中的伤痛叙事》("Memory, History, and Identity: The Trauma Narrative in Contemporary North American and British Fiction")的第五章"记忆自身历史的国家:朱利安·巴恩斯的《英格兰,英格兰》对民族身份的定位"。科洛尔(Allison Elizabeth Adler Kroll)的论文《民族信念:文化遗产与英国身份——从丁尼生到拜厄特》(National Faith: Heritage Culture and English Identity from Tennyson to Byatt)同样将文化遗产与民族记忆、个人记忆与个人身份建立联系阐释民族身份。诸如此类的论证,与巴恩斯在不同小说中出现的关于记忆的文字有所关联,例如他在小说中明确表明"记忆即身份"。但仅看到这一点显然是不够的,毕竟这只是巴恩斯身份书写的一个层面。

需要进一步指出的是,巴恩斯不只在《英格兰,英格兰》中涉及英格兰性。事实上,巴恩斯对英格兰民族身份的反思是全面而深刻的,他的每本小说均与英格兰民族身份相关。尽管《英格兰,英格兰》对研究巴恩斯小说的英格兰民族身份非常重要,但不能因此而忽略其他小说对此问题的关注。同时考察英格兰性,还应考虑巴恩斯的法国情怀。其实,在备受关注的《英格兰,英格兰》中也有法国元素的介入。应该说,法语和法国文化的融入是巴恩斯小说较为突出的特点和风格,但更重要的是,这些法国元素是巴恩斯反思民族身份的重要参照,自然也是考量巴恩斯小说民族身份不可忽略的重要环节。巴恩小说的民族身份反思不仅像多数论者看到的那样体现颠覆性和虚构性,同时也体现对话性,即与法国文化的对话。这将成为本书考察的一个要点。

民族身份并非巴恩斯小说身份反思和建构的全部。其他重要身份如性别、种族等也是巴恩斯小说身份书写的重要内容。这一点少数研究者已经注意到。例如，丹尼尔·肯德尔(Daniel Candel)的《朱利安·巴恩斯〈10½章世界历史〉中女性化自然》("Nature Feminized in Julian Barnes's *A History of the World in 10½ Chapters*")通过小说的第四章和著名的半章"插曲"探讨了小说女性与自然这两个相互关联的边缘主题，认为第四章中的整体主义思想是暧昧的，因为一方面它接近当下对自然的看法，另一方面，又有些实证主义的倒退成分。虽然肯德尔的讨论主体是自然，但自然与女性的联系仍然体现出女性的边缘地位，以及与自然一样处于理性和男人的控制和统治之中，例如在男性统治的科学话语里，男人常常等同于思维或文化，而女性等同于身体或自然；男性被视为积极的存在，而女性则充当消极角色；与男性相比，女性具有整体性或系统性。但在"插曲"里，女性与自然的这种关系显得摇摆和不确定，从而避免了女性与自然关系的简约化。该文在一定程度上触及了巴恩斯的女性主义认识，但由于文章只局限于一部作品的一两章，故难以窥见巴恩斯性别身份认识的全貌。同时，有必要指出的是，在讨论性别时，现有文章考察对象只是女性，而忽略了男性探讨。其实，巴恩斯小说不仅有对女性较为一致的塑造，也有对男性统一而连续的观照，还有对性取相问题的思考。只有将这三方面统一起来进行综合考察，才能勾勒出巴恩斯性别身份反思与建构的完整版图。这是本书将完成的构想。

此外，种族身份几乎没有受到巴恩斯研究者的重视。虽然不少书评文章注意到小说《亚瑟与乔治》所揭示的种族歧视问题，但遗憾的是都未进行深入探讨。霍尔姆斯在其专著《朱利安·巴恩斯》中用萨义德的东方主义理论，简要地阐释了乔治的他者性，认为"英国官方和报纸媒介对乔治外貌特征的描述起到了将他标示为英国文明社会主要威胁的作用"（Holmes 62）。霍尔姆斯的分析有一定启示意义，但因为种族身份并非其专著，亦非其章节讨论的主题，所以欠缺深度和广度，不能窥见巴恩斯种族身份建构的实质。更主要是，包括霍尔姆斯在内的绝大多数评论者都只看到《亚瑟与乔治》表面所揭示的种族歧视和乔治的他者性，却没有进一步发现，作为作者，巴恩斯无意识中也参与了将乔治东方化的过程。事实上，巴恩斯其他小说或多或少也有关于东方的书写，中国、印度、土耳其和埃及等都在其列，如果对这些东方书写或想象进行综合考察，可以直接而清楚地看到，巴恩斯对东方人有较为统一和连贯的认识。关于巴恩斯种族身份的研究，如果不对此进行探讨将是片面的。而且将《亚瑟与乔治》这部被广泛认为是反映种族主义的小说纳入巴恩斯对种族身份思考的大框架内进行解读，可能会得出不同的结论。但遗憾的是，巴恩斯小说的东方书写没有引起研究者的重视，这也为本论文的研究留下了空间。

综上所述，现有研究或多或少已经触及巴恩斯小说身份反思的不同层面，也产生了一些有借鉴意义的成果，尤其是关于英格兰性或英格兰民族身份。但是现有研究大都只限于单一文本的研究，既不能反映巴恩斯小说身份反思的整体概貌，也留下了上述提到的遗憾和空白。同时，现有的研究已经暗示巴恩斯小说的身份书写具多重维度，其中包括性别、种族和民族等身份类属。鉴于此，本论文认为有必要明确提出巴恩斯小说身份的多重维度书写，以便对巴恩斯小说的身份书写进行总体性研究。本书的问题是将身份问题纳入巴恩斯小说的整体框架进行讨论，所涉及的性别、种族和民族等身份会出现怎样的态势？受哪些因素影响？它们与巴恩斯个人的小语境以及国家和国际的大语境有何联系？这些问题的回答需要借助身份的相关理论,有必要首先对身份这一概念进行适当考察和梳理。

根据《牛津词典》(OED)(第二版),"身份"最早记载出现于 1570 年,意指事物"在物质、构成、本质或特性是相同的状况或特征;绝对或本质的相同;同一性"(620)。这一意义与人关联使用出现于 1638 年,指"事物和人在所有时间或所有情况下的同一性;人或事物是其自身,而非其他事情或人的情况或事实"(620)。这一释义一直是众多有关身份论述的基础。本尼特等人(Tony Bennett et all)编著的《新关键词：文化与社会修订词汇》(*New Keywords*: *A Revised Vocabulary of Culture and Society*, 2005)对"身份"的解释便是"个人或社会群体,在所有时间和所有情况下想象的相同性(sameness);个人或群体持续是自身,而不是他人或它事物"(172)。这几乎复制 OED 的定义,差别只是对群体身份进行了相同的界定。其实,类似的定义,与哲学上讨论的事物或人的同一性问题有关,是分析哲学研究的 numerical identity。然而,这样的定义让非哲学研者感到困惑,正如马丁布尔默和约翰所罗莫斯所说:"身份认同确实是每个人都想谈论、争论并撰写的问题。作为当代政治学的一个关键词,身份这个词却存在着许多不同的含义,有时让人明显感觉到人们所谈论的不是同一个概念。"(6)国内学界也有相同的困惑,这从"identity"一词的翻译中可窥见几分。常见"identity"汉译包括"身份"、"认同"、"身份认同"以及"同一性"等。例如在《西方文论关键词》中陶家俊用的是"身份认同"[①](465),而廖炳惠的《关键词

---

① 《西方文论关键词》的"身份认同"(identity)混淆了 identity 和 identification。

200》用"认同"(129)。有的学者主张根据情况进行选择,例如,阎嘉认为,"identity"在哲学上使用,应视为"同一性"概念所指,而文化研究中的"identity"翻译根据具体使用的语境和词性而定,名词时用"身份",指某个个体或群体确认自己在特定社会里的地位的某些具有显著特征的依据或尺度,如性别、种族等;作动词时,则用"认同",指某个个体或群体试图追寻、确认自己在文化上的"身份"(阎嘉 62—63)。有的学者从自己研究出发,不做动词或名词的区分,而是合二为一,译为"身份认同"。他们的出发点是身份和认同是紧密相连、密不可分的,而且身份是个不断变化的过程,合起来似乎没什么不妥。的确,在现代社会中,身份是不确定的,总处于不断的建构过程中,但这并不代表我们可以将它与其过程混为一谈,不做名词和动词的区分。合二为一的做法,可以暂时解决研究者的一些语言困惑,但是却带来更多的问题。其实"身份认同"在英语中另有"identitification"一词表达。除此之外,将identity一词译为"认同",也造成了与 identify 这一动词形式的混乱。对身份的理解,莫兰博士的研究颇具启示意义。她指出,我们今天所理解的"identity"主要有三个含义,即法律的、个人的以及社会身份。法律身份与"身份证"或者"身份文件",以及"身份盗窃"和"身份诈骗"等观念相关,它用于识别某人是某个特定的人以及是否"隐瞒"身份或身份"有误"。这里所使用的身份意义表示"你是谁",带有证实的含义,正是从证实这个意义上说,才被称为法律身份(Moran 41)。与法律身份指身份事实不同,个人身份指身份的内容,用于定义个体的一系列心理(有时是外在的)特性。也即个人身份表征个体的主要品质,包括信仰、欲望和行为准则等,这些构成他的独特性。从心理学角度看,个人身份与自尊、自我认识和身份危机密切相连。身份的第三种当代意义是社会身份,它用于指特定社会范畴的成员（membership of a given social category），尤其是像种族、性别、族群、性、宗教等这些广义的社会学范畴。拥有一个身份强调的是社会身份的内容和特性，这些特点使范畴或群体具有某种基础或确定性的特征。与个人身份一样，社会身份标示身份的重要性，尤其是政治上的"认可"。正因为如此，"身份政治"和"认可政治"常常可以交换使用（Moran 46）。虽然莫兰是从物质主义的立场界定身份的，这与后现代身份观格格不入，但却比较接近我们日常谈论的身份，有一定的借鉴意义。

身份一直是很重要的问题，因为身份回答"我是谁？从何而来、到何处去"（陶家俊 465）。"身份是人类的意义和经历的源泉"（Manuel Castells 6），左右我们对自己的认识；身份的缺失或身份危机会影响我们的幸福，甚至危及我们的客观存在（Simon 1）。正如金肯斯所说："如果没有身份认同，我们不知道……我们是谁、别人是谁，我们的日常生活就不可能进行。无论我们身处何处，无论当地生活方式如何，语言是什么，这都是不变的真理。没有身份认同的储备，我们就不能够彼此建立有意义的或持续的联系。我们就不会形成谁是谁、什么是什么这些重要认识。如果没有身份，也就没有人类世界。"（Richard Jenkins 7）

西方对身份的寻求早在"身份"一词出现之前就已开始，并且至少可以追溯到古希腊①时期，其发展主要经历了早期的"灵魂"（psyche）、基督教版的"灵魂"（soul）到现代的"主

---

① 古希腊戏剧中就有这样一幕：一个债主去讨债，但借债方却不承认借过钱，说是以前的他借的，不是现在他借的。债主听了，极为愤怒，狠狠地打了对方一巴掌。被打后，借债人十分委屈，问为什么要打他，但债主却不承认。他按照借债人的逻辑解释说是刚才的他打的，而不是现在的他。这个戏剧写于公元前5世纪，是西方关注个人身份问题的最早表现之一（参看 Martin and Barresi 3）。

体"以及后现代"主体",主要聚焦于事物或人与自身同一的问题,即事物或人在经历时间和变化后依然是自身的问题(即前文提到的"身份"一词在 OED 中的第二种解释)。在古希腊,身份追问主要有三种代表性观点:以亚里士多德为代表认为"每个物体内部都有一个不变的维度,它使得物体或人类保持不变";原子论者认为物体的稳定和变化是物质原子聚集和分散的结果,而物质原子则保持不变。最具代表性以及对后世影响最大的是以柏拉图为代表的观点,即"存在一个永恒不变的领域(changeless realm),就像几何物体的理想领域,它超越不断变化的物质世界。人的本质自我即'灵魂'(psyche)处于这个不变的领域,从而确保个人的永生(one's personal immortal)"(Martin and Barresi 4)。在这里,柏拉图引入了灵魂(psyche)[①]解释人的本质。正是灵魂统一着生命存在(living beings),它是个人在出生以前、生活中和躯体死后,仍保有持续性的载体。在柏拉图看来灵魂是不朽和单一的,甚至是非物质的。单一性确保了身体死后个人的存在,同时,单一性以及它是人的本质也确保人在活着时经历变化而依然是自身(Martin and Barresi 15)。柏拉图之所以强调单一性,是因为那时许多思想家,甚至普通人,都认为像身体这样由各个部分组合起来的事物会分解、腐败和死亡,不可能保持不变和不朽。与原子主义的原子观不同,柏拉图的单一性是非物质

[①] 在柏拉图的《理想图》(*Republic*)中,苏格拉底称灵魂分为理性的、精神的和欲望的三部分,在柏拉图本人看来,灵魂的和谐要求理性控制,而不是精神或欲望。在其更早期的著述里,他强调只有灵魂的理性部分是不朽的,其他两部分随身体死亡而消亡。在之后的《蒂迈欧篇》(*Timaeus*)里,柏拉图又认为人有两个灵魂,一个独立于身体,完全是理性的,一个是身体的和情感的,但能在一定程度上与理性连接。在更后期的《费德鲁斯篇》(*Phaedrus*)和《法律篇》(*Laws*)中,柏拉图引入了完全不同的灵魂概念,将它定义为自我运动的,因为只有处于永恒的运动中,才是永恒不朽的(参看 Martin and Barris 17-20)。

性的(Martin and Barresi 15)。柏拉图的灵魂论后来与基督教结合,催生了奥古斯丁的心灵直觉论,导致理解身份的新转向。

奥古斯丁将个人分为"内在的人"和"外在的人",认为"一个人不只是身体,也不只是灵魂,而是由两者构成",灵魂"属于好的部分,不是整个人;身体不是整个人,而是人低下的部分",前者称为内在的人(inward man),后者是外在的人。也即,"外在的是肉体,这是我们与野兽相同的地方,它甚至包括我们的感觉,以及我们关于外部事物的形象和记忆储蓄。内在的是灵魂"(泰勒 191)。奥古斯丁的心灵直觉论认为,"真理就在你的内部"。进入内心发现的第一个真理是自己的存在,第二个真理是自身存在这个真理的获得不是靠身体,而是靠直接的自我意识(Martin and Barresi 71),"上帝之光并非像柏拉图认为的那样,只是'在那里发光'照亮存在的秩序;它也是'内在的'光"(泰勒 192)。我们走向上帝的道路在我们自己"之内",而非通过外部的客体领域。非物质的、永生的灵魂①,是基督教版的"灵魂"(psyche)一直作为科学的普遍有用概念(scientifically useful notion),持续到17世纪末解释作用才开始减退,最终被自我取代。

现代有关自我②或主体的思想起源于笛卡尔。笛卡尔在柏拉图和奥古斯丁的基础上,发展出了自己的主体论,他将主体性移到哲学的中心,"以自我意识的'I'的第一人称角度建

---

① 古代人有 psyche(希腊)、ka(埃及),以及 hun[魂]中国]这类词,指称后来基督徒及其文化继承者认为是灵魂的东西(Martin and Barris 294)。

② 自我是较为综合的口语词汇(a colloquial umbrella term),它涵盖一系列与自我反思行为的概念,如"意识"、"自我"(ego)、"灵魂"(soul)、"主体"(subject)、"人"(person),或"道德行为者"(moral agent)等。有趣的是哲学著作很少提及自我(the self),比如笛卡尔非常频繁地使用 cogito 或"我"("I")而不是"自我"(Akins 1)。

立真理和确定性的传统哲学价值"(Atkins 7)。笛卡尔将自我阐释为纯思的自我,即人的自我身份等于纯思的意识,思想的"我"就是自我身份的核心:"我思,故我在"表达了"思"与"我"的一致和统一。笛卡尔声称,无论不确定性怎样困扰我们,无论怀疑论的观点有多强大,有一事我们可以确定,即我在思维。进而,笛卡尔从对思的确定意识中推导出存在。他将意识的、理性的、个人的主体概念化为主体。笛卡尔的主体论表明"身份形成的起点是个人的存在,不是其他个人的存在,也不是社会的存在"(Woodward 6)。笛卡尔的个体化自我在西方历史上属新观念,因为,此前"普通人总体上没有个体区分,仅以阶级、亲属或职业群体进行归类"(Woodward 6)。笛卡尔保留了柏拉图非物质灵魂这样的概念,把它等同于思想和自我,但他放弃之前用灵魂概念解释生命的观点,在他看来,动物没有灵魂或自我,因为它们不会思维,思是灵魂和自我的关键。

1690年,约翰·洛克在《论人的认知》(*Essay Concerning Human Understanding*)的一章里论述"身份与多样性",有一节专门讨论个人身份①。在洛克的著作里,个体被定义为"拥有一个与其主体相同而持续不变的身份"(having an identity that stayed the same and was continuous with its subject)。洛克认为,意识(而不是身体)统一个体的所有不同行为,形成一个今天与过去是同一人的个体自我(makes a personal self who is the same person today as 40 years ago——as yesterday)。洛克的思想与其他自由主义思想形成了"自主个体"(sovereign individual)的基础,而"自主个体"也成为

---

① OED 显示,首先将身份概念与个人联系起来使用从17世纪才开始出现。

欧美思想和实践的重要概念,在西方思想上一度占据支配地位。

之后,康德、黑格尔等发展了笛卡尔的主体论,坚持强调理性是自我身份的核心。康德批判了笛卡尔视"I"为灵魂(soul)(即 thinking thing)的思想,他拒绝将"I"理解为物质(substance),而是将感知的"I"(apperceptive "I")看作认识的纯粹逻辑结构的一部分(as part of the purely logical structure of the understanding)。康德的这一认识引发了两条相反的哲学道路:对认识的客观条件即语言的强调最终促成语言分析哲学和心灵哲学的产生(philosophy of mind);对认识主观本质的强调产生了现象学(Atkins 2)。康德认为理性与自然的区分对理解人的本质至关重要。在他那里,我们拥有人的身份是因为理性的自我(Seilder 8)。我们必须学会遏制人的"自然倾向"——情感、感情和欲望——才能倾听理性的声音,只有理性与我们有内在关系,定义我们的身份(Seidler 9)。英国学者斯图亚特·霍尔将笛卡尔和洛克等人讨论的主体身份称为"启蒙主体身份"[①],其共同的认识基础是:"人是完全以自己为中心的统一个体,具有理性、意识和行为能力。"(转引自陶家俊 467)

19世纪随着社会经济的发展和社会变迁,自主主体已难以维系,进而产生了霍尔(Stuart Hall)所谓的"社会学主体

[①] 霍尔谈到身份的现代概念,总结出对身份三个非常不同的观念,即启蒙主体身份、社会学主体身份和后现代主体身份。其中启蒙主体身份被概念化为一个完全中心的、统一的自我的本质,被赋予理性、意识和行为能力,它的中心由一个内核构成,它随主体的出身而产生,并随之而打开,在个体的整个存在中始终自我等同,保持不变;社会学的主体身份是围绕个人与社会的互动建构起来的,它能够调和人与他的社会环境之间的交流,以及他对其社会的重要意义和价值的接受或内化。霍尔强调这种身份概念仍有一个内核或本质,但是它在与外部文化世界和所提供的身份的持续对话中形成和改变。

身份"。对于这一变化的原因,霍尔分析说:"建立在个人权力和许可之上的经典自由理论,被迫妥协于民族国家结构和构成现代民主的大众。工业革命之后,有关政治经济、财产、合同和交换的经典法律不得不在现代资本主义的大阶级形成中运行。亚当·斯密《国富论》的个人企业家,甚至马克思《资本论》的个人企业家,变成了现代经济的集团公司。作为个人的市民变得与现代国家繁复的管理机制交织起来。一个更为社会化的主体概念产生了。个人最终被定位和置身于现代社会这些庞大的支持机构和结构之中。"(Moran 92)这一阶段,心理学总体以社会科学的身份面世,为人的独特性提供了新的解释。根据心理模式,所有人均相似,因为拥有相同的心理结构、生物本能和反应能力。同时,因为环境的作用,独特的发展经历导致他们彼此的差异,所以这些心理模式从更加个体的角度对这些差异进行解释。在弗洛伊德那里,心理由无意识的本我、起社会意识作用的超我和寻求解决前两者冲突的自我三者构成。自我总是出于本能需要与社会要求的矛盾冲突界面,"所以自我处于流动状态,从未那么固定和统一"(Woodward 18)。与自主、独立和理性的启蒙自我不同,弗洛伊德的自我主要是无意识的,它并不能真正认识自身,并且屈从于欲望的冲动和偏好(Lawler 95)。自我在拉康的理论里,起初只是婴儿在镜像阶段的影像,虽然完整、统一,但只是虚幻和误认;到符号阶段,婴儿转向对存在于符号系统的主体位置的认同,但符号外在于我们,也不能通达所谓真正的自我。也可以说,所谓自我的意义不在之内,而在之外,正如伍德所言:"心理学理论关注心理过程,与构成心理的内部空间紧密联系。这样的理论涉及内部世界与外部世界的相互作用,但尤其强调社会对自我内部结构和经验的作用。"(Woodward 16)这些"人的性格"心理学模式对较为陈旧的自然主义模式形成挑战,它用环境影响对人的塑造,取代了生物决定论。

社会自我的概念,首先由黑格尔揭示出来,经由马克思阐释到席美尔(Georg Simmel)、米德(George Herber Mead)等人那里得到更为全面的发展。米德强调"社会影响是作为'内化的行为对话'(internalized conversation of gestures)形成的,它是'自我的本质'"(Dunn 57)。在他看来,"个人在相互认可和适应的社会互动框架中,通过自我的形成,获得身份"。同样强调个人与社会互动的还有库里(Charles Cooley)。库里用"反相自我"归纳他所谓的社会学自我,即自我是经验的,而非超验的,它可以在社会情境中被观察到:"我们想象我们怎样出现在别人面前,以及别人对我们的判断";"我们内化集体的规范";我们可以根据他人做出调整(Woodward 7)。在19世纪社会后期和20世纪早期的社会哲学那里,自我的源泉是经验,而不是超验和普适的原则。"身份是行为者自己的意义之源,并且是通过个体化过程建构而成的。虽然身份也可能起源于统治制度(dominant institution),但它们只有被社会行为内化,并且在围绕内化建构起意义的条件下,才成为身份。"(Castells 6-7)社会学的主体形成于个人与社会的互动之中,它能够调和个人与所处社会环境之间的交流。和启蒙身份相比,它也有一个中心,只不过这个中心变成了社会(Woodward 7)。

后现代性结构和文化变化引发了新的身份形式,即霍尔所谓的"后现代主体身份"。它不再拥有作为个体中心的身份,而是多元、多样和易变的。去中心化意味着"不再有绝对或重要的意义"或"我们更加自由地选择我们的生活和生活方式"(Kidd and Teagle 104)。差异、多样和碎裂成为后现代的关键词。许多后现代主义者声称,作为现代性主要特征的阶级已经过时,不再是个人或集体身份的基础,并且,随着从生产向消费的转变,购买和使用商品成为"我们认为我们是谁"的标识。霍尔讨论了现代思想和理论中的五个主要角度,认为它们是去中心观点的重要阶段。首先,马克思著述对启蒙所持有的以本质身份为个人内部中心的观点形成挑战。马克思的立场是"人的本质不是内在于个体的抽象。在其现实性上,它是一切社会关系的总和"(马克思,"关于费尔巴哈"18);"不是意识决定生活,而是生活决定人意识"(马克思、恩格斯,"德意志"17);"人们自己创造自己的历史,但是他们并不是随心所欲地创造;并不是在他们自己选定的条件下创造历史,而是在直接碰到的、既定的、从过去继承下来的条件下创造"(马克思,"路易·波拿巴"603)。这些观点不仅质疑本质身份中心,而且强调个体能动性的重要性。第二,弗洛伊德对无意识的发现挑战身份作为理性个体的稳固中心的观点。弗洛伊德和后弗洛伊德思想家强调身份形成于与他者的动态关系之中,其中涉及个人与他对重要他者的想象之间的协商。在这个过程中,父亲式的人物起到重要的作用,尤其是在身份形成的早期阶段。但是对身份的寻求持续到整个成人阶段,影响它的因素主要是童年时期没有解决的矛盾情感,比如对父亲爱与恨的分裂、快乐的愿望和拒绝母亲的冲动之间的冲突或者个人善、恶两部分的共存等。由于有这些持续的困难和没有解决的问题,身份永远不能达到完整统一的状态,总是处于建构的过程中。第三,去中心化的身份理论视角强调身份的形成和表达中,语言必不可少,而语言是一个先于个人而存在的社会系统。第四,福柯的去中心化影响。福柯揭示了规训体制或机构在个体化和身份建构中的作用。规模庞大的集体机构,如学校、车间、医院、监狱等,实施规训权力,管理和监视个体和团体。规训权力的实际目的是更加严格的纪律和控制,但是,机构有组织特性,它们认真细致的文档工具和个人文档的积累同时导致更大的个体化和具体身份的构建。所以身份的重要根源不在个体中心,而在外部世界,在其机构之中。同时,在《知识考古学》里,福柯证明了主体远非意义的唯一创造者(the sole originator of meaning),它其实是一个假象,只是话语形式的一个副产品,成为主体就是被主体化(To be a subject is to be subjected)。福柯提出像灵魂、心理(psyche)和深层的内部感觉(deep inner feelings)都是主体化过程的效果(Woodward 89)。最后,女性主义也是去中心化身份观的重要一步。作为批判理论和社会运动,女性主义促进了传统阶级政治的解体。更具体地说通过质疑"私密"与"公共"之间的阶级区分,女性主义使主体性和身份政治化了("个人即政治"),使身份脱离了个人的私密中心而进入到政治的领域。

这五个角度强调不同的社会维度或社会机制,是对现代人类存在的社会条件的新阐释,为理解个人及其身份提供了重要的理论支持。它们对现代社会的身份话语和政治身份有重要的影响,甚至影响了身份建构本身。从这个意义上说,它们其实成为现代社会更为全面的文化或政治身份的组成部分(Simon 12-15)。尽管后现代哲学家有诸多不同观点,但他们都企图以偶然、特例(particularities)和话语建构的相对化(relativization of discursive construction)将主体去中心化,进而反击理性中心自我的现代观念(modern notions of a rationally centered ego)。尤其是后结构主义,它努力用形成于"无处不在"的话语和权利效果之中的主体取代知识的自主主体(Dunn 6)。

身份的意义和命运自20世纪60年代的身份运动以来发生了巨大变化。在这场运动中,同性恋、少数族群和女权主义者等群体为争取权力,围绕他们的性别、性、种族、文化等身份动员起来,表达政治诉求。身份成为一种通过群体文化经验命名自我形成的方式,也是一种重新获得群体特有理解(group-specific understandings)的方式,以及在个人和政治层面带有自豪感使用这些理解的方式(Moran 108 – 109)。更重要的是,产生了通过身份类属思考自我以及自我与群体和社会联系的新途径(Moran 110)。20 世纪 90 年代身份已成为政治、文化、经济和学术等各个领域关注的中心,成为主要的政治逻辑,因为文化、民族、宗教和性身份占据了政治舞台的中心,似乎取代了较为陈旧的以阶级为基础的或意识形态的联盟(Moran 1)。国内有学者指出"在当代文学批评与文化批评研究中,尽管自我认同仍是身份认同研究中的一个核心概念,但社会认同、文化认同、种族和性别认同等集体概念也获得了独立的意义,而讨论自我认同,也离不开文化、种族和性别的相关批评理念。从自我个体一端看,关于自我认同的言说催生了现代性的集体认同和文化观念;而从社会与文化一端看,正是社会结构和文化成规制约和塑造了自我认同"(李作霖 125)。尼科尔森(Linda Nicholson)对身份政治评价说:"它代表重构我们理解社会差异的一次严肃的尝试。虽然它对社会身份的某些描述带有局限性,但它启动了对身份非常有用的讨论,一种直到今天都需要的讨论。"(4)

的确,如果之前"自我"、"主体"是思考身份的中心,那么从 20 世纪 60 年代起,这个中心变成了"身份"本身。这里的"身份"不再只等同于"自我"或"主体",而主要指涉集体或社会身份。身份概念也被理解为个体对所属群体身份的认可,而"性别、种族、阶级、民族、性取向以及其他社会身份的建构力最终突然间成为几乎所有探索的相关方面"(Alcoff 5)。

可见,身份从 20 世纪 60 年代广受关注以来就指涉性别、种族和民族等集体或社会身份。而这些原本比较稳定的身份概念在各种身份理论的关注下，变得不那么稳定了，尤其是在后结构或后殖民理论的观照下，性别、种族和民族等身份的建构本质昭然若揭，而隐含在它们之中的文化政治内涵也被揭示出来。

性别身份是较新的概念，在"二战"之前不存在（Glover and Kaplan x）。20世纪后半期，西方社会运动和思潮引发了对既定观念系统的质疑，性别身份的研究正是在这一历史背景下产生和发展起来的。性别（gender）一词英文的含义，一是生理学所特指的性，相当于"sex"；二是语法学中词汇的性，即阴性、阳性和中性。依传统的理解，"性别"指男性或指女性，不包含内质判断，不掺杂感情色彩。1968年心理学家兼人类学家斯托勒（Robert Stoller）的《性与性别：论男性气质和女性气质的发展》（*Sex and Gender: On the Development of Masculinity and femininity*，1968）理论化了性与性别的区别。他用"性别"表达与性（sexes）相关但不具生理联系的举止、感情、思想和想象（Stoller ix）。除了区分性与性别，斯托勒还区分了"性别角色"和"性别身份"，以表明一个人的内在和外在生活可能是不协调的，甚至是矛盾的，其中"性别身份指一个人有意或无意地注意到他属于一种性别，而非另一种，虽然随着他的成长，性别身份会变得更为复杂，以至于他可能感觉自己不仅是男人而且是男性气质的男人或女性气质的男人，甚至幻想成为女人"（Stoller 10）。同时"斯托勒强调性是生理的，性别是心理的，因而是文化的"（Millett 30）。斯托勒对性与性别的区分对后来的女性主义产生了巨大的影响。米勒特（Kate Millett）在第二波女性主义的奠基著作《性政治》（*Sexual Politics*）里在斯托勒基础上再做区分，指出"确切地说，女性和男性真是两种文化"（31），并勾勒出她的父权制理论。由于性别的文化定位,妇女从属地位的必然性受到质疑。之后,鲁宾(Gayle Rubin)进一步通过自然和文化的差异界定了性与性别的关系,指出每一个已知社会都有的"一个性/性别体系",它是"一套规约,依靠它人的性和生殖的生物原材料通过人和社会的干预得到形塑,并且以一种传统方式得到满足,无论有些传统奇怪到何种程度"(Rubin 165)。

对性别身份的理解和研究影响最深远的是巴特勒的操演性理论。操演性(performativity)源于西方语言学,由奥斯丁在他的言语行为理论著作《怎样以言语行事》(*How to Do Things with Words*)中提出,意指说话者以言语做事的话语行为,即语言的施事性。巴特勒将它与女性主义联姻,并在继承和批判女性主义理论基础之上,借用福柯、德里达等后结构主义相关思想,结合社会身份理论家加芬克尔①(Harold Garfinkel)和戈夫曼②(Erving Goffman)的角色表演戏剧编剧模式(Woodward 112),利用戏剧或舞台(theatrical)意义上的"表演"探索性别身份问题,提出了性别操演理论。巴特勒的操演保留了奥斯丁言语行为的基本意义,但又与之不同。操演是话语和规范的行为,但所做并非一般意义上的事,而是性别即"做性别"(do gender),而且这个"做"是对规范性别话

---

① 加芬克尔通过研究亚各尼斯(Agnes)的变性案例发现,他甚至在变性之前就根据公认的女性行为认识进行相应的表演,让人们相信他所选的女性角色是真实的。加芬克尔提出,有性特征的人产生于一种表演。(参见 Woodward 111)

② 戈夫曼关注自我和角色的关系。他将自我带入社会世界,带上社会关系的舞台,运用编剧原理,从戏剧表演的角度,考察个人在日常工作环境里如何呈现自己,及其对他人的反应(and his activity to others);他如何引导和控制他人对他的形印象,以及为了维持在他们面前的表演中,他不会做的那些事。在戈夫曼看来,自我类似于扮演角色的演员一样,表演着一个角色。"剧本可能写出,但范围可以商量、选择、阐释,甚至即兴而定。"戈夫曼的方法通过探讨日常生活与戏剧之间的相似性,开启了对表演自我的进一步解释。(参见 Woodward 10)

语和规范的引用和重复,从这个意义上说,"性别一直是一种行动",换言之,"操演是话语的'重复'和'引用'的行为"(施海淑 36)。操演与戏剧表演一样,都是"仪式化的公共表演"(Loxley 141),但两者有区别。"表演"总是预设了一个"表演者",即主体的存在,而操演却没有行为主体,"如果非要给'操演'指出它的'操演者'的话,那个'操演者'只会是'规范'"(施海淑 36)。

操演性直接针对本质主义的性别认识观念。本质主义认为性别这个基本身份是一个极其稳定的概念,因为它以所谓自然的生物性别(sex)为前提。从这个认识出发,一个人是女性,以女性而存在,做女性的事(one is a woman, and being a woman, one does womanly things),着装、举动和风格等都只是既定性别身份的表达(Loxley 141)。也即,"我们所做的男性气质或女性气质是对我们所是的表达,而我们所是则是性、性别和性欲联合起来的统一体,只能以男或女出现"(Loxley 118)。本质主义把两性及其特征截然两分,"把女性特征归纳为肉体的、非理性的、温柔的、母性的、依赖的、感情型的、主观的、缺乏抽象思维能力的;把男性特征归纳为精神的、理性的、勇猛的、富于进攻性的、独立的、理智型的、客观的、擅长抽象分析思辨的;并且认为,这些两分的性别特征是与生俱来的"(李银河,"关于本质主义" 87)。本质主义把男性气质和女性气质"看作实际事物和人本身的固有范畴"(刘慧姝 11),它"实际上助长了传统父权制的价值判断",却"被看作价值中立、不带文化偏见的科学观察结论"(刘慧姝 11)。也可以说本质主义是以"'男人的本质'为中心、标准,把分配给'女人的本质'看作是有缺陷的本质","那些'属于'女人的'本质'的温柔、谦恭、怜悯、同情、慈爱等被认为是不如'属于'男人本质的勇敢、坚强、果断、理性、进取等有价值

(施海淑 41)。

巴特勒拒绝将女性气质和男性气质视为生物性别(biological sex)的文化表达(Jagger 1)。她认为"性别不应该建构成稳定的身份,或者是产生各种动作的能动中心;相反,性别是在时间里建构的一种脆弱身份,通过程式化的动作重复,形成于外部空间。性别的效果是通过程式化的身体产生的,因此,必须理解为单调的方式,通过它,身体的动作、运动和各种风格形成了一个持久的性别自我的假象"(Butler, "Gender Trouble" 179)。

操演性揭示了性别是"非自然的",即"一种强制的文化表演,是由强迫的异性恋强制的(compelled by compulsive heterosexuality)"(Jagger 20),它与身体之间没有必然联系。埃米格等人指出,巴特勒的理论"使我们看到这个可能性,即男子汉气质甚至可以不需要男性的身体来表达"(Emig, Rainer and Antony Rowland viii)。霍尔勃斯塔姆(Halberstam)在巴特勒的性别操演理论基础上进一步推论,男子汉气质与男性身体是分离的,同样女性气质与女性身体也是分离的,也即男子汉气质和女性气质不能简单地等同于生物性别。这就意味着,在某些特殊的历史交汇处,女性的身体也能承担男子汉气质(Haywood and Mac an Ghaill 15)。"这样就可能拥有被定义为'女性的'身体,而不体现通常被视为'女性的'特征,换言之,一个人可以是'男子气的'女人('masculine' female)或'女子样的'男人('feminine' male)"(Salih 46)。那些被本质主义者认为是"男性气质的"特性,如"勇猛"、"富于进攻"和"独立",并非男人的专利,而"柔弱"、"依赖"和"感性"等特征并非女人的私有财产。

不仅性别是操演性的,性取向也如此。异性恋要求男性的性欲望对象是女性,女性的性欲望对象为男性。但巴特勒认为,性别并非性的结果,而性才是性别与文化的结果:"性从一开始就是规范的,即福柯所谓的'规训典范'(regulatory ideal)。从这个意义看,性不仅起规范作用,而且是产生(通过重复或引用没有源头的规范)它所控制的身体规训实践的一个组成部分,即它的规训力被变成了生产力,生产它控制的身体的力量……'性'是理想的建构,它通过时间被强制性物质化了"(Butler, *Bodies That Matter* 1)。在巴特勒看来,"甚至生物性别也是以这样的文化定义为支点的,不能幼稚地认为它只是简单地决定了男性和女性的行为和举止"(Emig and Rowland 4)。

操演性的政治意义在于取消性别和性取向等范畴。它强调没有内在本质,没有"真正"的自我存在。性别是操演的,因为它根本没有所谓"真的"(real-ness)或自然内核。它是"既定的公共和社会话语",需要不断地重复各种性别动作/风格。正是这些动作/风格的重复制造了所谓真正的/永恒的/深层的真理(Beasley 102)。同时,巴特勒强调"性跨越"(sexual crossing),即混合多种或至少不止一种身份,并以此拒斥既定的身份。她没有想当然地认为,男性的身体就可以自动产生男性气质,或者男性气质自动导向异性恋男性气质。巴特勒的性跨越政治概念强调这些成分的非自然建构性,其策略是杂糅或模糊,以及身体、性别和性取向的跨越(Beasley 109)。

不仅性别身份是建构的,种族身份也是如此。就如性别并非以生理为基础,种族身份也同样形成于身体之外的空间,是种族话语的效果,或者说是西方白人对非白人群体的他者化。

根据尼科尔森的研究,"种族"一词最初出现在于16、17世纪期间,主要指奔跑、数学或天文学线段(mathematical or astrological lines)、磨坊流水、船的尾流(ships' wakes)、标记和过程。它也表示具有优良高贵和纯正的血统（lineage）(Nicholson 11）。17 世纪到 18 世纪后期，"race"一词逐渐开始用于指称更大一部分世人，而"我们对'种族'的现代理解产生于 18 世纪下半叶。在这个时期，'种族'开始表示根据明显的物理差异将人种分成彼此不同的几个群体"（Nicolson 11）。18 世纪后期"种族"已开始表示人的划分，反映大致与外貌差异有关的主要地理划分。那时的自然哲学家对于有多少"人种"以及怎样命名存在分歧。尽管如此，这一种族新思想在 18 世纪早期广为流传。当时，将体貌视为区分标准的有两种理论：多元发生说（polygenism）和单一起源说（monogenism）。后者认为人类因体貌不同分成不同的群体，但人类体貌特征，和其他差异一样，是相对短暂的现象的结果，就像天气变化或人的行动变化。所以体貌的种族意义（racial designation）是流动的。多元发生说则认为，构成种族差异的体貌特征不是表面和暂时的，而是深层和持久的，和区分人与动物属于同一层次（the same order of depth）。到了19 世纪期间，多元起源的观点得到越来越广泛的支持。"种族不再被认为是表面和可变的结果"，"而是产生或阻碍文明行为的稳定和本质的东西（stable and essential entities）"。(Nicholson 13）19 世纪后期，达尔文理论备受青睐，引发了自然研究范式从描述性向解释性转向，自然逐渐进化提升的思想也变得更为强势。19 世纪人种学（racial science）认为，白人因为处在生物圈（the great chain of being）顶端，所以既属自然，也在其外。白人除了与其他人种共享某些身体特征外，也展现理性、个体和选择等特质。非白人，尤其是非洲人，被认为介于白人和类人动物之间。由于白人那些外在于自然的特征在黑人那里遭到否认，黑人以自然分类描述比白人更完全也更彻底（Nicholson 16）。

值得注意的是，18世纪后期和19世纪，种族日益成为自然定义的身份形式，此时，另一个社会类属，即民族身份，则向相反方向改变性质。因社会契约论的传播，欧洲人开始更多地将民族身份理解为思想和意志的结果，而不是祖先留下的区域性遗产。因此，在白人日益通过自然属性定义黑人的同时，许多白人开始通过理性和选择等言词界定彼此的关系(Nicholson 17)。对于白人而言，是自然制造了种族，种族将黑人与他们区分开；种族是有关黑人最有趣也是最重要的方面；对于白人，种族包含黑人身份(Nicholson 16－17)。同样，霍尔在对黑人实质主义批判中，认为政治与文化论述的实质主义使差异自然化和去历史化，由此而误将历史与文化的东西看作自然、生物和基因的。当我们从历史、文化和政治包装上撕下"黑人"标记，并把它装进以生物学意义建构的种族类型中时，却恰恰助长了我们本来要摧毁的种族主义基础(马丁布尔默和约翰所罗莫斯 7)。

这样表明种族身份其实是白人对非白人的他者化。"他者"在西方哲学中有很深的渊源，可以追溯到古希腊时期的柏拉图的哲学，而现代意义上的"他者"专题讨论则源自黑格尔。他的"主奴辩证法"思想是后来许多有关"他者"的重要理论来源。黑格尔认为，"意识拥有一个对象，这对象自己本身把它的对方或差异者设定为不存在，因而它自己是独立存在，自我意识只有在一个别的自我意识里才获得它的满足"(黑格尔 121)。由于两个自我意识都想将对方设定为"非存在"，他们只有通过殊死的搏斗来证明自己的存在，斗争的结果是两个相反的意识的形态的出现，"其一是独立的意识，它的本质是自为存在，另一为依赖的意识，他的本质是为对方而生活或为对方而存在。前者是主人，后者是奴隶"(黑格尔 127)。黑格尔的主奴二元辩证表明自我与他者之间的相互联系和相互反映,关系密切,但地位不平等。

在后殖民话语中,他者主要指称非白人群体,他们是相对于欧洲或西方殖民者的东方人或被殖民者,他们与前者的关系好比黑格尔哲学的主奴关系,在西方二元思维中代表了否定和负面意义,遭到歪曲和丑化。法农在《黑皮肤,白外套》里注解道:"以拉康的镜像阶段理论为基础,深入研究在多大程度上年轻白人在通常年龄阶段建立起来的同伴形象,会由于黑人的出现经历想象性挑衅,是很有趣的。当我们掌握了拉康的理论机制,就可以确信无疑地说白人真正的他者现在是,将来也继续是黑人。"(161)他运用黑/白、主/奴二元对立分析模式分析了西方霸权、黑人自卑感以及殖民主义在文化和语言上给非洲人造成的严重影响。斯皮瓦克通过《属下能说话吗?》揭露了西方殖民主体建构他者的计划,分析了作为属下阶层的殖民地穷人和妇女的沉默、主体性和话语权被搁置等问题。霍尔在论述身份与表征的关系时指出:"西方的自我认识——它的身份——不只形成于使西欧国家逐渐变成一种不同社会的内部过程,而且也通过欧洲对其他他者世界的不同认识,即联系这些他者,来表征自我。"(Hall,"West and Rest" 279)这说明,历史上英国黑人文化显得边缘和低下不是偶然的,它是通过被媒体等机构采用和"规范化"的主流表征系统建构而成的,在这个表征体系中,黑人经验要么缺失,要么以固化模式出现。黑人表现为客体而非主体(Procter 126)。

对种族他者化的解读,萨义德的东方主义尤为深刻。萨义德指出东方"是欧洲最深奥、最常见的他者形象之一"(2),而东方主义就是将东方他者化的认识模式,"是一种根据东方在欧洲西方经验中的位置而处理、协调东方的方式",也是"一套被认为创造出来的理论和实践体系,蕴含着几个世代沉积下来的物质内含。这一物质层面的积淀使作为与东方有关的知识体系的东方学成为一种得到普遍接受的过滤框架,东方即通过此框架进入西方的意识之中"(9)。关于东方的他者性,萨义德指出:

> 东方和东方人[被东方学]作为研究的"对象",被深深地打上了他性(otherness)——代表着所有不同的东西,不管是"主体"还是"对象"——的烙印,然而这一他性却是人为建构起来的,具有本质论的特征……这一研究"对象"通常是被动的,没有参与能力,被赋予了"历史的"主体性,最重要的是,就其自身而言,它是非活动性的,非独立性的,非自主的:可以被接纳的唯一的东方或东方人或"主体"已经被异化,在哲学的意义上——也就是说,除了自身与自身的关系外——被他人所假定、所理解、所界定。
> (萨义德 126)

欧洲(或西方)"将自己界定为与东方相对的形象、观念、人性和经验"(萨义德 2),同时以自己的价值和观念对东方人的行为做出解释,"为东方人提供心性、谱系和氛围……将东方处理为、甚至视为具有固定特性的现象"(萨义德 51)。这些关于东方的表征——一种文化霸权俨然已经成为西方文化的一个重要组成部分,这其中大量充斥着对东方的偏见和错误表征。它固化了东方或东方人的形象,左右着对东方的认识,"已经深入到西方人的潜意识中"(杨金才,"爱默生" 66)。

而且,东方主义理论也可以用于分析内他者,即一个国家中那些被表征为与优势群体不同,而且常常比优势群体低下的边缘群体(Hogan 9)。内他者"可能是一个少数族群,也可能是一个移民共同体。当一个少数族群或移民群体迥异的语言、宗教和习俗被认为威胁了主导族群的文化和种族纯洁性的时候，它也就成了一个他者"（王立新 158）。东方主义有助于揭示隐藏在种族身份之后的种族政治和文化霸权。

与性别身份和种族身份一样，民族身份也建构于历史之中。在西方，"民族"是一个非常晚近的词汇，而且在 1884 年前"民族"一词意指"一个省、国家或王国居民的集合"，也指"外国人"，这与它的现代意义有很大差距。它的现代和基本政治意义出现得较晚，甚至 1908 年的《新英语词典》还指出英语"民族"一词较早的意义是指族群单位，同时强调最近用法开始突出"政治统一和独立"（Hobsbawm 18）。"民族"基本的意义，也是文献里最常澄清的一个含义，是政治的。它等于"人民"和"国家"，常见等式是"民族—国家"（Hobsbawm 18）。

安东尼·D.史密斯认为："我们不能简单地将民族和民族主义理解为一种意识形态或政治学的一种形式，而且也必须把它们视为文化现象来对待。"（Smith i）在史密斯看来，"民族身份通过提供一套共同的价值、象征和传统（repertoires of shared values, symbols and traditions），建立起个人与阶层的社会纽带。通过象征的使用——旗帜、货币、国歌、制服、纪念碑和仪式——让民族成员记住他们共同的遗产和文化渊源，同时他们因认识到共同的身份和归属而变得坚强和振奋（feel strengthened and exalted）"（Smith 16-17）。史密斯尤其强调过去以及记忆在民族想象建构中的作用，他指出"在西方民族身份模式里，民族被视为文化共同体，其成员由共同的历史记忆、神话、象征以及传统联合在一起"（Smith 11），"要建构民族，国家常常利用过去——尤其是过去成功的故事——以创造一种凝聚力（to create a sense of togetherness）。民族身份的神话把领地或祖先（或者两者）视为政治共同体的基础"(Smith i)。

霍布斯鲍姆(E. J. Hobsbawm)则强调传统的发明,并用它指涉民族的虚构本质。根据盖尔讷(Ernest Gellner)的理论:"作为自然的、上帝赋予的区分人的民族,作为连续的……政治命运的民族,是个神话。民族主义有时利用之前存在的文化,把它们变成民族,有时发明文化,而且常常抹去之前存在的文化;这是现实。"(Gellner 48-49)霍布斯鲍姆同样认为"民族并非与历史一样久远",并用"发明传统"指涉民族身份建构。在霍布斯鲍姆那里,这个发明的传统,不仅指先辈传下来,且为适合现代而做出改变的传统,同时也指为适应现代的需要而专门创造的"新"传统(Hobsbawm, "Introduction" 1)。艾登瑟(Tim Edensor)指出,埃里克·霍布斯鲍姆和特伦斯·兰戈认为民族本质上是一个现代建构,"他们关注强大的'发明'传统如何产生原始性和延续性的幻觉,如何遮蔽了民族是新近的产物这个事实的"(5),正如19世纪欧洲精英设计的大型的盛装游行庆典(pageant)和仪式在他们看来是为了达到这些目的:"象征连续的归属感;使蕴含于机构、精英和统治权威的权利合法化;传播维持共同价值和信仰的意识观念。"(5)

在民族身份建构理论中,安德森的"想象的共同体"最具影响力,他创造了这个术语,用于界定民族的性质。安德森指出民族"是一种想象的政治共同体——并且,它被想象为本质上有限的,同时也享有主权的共同体"(安德森 5),"因为即使是最小的民族的成员也不可能认识大多数的同胞,与他们相遇,或者听说过他们,然而,他们相互连接的意象却活在每一位成员的心中"(安德森 5-6),正如吴叡人所言:

安德森认为"民族"本质上是一种现代的想象形

式——它源于人类意识在步入现代性过程当中一次深刻变化。有两个重要的历史条件使这种想象成为可能。首先是认识论上的先决条件,也即中世纪以来"人们理解世界的方式"发生了根本性变化。这种人类意识的变化表现在世界性宗教共同体、王朝以及神谕式的时间观念的没落。只有这三者构成的"神圣的、层级的与时间始终的同时性"在人类思想认识中丧失了霸权地位,人们才可能开始想象"民族"这种"世俗的、水平的、横向的"共同体。(9)

安德森尤其强调语言和资本主义印刷业对民族产生的重要性:"印刷资本主义促成了特定方言(particular vernaculars)的使用者相互认同,促进语言产生新的稳定性,同时从特定方言中种产生了'优势语言'(language-of-power)"(Marr 807),而"18世纪初兴起的两种想象形式——小说与报纸——'为"再现"民族这种想象共同体提供了技术的手段'"(吴叡人10)。最初,最主要的想象是通过阅读实现的,所以安德森的"'想象'不是'捏造',而是形成任何群体认同所不可或缺的认知过程","想象的共同体"是"一种社会心理学上的'社会事实'"(吴叡人9),而"民族"的想象"从一开始,就和种种个人无可选择的事物,如土地、肤色等,密不可分。更有甚者,想象'民族'最重要的媒介是语言,而语言往往因其起源不易考证,更容易使这种想象产生一种古老而'自然'的力量"(吴叡人13)。

安德森的理论强调民族的内部想象,但民族共同体的想象既有内部想象,也有外部的参照。萨义德等人注意到,想象一个民族的"我们"必然包括想象一个民族的"他们"。琳达·科利(Linda Colley)的研究也表明了这一点,她认为不列颠是一个"被发明的民族"(invented nation),其形成过程与多年的英法战争和对法国"他者"的想象密切相关,她说:

> 它首先是由战争铸就而成的。与法国的战争一次又一次地把不列颠人(不论他们来自威尔士、苏格兰还是英格兰),带入与一个明显敌对的他者的对抗之中,鼓励他们按照这一他者的对立面来共同界定自己。他们把自己界定为新教徒,为捍卫生存、反对世界上最主要的天主教力量而战斗。他们把法国人想象为迷信的、黩武的、堕落的和受奴役的,而把他们自己界定为法国的对立面。而且,随着战争进行,他们中的许多人越来越通过与他们征服的殖民地人民相对照来界定自己,这些人民被视为文化、宗教和肤色上的异类……换言之,男人和女人通过参照他们所不是的来决定他们是谁。一旦与一个明显异类的"他们"遭遇,一个无论多么差异的共同体都会变成一个消除疑虑或孤注一掷的"我们"。1707年之后的英国人就是这样。他们开始把自己界定为一个单一的民族,这不是他们在国内任何的政治文化共识,而是对在他们海岸外的那个他者的反应。(6)

正如霍根(Jackie Hogan)指出,在130年间的战争期间,英国不断地从法国的对立面定义自身:"英国人认为自己的文化是'男性气质的',外表强悍、讲逻辑、受人尊重,吃得简单,习惯简单。而法国人被视为'女子气的',风雅、虚伪、思想和身体方面都很放纵,关注缺乏深度的饮食、时尚和性满足。"(60)

具体就英格兰民族身份而言,它也是内外想象共同作用的结果。根据库马尔(Krishan Kumar)的研究,虽然英格兰历史可追溯到上千年前,但英格兰民族自觉意识大约到19世纪后期才出现,因为之前英格兰主要与帝国主义联系在一起,它先后进行了不列颠岛内殖民扩张和世界殖民扩张,在这个过程中无暇对自身身份进行思考和建构。19世纪后期,英帝国出现衰败迹象,英格兰民族意识才被唤醒,这个时期被称作"英格兰性时期"。

在这段时间,英格兰知识分子为迎合这一时期的民族主义运动,从语言、文化和历史等方面建构了英格兰性最具影响和持久性的文化内涵。具体包括:一、纯化英语语言,主要是"地区方言"被剔出,南方都市发音和说话方式确立为国人的语言模式,形成了标准、权威的英语语言形式。二、英格兰文化被视为由一系列伟大"民族"诗人、戏剧家和小说家所造就,因为他们的作品承载的价值和生活方式表达了最好、最高的民族文化愿景(aspiration)。他们的文学成就被挑选出来,形成英格兰文学"经典":从乔叟到维多利亚时期,人们有目的地选择伟大诗人和小说家,其用意不仅是彰显英国文学的伟大,更在于突出英格兰民族品质,包括真诚、个性、具体以及生活的丰富多彩性意识,这暗示其与大陆文学,尤其是法国文学的形式主义和古典主义形成鲜明对比(Kumar,"The Making" 221)。这些品质预示,浪漫主义,尤其是浪漫诗歌,在民族评价中处于重要地位,它表明在英格兰人那里,感觉胜于心智,诗歌胜于哲学,文学和历史胜于社会和政治思想,与此对应,"南方乡村"成为民族形象代言,在英格兰生活中具有了持久的控制力,取代了19世纪早期更为野性的地貌风景(Kumar,"The Making" 209)。三、在历史意识方面,英格兰历史的发展被谱写为宏大而不断进步的历史,英格兰的自由成了一个稳步而渐进发展和扩张的故事,它不是一劳永逸的,也不是继承性的,而是从一个先例到另一个先例发展而来,就像一幕"简单进步的戏剧",逐步变化和提高着。英格兰被视为天佑的福地,它避免了欧洲邻国在无数革命和战争中所经历的狂热和痛苦,从而确保了它能够成为世界上最为富裕和强大的国家,并将继续发展和繁荣,是其他国家羡慕的对象和样板。历史也是以这样的形式进入了学校的课本,并成为英国传统的重要元素(Kumar, "The Making" 203-204)。19世纪末英格兰性的形成和发展从诸多方面界定了英格兰的本质,构成了高雅民族文化的核心。此后,有关"英格兰性质"或"英格兰传统"的叙述严重依赖于此。

库马尔对英格兰性形成的阐释不仅强调英格兰自身的历史文化和语言的建构作用,同时也强调英格兰与法国的对比关系。对此,他进一步指出:"正是19世纪后期的历史学家、立宪理论家和政治作家们……承担起设立这种英格兰传统的责任。他们通过与欧洲大陆进行强烈的对比,建立英格兰传统,在他们眼里,欧洲大陆遭受政治不稳定和专制横行与理性习性和偏爱抽象思维有直接联系。"(Kumar, "The Making" 217)这充分说明,民族身份"不仅是根据国民共同具有的特征,即从内部界定的,同时也是通过与其他国家的对比以及根据与其他国家的差异从外部界定的。二者缺一不可"(王立新 157)。英格兰性的想象既是对英格兰自身即"我们"进行想象,也是对外在的"他们"即法国或欧洲大陆的想象,是二者共同作用的结果。

库马尔所论证的英格兰性,实际上相当于安德森的"官方民族主义"。安德森指出"官方民族主义"其实是"欧洲各王室对第二波群众性民族主义的反动——无力抵挡高涨的民族主义浪潮的旧统治阶级为了避免被群众力量颠覆,于是干脆收编民族主义原则,并使之与旧的'王朝'原则联合的一种马基亚维利①式的先期策略"(吴叡人 12),通过这样的方式"原本只有横向联姻缺乏明确民族属性的欧洲各王室竞相'规划'民族,并由此掌握对'民族想象'的诠释权,然后通过由上而下的同化工程,控制群众效忠,巩固王朝权位"(吴叡人 12)。

库马尔的英格兰"官方民族主义"为英格兰人提供了特定的身份选择,"规划"着他们的民族想象,即"一方面是要求共同体成员'向内看',产生一种共同的自我意识,界定谁是共同体的成员;另一方面'向外看',识别自己与外部世界的不同,界定谁不属于本民族"(王立新 157)。换言之,库马尔强调自上而下的想象,或者将想象视为"社会过程",强调"当权者常常为他们的市民同胞做出想象,提供给他们某些特定的身份选择,而把其他选择排除在'想象之外'"(Pavlenko and Norton 670)。但他忽略了民族想象的个性。劳里(Sue Rowley)批判安德森的理论时,也指出的同样的问题,认为安德森"把妇女的民族意识想成了与男人的一样,他以男人的独特经验解释妇女民族意识的形成"(Rowley 135)。同样,库马尔也没有考虑不同形式的英格兰性。

根据温格(Wenger)想象既是个人的,也是社会的过程:"想象是归属于某个特定实践共同体的显著形式,是一种'我们可以将我们自己定位于世界和历史的方式,以及把其他意义、其他可能性和其他视角包括在我们身份中的方式'。"(Pavlenko and Norton 670)温格的理论与保罗·利科想象理论很契合。科利认为想象可以沿两个轴进行,"在客观一边是

---

① 也译为马基雅维利(Machiavelli,1649—1527),意大利历史学家和政治家,他认为人类愚不可及,总是受利害关系左右,自私自利,趋利避害。他主张为达到目的不择手段,他的这一政治权术理论被称为"马基雅维利主义",是尔虞我诈、背信弃义和不择手段的同义词。

在场和不在场的轴;在主观一边是进行想象或批评的意识"(Rowley 132),"在主观轴上利科在一端放上非批评意识,它将意象与现实混淆或误以为是现实。而在另一端即'批判距离完全意识到自己存在的地方,想象则是批判现实的工具'"(Rowley 133)。想象的现实批判性意味着个人可以就已有的民族身份认同或属性进行批判,对某种更为理想的民族属性进行想象、期待和认同。

库马尔所论证的英格兰性强调英语语言、英国文学、南方乡村,以及英格兰和法国的差异等因素对英格兰民族身份形成和建构的重要作用,这些英格兰性的构成要素为作家个人的英格兰民族身份想象和认同提供了基础和参照,作家可以对此进行反思和再想象。这样的个人想象也是作家个体对理想的英格兰性的期待和认同,折射出作家的趣味、信仰和阶级立场等个人价值取向。

身份不仅是理论界关注的焦点问题之一,它同样是文学界关心的话题。就当代英国文学而言,拜厄特(A. S. Byatt)、温特森(Jeanette Winterson)、菲尔丁(Helen Fielding)等人的作品都不同程度地涉及性别身份或性取向等问题,主要代表作包括《巴别塔》(*Babel Tower*, 1996)、《B. J. 单身日记》(*Bridget Jones's Diary*, 1996)、《橙子不是唯一的水果》(*Oranges Are Not the Only Fruit*, 1985)等。以拉什迪(Salman Rushdie)、史密斯(Zadie Smith)、阿里(Monica Ali)等为代表的作家又特别观照种族问题,推出了《羞耻》(*Shame*, 1983)、《白牙》(*White Teeth*, 2000)、《砖巷》(*Brick Lane*, 2003)等作品。探讨英格兰民族身份的作品也不少,如福尔斯(John Fowels)的《丹尼尔·马丁》(*Daniel Martin*, 1977)、阿克罗伊德(Peter Ackroyd)的《英格兰音乐》(*English Music*, 1992)、约翰·金(John King)的《远方的英

格兰》(*England Away*, 1998)等。这些作家与其他英国作家一道积极反思和探索当代英国社会所面临的身份问题,他们有关身份的书写也表明性别、种族和民族等问题仍是英国社会思考身份问题的三个重要方面。同时,由于这些作家的出生背景、人生经历等各不相同,他们对这些问题的理解和表征各不相同,他们的作品所揭示的身份内涵也有差异。例如作为族裔作家,拉什迪、史密斯和阿里他们对身份的理解与温特森和拜厄特存在差别,而他们之间又各不相同。这充分说明了身份有其丰富而复杂的内涵和意义。

如前所述,巴恩斯对身份问题也有深入的思考,其身份书写涉及性别、种族和民族等三个方面的内涵,有必要加以探讨。就其小说而言,性别书写具有文化建构意义,其中刻画的男性或女性大都与男性气质和女性气质以及性取向密切相关;种族书写特征体现一种他者意义上的身份建构,更具体地说,是指西方白人对东方人的想象;巴恩斯在书写民族时有着独特的关照,侧重英格兰民族身份,即英格兰性[①]。它们三者文化内涵和社会政治意义各有不同,各有侧重,但共同指向身份,服务于身份,构成巴恩斯小说身份书写的具体内容和意涵。同时,它们与巴恩斯个人身份,如英国白人、男性作家等密切关联。

---

① 英格兰性有别于英国性。但由于"England"一词,有时翻译成"英格兰",有时翻译成"英国",因此,有些情况下很难区分"英格兰性"(Englishness)和"英国性"(Britishness)。这不仅发生在中国,产生于汉语里,也发生在其他国家,甚至在英格兰人的下意识里,英格兰就代表英国。严格意义上讲,英国指"大不列颠和北爱尔兰联合王国",英格兰只是不列颠的一部分。在本论文里,英格兰性主要指与英格兰或英格兰人相关的文化、社会、民族特征,它区别于苏格兰、威尔士和北爱尔兰的文化、社会和历史。在本论文里,英文原文为"Britishness",都翻译为英国性,而原文为"Englishness",视具体语境译为"英格兰性"或"英国性"。

那么,作为英国白人男性作家,巴恩斯如何表征性别、种族和民族等身份特征?这三个方面共同体现了巴恩斯小说怎样的身份主题意蕴?这是值得研究的问题。本书以前文所论述的身份概念为基础,结合性别操演性、后殖民他者理论和民族想象共同体等理论建立认识框架,探讨巴恩斯小说的身份主题,具体从性别、种族和民族想象三个方面进行文本分析,揭示其中所内蕴的社会政治文化含义。内容如下:

第一部分主要以《她邂逅我之前》、《凝视太阳》、《英格兰,英格兰》、《福楼拜的鹦鹉》和《有话好好说》等小说为研究对象,深入考察巴恩斯小说对男性、女性和非异性恋所做的书写,重点阐述巴恩斯小说人物塑造与男性气质和女性气质的关系,进而审视巴恩斯小说的性别身份观念及其政治文化内涵。传统性别认识以男性气质和女性气质为基础衡量男女两性,男性以刚毅、坚强、勇敢、独立等品质为代表特征,而女性则以温柔、依赖、感性等为特质。相应地,性取向也以异性恋为规范。巴恩斯小说的男性和女性的塑造以及性取向的表征并没有遵从传统的规则。这种违规正是其性别身份意识和性别身份政治的一种表达。

第二部分主要以《10½章世界历史》、《福楼拜的鹦鹉》和《亚瑟与乔治》等作品为研究对象,关注巴恩斯小说中的东方书写,揭示巴恩斯小说种族身份的政治和文化蕴涵。巴恩斯小说的东方书写主要涉及中国、印度、埃及等东方国家,这些书写形成巴恩斯小说对东方的统一认识,集中反映了巴恩斯对东方的认知和态度。此外,《亚瑟与乔治》等小说对东方移民有所观照。巴恩斯对待东方移民的态度与对待外在于西方的东方人出于同一个认识基础和思维模式,都是其种族身份意识的表达。

第三部分主要以《英格兰,英格兰》、《地铁通达之处》和

《福楼拜的鹦鹉》等小说为研究对象,聚焦巴恩斯小说英格兰性的想象和认同。巴恩斯对英格兰民族身份的想象有两个向度,即内部观照和外部观照,前者主要涉及巴恩斯对英格兰性的主要传统模式——乡村英格兰性的回应,以及他对英格兰性的认同立场和定位;后者是以法国为参照对英格兰性的想象和认同。无论是巴恩斯对英格兰性的内部观照,还是外部观照,都与传统英格兰性认识有明显差异,都属巴恩斯对英格兰性的再想象,代表巴恩斯所期望的英格兰性图式,蕴含他对英格兰民族身份的诉求。

第一章　变装表演——巴恩斯小说中的性别身份与性取向

　　以男性气质界定男性、用女性气质定义女性是西方性别认识传统，它将阳刚视为男性本质的表达，把阴柔看作女性本质的再现；在审美上体现为：男性以阳刚为范，女性以阴柔为美。这种性别本质主义观点虽然在很大程度上已成为有关性别的一种共识，但也备受争议，遭到质疑，其中主要是来自女性主义的挑战。德·波伏娃在《第二性》中指出："一个人并非天生为女人，而是变成女人的。不是生理的、心理的或经济的命运决定女性在社会中代表的形象；而是整个文明制造了这种介于男人和太监之间的造物，并被描写为女性。"(de Beauvoir 273)在这里波伏娃其实已经指明性别的社会文化属性，揭示了性别的建构本质。福柯则揭露了性和性取向与权力和话语之间的关系，认为它们由话语所建构并受其操控，"为了管理性，西方人依次地设想了两套庞大的法规体系——婚姻法律和性欲秩序"(福柯 26)。巴特勒进一步指出性和性别身份的位置确立于规范的建构力、召唤性和操演性之中，是"有关男、女的相关地位和性别二分关系的文化观念(cultural assumptions)框定对性别决定的研究(frame and focus the research into sex-determination)"（Butler,"Gender Trouble"139）。根据巴特勒的操演性理论,社会性别与生理性别没有本质联系,是"欲望的异性恋化需要'女性气质'与'男性气质'的对立,并且把这种对立加以制度化,把它们理解为'男性'和'女性'的本质"（转引自李银河,"酷儿理论"26）,以此为基础,巴特勒做出这样的推论：

> 如果性别是具有性征的身体承担的社会意义,那么就可以说性别并非起源于性。如果将性与性别的区分推至逻辑的极限,便可得出这样的推断,即具有性征的身体与文化建构的性别之间的关系是严重断裂的。……把性别的建构地位理论化,让它独立于性,性别自身就变成一个自由漂移的策略,其结果是,男人和男性可以像表示男性身体一样表示女性身体,同样女人和女性也可以像表示女性身体一样表示男性身体。（Butler,"Gender Trouble"10）

这意味着,巴特勒的操演性理论将"异性恋矩阵"去自然化了（Bristow 213）。换言之,性别的操演性表明男人的身体也可以成为女性气质的载体,女人的身体也可以承载男性气质,而性取向不一定非得是异性恋。

巴恩斯并非置身于当代知识话语之外,虽然他没有直接发表过支持后现代女性主义者的言论,但其小说有关性别身份的表征与巴特勒等人的观点多有耦合之处,主要体现于他笔下的女性人物常常具有传统男性的气质,而男性却表现出传统女性的气质,并且同一性别体现不同的性取向。通过赋予男性人物女性气质,巴恩斯让男性穿上了女装,实现了男性气质与男性身体的分离;同样,通过赋予女性人物男性气质,巴恩斯让女性披上了男装,实现了女性气质与女性身体的分离。同一身体具有不同性取向表达了性取向与身体的分离。

第一节 穿上女装的男人

传统性别认识观念认为,男性气质是男性内在本质的表达。康奈尔指出:"大众文化总体上认为,在日常生活的潮流之下有确定而真实的男性气质,所以,我们常听到'真正的男人'、'自然男人'、'深层男性气质'等这样的表述。"(Connell 45)。这种观点也是很多领域的共识,其中包括"神话诗学的男人运动、荣格的心理分析、基督教宗教极端主义(Christian fundamentalists)、社会生理学派以及本质女性主义等"(Connell 45)。它们的共同认识基础是"真正男性气质源于男人的身体——内在于男人的身体,或者对男人身体的某种表达",如"男人自然比女人更有攻击性,强奸出自无法控制的欲望或内在的暴力冲动"(Connell 45)。男性以勇敢、智性、果敢、力量和征服欲等为特质,如果男性缺乏男性气质会被耻笑为懦夫或有脂粉气,成为男人就是彰显男性气质。而操演性则认为"性别没有对的或错的,没有本真或表面的,也没有初原的或派生的,性别作为这些特质的可信承担者也可以彻底被变为不可信的";真实的男性气质只是一种策略,它"藏匿了性别操演性的实质"(Butler, "Gender Trouble" 180)。巴恩斯小说的男性建构也体现操演性,无论是《地铁通达之处》的主人公"我",《凝视太阳》中的美国飞行员普洛瑟和莱斯利,还是《福楼拜的鹦鹉》中的布莱斯维特等,均展露出某些较为突出的传统女性气质。

《地铁通达之处》是一部成长小说,"像《青年艺术家的画像》和《红与黑》一样,它也是关于一个聪明智慧的年轻人的故事,其中包括他与环境格格不入的生活状态,他如何通过艺术进行反叛,以及如何走向成熟的人生经历"(Moseley 18)。与大多数作家写作第一部小说类似,巴恩斯创作这部小说的题材大都取自自己的生活经历。巴恩斯曾在大都会线西端的郊区生活过八年,巴恩斯哥俩与父母常去巴黎旅游度假,这些个人生活经历都写进了小说里。《地铁通达之处》荣获毛姆奖,被称为"一部了不起的处女作"(Moseley, *Understanding Julian Barnes* 30)。但在这部"了不起"的小说里,主人公克里斯多夫却不是一个"了不起"的男人。恰恰相反,其成熟是以男性气质的不断弱化为标识的。

小说的第一部分展现了主人公克里斯与好友托尼的青少年生活,这部分的引言包括"黑"、"白"、"红"、"绿"、"蓝"等表示颜色的词汇,意指青少年色彩斑斓的世界,巴恩斯也生动地刻画了克里斯和托尼丰富多彩的人生经历。绝大多数评论者一致夸赞这个部分,因为它准确、生动、幽默地再现了青少年的认知和心理,"读者可以从中认出自己"。需要进一步指出的是,它的精彩之处尤其体现于巴恩斯抓住了克里斯等青少年处处想证明"是男人"的意识和心理,而所谓"男人"其实是通过外在的动作和举止获得的,即操演男性。在克里斯这些男同学的意识里,了解女性是男人的体现。他和托尼通过望远镜观察女性、讨论女人。在他们看来,理想的女人"有情感但有责任心,忠诚并且是处女"(21);他们虽然对异性好奇,但不会开口问关于女孩的事,因为这是不够成熟的表现。为了向男生们炫耀自己的成熟,一个叫约翰·佩波的同学竟然声称自己已经搭上一个已婚妇女,这令其他男生羡慕不已;男生们对生理课程中有关人类生殖的部分特别感兴趣,也特别期待,当老师有意跳过这个章节时,他们大失所望,抱怨连连。

在这里克里斯等青少年对异性和性知识的关注,其实是争相体现男性气质的表现,正如有学者认为,"在男权社会中,男性拥有性知识(包括性器官和性行为)和由此言说的特权;对性的谈论是男性气质的体现,男性气质在这儿等同于性统治权,尤其是由肉欲征服带来的统治权"(邱枫 17)。另外,在小说中,被称呼"先生"对男生来说也很受用,因为在他们看来,这是对男人的称谓,被叫"先生"证明自己变成了真正的男人。克里斯在裁缝店平生第一次被裁缝称"先生"时,感到无比自豪:"担心被阉割,生怕被人推进更衣间强暴与被认可是男人相比,简直就是鸡毛蒜皮的小事。"(15)考虑到"带把雨伞在校外会让你变成一个男人"(13),更有可能被称呼"先生",克里斯在三个月根本没有下雨的夏季学期里,每天带伞上学。克里斯和托尼还通过质疑成人世界、抗拒成人权威表明自己不再是不懂事的小孩,而是男人。克里斯在家里对妈妈的吩咐,总是要理论理论。他们鄙视父辈的生活,崇拜有斗争精神的作家和艺术家,想依靠艺术寻找一条通向成功的道路,追求更有意义的人生。这种抗拒行为属"颠覆性男性气质",是"对权威的颠覆、僭越和反抗,而不是对传统的服从"(邱枫 16)。可以说巴恩斯在小说的第一部分生动地勾画出两个一心想"成为男人"的青少年,他们聪明、叛逆、好奇、敢于探索、有冒险精神。作为读者自然会期待主人公克里斯为理想奋斗的伟大征程,但出乎意料的是,巴恩斯却在之后的两章里逐渐削弱了克里斯的男性气质。

小说第二部分的标题"巴黎 1968"读起来确实令人期待,因为 1968 的巴黎自然而然与大规模学生运动联系起来。在第一部分里,克里斯展现出的好奇、挑战和冒险的精神面貌更吊足了读者的胃口,让他们期待着克里斯能在这场运动中有所作为,甚至扮演"愤青"角色,彰显他的"颠覆性男性气质"

(91)。第二部分也是以这样的期待开启,是多年之后人们对克里斯多夫的提问,因为他们想了解1968年的学生运动。提问者老少皆有,他父亲的朋友也在其中,他们很自然地把克里斯当作学生运动的亲历者或见证人。提问时,他们的脑海里出现了克里斯"衣袋里装满石块的画面"(85)。他们想当然地视克里斯为时代的宠儿,因为他"在合适的时间,到了合适的地方"(87)。但克里斯的回答却吞吞吐吐,含糊其词,甚至有意回避与1968年的巴黎有关的话题。这多少有些出乎预料,但却在情理之中。克里斯当时确实在巴黎,但他没有参加这场声势浩大、震惊世界的学生运动,甚至压根就没关心过。他当时完全沉浸于自己的个人世界里,与法国女孩阿里克谈情说爱并失去了自己的童贞,之后在巴黎他又遇到了后来成为他妻子的英国女孩马瑞恩。这些就是1968年这个重要的历史时刻对于身处巴黎的克里斯的意义所在。克里斯的1968年巴黎叙述中,只有他与阿里克的相识、相恋和分手的情感历程,他没有在任何地方提到学生运动。显然,巴恩斯在此有意避免涉及这场由学生引发的政治运动。有评论对巴恩斯如此处理克里斯与"巴黎1968"学生运动的关系感到很失望。例如,莫斯利和戴维·里恩·西格顿等人认为巴恩斯在此有意让克里斯"成为一生中没能经历这个令人振奋的历史时刻的不幸者之一"(Guignery, "The Fiction of Barnes" 10)。戴维·威廉姆斯也感觉失望,认为"这个部分'退缩'了"(Guignery, "The Fiction of Barnes" 10)。也有评论认为,克里斯对学生运动视而不见是为了满足巴恩斯具有强烈讽刺意味的主题设计(Molmes 144)。狭义而论这类评论是合理的,但如果将之置于巴恩斯再现男性人物的整个体系来看,却值得商榷。在此处,巴恩斯并非要把克里斯多夫当作不幸的人,也并非要表现讽刺,而是不想表现暴力和争斗,也就是不想在公共空间表现其男性气质,而是将其置于私人空间,使其阴柔化,正像有评论者提到的,克里斯"青少年时期把法国构想成异化和政治强悍之地,但他错过了所有现实,取而代之的几乎完全是家庭式的浪漫"(Guignery, "The Fiction of Barnes" 10)。威廉姆斯所谓"退缩",其实也包含克里斯男性气质的消减。这种男性气质的弱化,也体现在克里斯"颠覆性男性气质"的消退。他当时给托尼回信,谈到自己对巴黎学生运动的态度:"学生太愚蠢,功课跟不上,头脑昏了,因为缺乏运动设备便与警察发生了争夺。"(87)从克里斯对学生运动的评价可以看到,他已经开始遵从国家权威,向权力低头,与青少年的他形成强烈反差。这在一定程度上体现了男性气质的减弱。

小说的最后一部分克里斯的男性气质进一步弱化,他开始背离自己青少年时期的理想,与自己曾经批评和鄙视的生活完全妥协了。克里斯曾一度拒斥父辈的生活,希望自己有不一样的人生。然而,如此排斥父辈的生活方式,试图通过法语或双语制造边缘性的青年叛逆者,却违背了理想,最终回到了自己曾经厌倦和批判的"资产阶级宿舍"——地铁通达的地方,过着他自己曾经抗拒的中产阶级生活。他有"车",有"房",办"按揭贷款","出国旅游",过着"幸福"的生活,用他自己的话说"如果现在不算幸福,那么永远别谈幸福了"(159)。这样的生活和"幸福"却是青少年时期他和托尼所不齿的。从冲动的青少年到沉寂的成人,从抗拒到认同,克里斯多夫建构起一个全新的自我,这个新的自我不再以彰显男性气质为特征。

从传统的角度看,托尼比克里斯更具有男性气质,尤其是成人之后,他依然坚持青少年时的抗争意识。他对克里斯失去斗志和妥协生活的行为颇有微词,嘲笑他为"肥猫"(176)。在他眼里,克里斯不像个男人,他认为"男人从来就对政治感兴趣",而且他自己的政见"相对'左倾'"(174)。与克里斯屈从于生活相反,他致力于改变世界,他认为诗歌、小说等艺术毫无用处,因为它们"改变不了世界"(175)。他认为政治能改变世界,政治才能体现男人的价值。为了表现男性气质,他的话语中总带着一些脏话。虽然托尼比青少年时更有斗争性,更有政治味,但克里斯并不羡慕托尼,他认为自己与托尼在一起的所想、所做是不成熟的。男性气质的减弱,女性气质的增加是其成熟的一个标识,他说"我相信成熟这个概念的维持是通过与善意结盟实现的"(160)。也就是说成熟男人并非以表现男性气质为标准。因此,小说并没有把托尼树立为男性的样板,或者说托尼只是一种类型的男性而已。

对于如此塑造克里斯多夫,巴恩斯在接受采访时说:"《地铁通达之处》是有关挫败的(defeat)。我想写年轻人的抱负变成了妥协。我想写一部非巴尔扎克式的小说,不想让主人公在结尾,站在山上俯视一个他知道或相信他将要征服的城市,而是让非英雄在结尾接受城市的条件。"(Guppy 64)其实,小说的标题"Metroland"就是衰退的隐喻。克里斯在地铁站遇到的那位老人称"Metroland"为"无稽之谈","完全是为了取悦地产商。让它听起来显得安逸些,给安逸的英雄们准备的安逸的家"(37)。相比较而言,"大都会"(Metropolitan)则是一个雄心勃勃的计划,它包括建一个海峡隧道,从曼彻斯特到伯明翰的火车将在伦敦载上客人后继续开往欧洲的大城市。巴恩斯成长的伦敦郊区对此抱有很大的期待。但这个计划未能实施。小说中老人谈起"Metropolitan"计划充满自豪,认为"Metropolitan"不仅有雄心壮志,"并且信心满满","年轻人,不要耻笑维多利亚人"(36)。由"Metropolitan"到"Metroland"暗指英国由强变弱。老人用"cosy"指"Metroland",用"confidence"和"ambitious"

指"Metropolitan",一弱一强,形成鲜明对比。而主人公克里斯由青少年的豪情壮志到成年后与生活的妥协,也是一个由强到弱的成长过程,是一个从敢于挑战到甘于服从的过程,即男性气质逐渐弱化的过程,正如莫斯利言:"他的成熟过程包括视野的萎缩和对普通的接纳。"(Moseley 18)

在小说《地铁通达之处》结尾部分,克里斯从妻子马瑞恩口中得知,在两人结婚之前,她和别的男人有过性爱关系。而夫妻的情感问题则成了巴恩斯第二部小说《她邂逅我之前》讨论的主题,所以有评论甚至将这两部小说视为"姐妹篇"(Guignery, "The Fiction of Barnes" 17)。其实,巴恩斯探讨夫妻情感问题与男性气质有密切关系,这在《她邂逅我之前》和第三部小说《福楼拜的鹦鹉》中表现尤为明显。两部小说都涉及丈夫身份与情感不忠的妻子之间的关系问题,小说的男主人公都陷入情感问题不能自拔,他们处理情感问题都经历了从迟疑到怀疑和妒忌,最后到丧失理性,所体现的都是"不好的"气质,即传统性别话语赋予女性的特质。

《她邂逅我之前》的主人公格雷厄姆经其作家朋友杰克介绍认识了安,两人坠入爱河,之后他与妻子芭芭拉离婚,与安组成新的家庭。为了报复格雷厄姆,芭芭拉找借口让格雷厄姆带他们的女儿爱丽丝去看了一场电影。电影里,安扮演一个道德败坏的女人,与男主角发生暧昧关系。看了这些镜头,爱丽丝直接称安为妓女,格雷厄姆这才明白芭芭拉让他带女儿看电影的用意。此后,格雷厄姆开始关注安过去出演的电影。虽然这些电影早被人们遗忘,而且安扮演的都是次要角色,但他都去看,甚至一部要看上好几遍。他怀疑生活中的安与荧幕上她扮演的角色做了相同的事情,并从杰克的小说中推断杰克与安也存在私情。最后格雷厄姆杀死了杰克,接着自杀。小说以触目惊心的悲剧收场,既在情理之中,也在情理之外。这场悲剧的产生与男性气质不无关系,具体地说,格雷厄姆其实是一个缺乏男性气质的人,但为了证明自己也是真正的男人,他失去了理智,并最终选择了暴力。

格雷厄姆是伦敦大学的政治历史学老师,这个职业暗示"格雷厄姆腼腆,不敢冒险"(Moseley, "Understanding Barnes" 56)。他的胆怯在与安第一次见面时便有所显露。交谈中,得知安是跳伞爱好者,他的反应是:跳伞"一定很危险"(12)。这让安颇感意外:怎么"男人对飞行的恐惧如此普遍"(12)。格雷厄姆再次颠覆了她对男性的认识,借此巴恩斯有意解构了男性勇敢的神话。安之所以感到如此惊奇,是因为人们普遍认为男人是勇敢的,跳伞显然是一项勇敢者的运动,为什么作为一个女人,她都能从事这项运动,而男人认为它危险呢?这也表明,勇敢这类品质作为衡量男性的重要标准不仅在男人中,而且在女性中也是共识。但实情并非如此,安意识到男人似乎并不勇敢,而且普遍胆怯。巴恩斯用了"多疑的怜悯"(sceptical pity)(12)来形容安的感受。初次见面之后,格雷厄姆爱上了安,但他没勇气面对妻子芭芭拉,巴恩斯写道:"在他们的关系持续了半年后,告诉芭芭拉已不可避免。"他有两次想说,但都找借口放弃了:"一次芭芭拉心情很好,他不忍心伤害她;第二次她脾气糟糕,他不敢提起安,担心芭芭拉会认为他是在借机报复⋯⋯最终他以一种懦夫的方式告知芭芭拉:她与安待了一整夜。"(20)在第二段婚姻中,格雷厄姆变得更加柔弱,因为安过去复杂的经历"促成了他对安的依赖,使她变成了母亲一样的人,这让格雷厄姆在控制自己的身份方面产生了问题:格雷厄姆感觉安的过去让他变弱,像小孩一样,没有能力"(Millington and Sinclair 15)。

理性本是格雷厄姆的强项,或者说是他作为男人的关键所在,然而理性不是恒常的,而是易变的,有可能走向非理性,甚至被可怕的暴力所替代。小说中巴恩斯最初也突出了两性思维的差别,即男性的理性和女性的感性。在认识格雷厄姆不久,安想到"她永远也不可能有他那么多知识,也不可能像他那样直接而有逻辑地进行辩论,这让她感觉有些害怕"(19—20);格雷厄姆在第一婚姻中,对女性的感性也深有体会。他在与芭芭拉争吵时,总感觉力不从心,因为"她总是在如此没有学术原则的基础上进行。跟学生在一起时,他可以辩论得很好:沉着冷静,逻辑清楚,以双方认可的实事为基础;在家里没有这样的基础,你似乎从来不能在开始就发起讨论(更或是单向的斥责体系),而是交锋于中间,他所面对的指责来自假设、肯定、想象和敌意"(21)。在这里巴恩斯强调传统认识中女性不讲逻辑、不懂理性、放纵情绪等特点,这让遵循理性和逻辑的男人无所适从。但与安结婚后不久,格雷厄姆"沉着冷静,逻辑清楚"的理性逐渐被感性所代替,而且复制了其前妻的模式:"假设、肯定、想象和敌意"的女性思维模式。当看到安在荧幕上不雅的表演后,格雷厄姆的心理和行为产生了巨大的变化。虽然安饰演这些角色是在他们认识之前,而且安坦承自己那时确实与一些男演员有暧昧关系,但格雷厄姆却无法释怀。除了不停地到各家电影院看安演过的电影,他还在安的私人物品中寻找她与这些男演员存在关系的证据,而且不断地想象他们通奸的情景。他妒忌那些男演员,并怀恨在心,想象对他们报复:"格雷厄姆从电影院出来,与他进去时同样兴奋。不清楚安是否与皮特有过通奸,这使他感觉很精神。驾车回家途中,一两个杀死皮特的方法跳入他的脑海,但都被当作无聊的幻想放弃了。"(99)因为几乎不可能与他们相遇,他就在梦里进行报复。他梦见他把巴克"这个牛仔淹死在毗那·阔拉达的一个游泳池里:从巴克窒息的肺里最后冒出的气泡与泳池表面的气泡混在一起,并没有引起注意；他还梦见买通一个人，在巴克骑马通过长有一棵巨大仙人掌的路上，放了一条响尾蛇：他的坐骑受到惊吓，将他甩出去……两条坚如钢铁一样的大蛇，钻入他的皮裤内，咬住了他的蛋，仿佛它们是鸡尾酒会上的香肠"。格雷厄姆非常痛恨巴克戴墨镜的样子，他便梦见巴克戴着太阳镜穿过一段隧道后，撞死在他开的大吊车上。格雷厄姆的报复不仅仅停留在梦里，当他怀疑妻子与好友杰克也存在私情时，嫉妒和仇恨的心理最终使他完全失去理智，他无法自控地杀死了杰克，梦境变成了现实。

具有讽刺意味的是，格雷厄姆理性的丧失，恰恰因为他的性别身份意识。格雷厄姆的仇恨和妒忌显然与男性身份有关。他将银幕上的艺术等同于现实，认为那些银幕上的男人给自己戴了绿帽子。现有的评论认为格雷厄姆没有受到别人的嘲笑，所以不能被视为"戴了绿帽"（Millington and Sinclair 14），这显然忽略了格雷厄姆的前妻芭芭拉和女儿爱丽丝，她们对安的评价其实就是对格雷厄姆的嘲笑。加之，"男性主体的表呈范式不仅一再重复男性特质主控位置的观念，而且不断强化这些观念，鼓励男性去'辨认'自身以及其他男性是否符合这种主体表呈范式"（Buchbinder 29）。外界的评价和男性表呈方式也刺激到了格雷厄姆的自尊，作为一个男人，他不能容忍"被戴绿帽"。这也说明，男性并非是生物性所决定的，而是由男性规范和男权话语建构而成。其实，格雷厄姆每看一部安的电影，就多一份羞辱，多一份仇恨，这份仇恨并不指向自己的妻子，而是针对其他男人。安与其他男人的行为撼动了格雷厄姆作为男人的地位、尊严和荣誉，也引发了他的身份危机意识和焦虑。而这种身份焦虑却是以暴力的方式解决的，因为"他希望拥有'丈夫'的传统而绝对的'权力'"（Millington and Sinclair 16），"唯有暴力显得决断而清楚"

(Millington and Sinclair 15),而暴力本身也是男性气质的一部分。

格雷厄姆制造的惨剧表明他自己也是男权社会的受害者。在男性规范和男权话语及其规训力的作用下，格雷厄姆将自己建构成"绿帽男"，然后又通过杰克的小说将杰克建构成"第三者"，最后通过暴力操演"真男人"身份，在这个过程中他一步步失去理智，走向疯狂与暴力，而且"因为格雷厄姆起初是一个善言而文雅的人，他的暴力得到突显，也变得更可怕"(Millington and Sinclair 15)。从这个意义上讲，格雷厄姆是"父权社会的产品和牺牲品"(Millington and Sinclair 16)，同时，他的悲剧也暴露了父权制的危害。

与格雷厄姆一样，《福楼拜的鹦鹉》中的布莱斯维特也为情所困，多疑猜忌。《福楼拜的鹦鹉》的文类一直存在争议，小说或传记，各有其理，但如果弄清巴恩斯小说的创作风格，对他采用迟疑或犹豫的叙事策略有所认识，《福楼拜的鹦鹉》就不会被归入传记的行列。《福楼拜的鹦鹉》主要是叙事人布莱斯维特的故事，只不过他讲述有关个人情感的故事，前铺后垫、拐弯抹角、欲言又止，福楼拜的那些事只是他个人故事的冗长背景。他寻找福楼拜的鹦鹉，其实是在寻找自我；他研究福楼拜，目的是了解自己的个人生活。布莱斯维特的塑造无疑是成功的，因为读完作品之后，真正让读者印象深刻的，不是书中关于福楼拜的各类事项，而是布莱斯维特这个虚构的人物，不是因为布莱斯维特有任何非凡之举，而是因为他的迟疑和犹豫。

如果直言快语和豪爽大气是男性气质的体现，布莱斯维特则与此格格不入，他的叙述婆婆妈妈、含混躲闪。布莱斯维特的这种叙事方式实属"女性口吻"。所谓"女性口吻"，"必须回避准确性，可以是非理性的、无逻辑、反思维的散漫表达，宁可使听者无从理解,不得要领,也不要落入旧有的叙事圈套中去"(杨俊蕾 47)。《福楼拜的鹦鹉》整体都具有这样的特点。布莱斯维特要讲的是自己不幸的情感生活,但他似乎羞于启齿,于是他采用了迂回的叙事策略,即以讲述自己寻找福楼拜写作《纯净的心》中使用过的鹦鹉"露露"的故事开始,并以寻找结果为结局,在其间加入关于福楼拜的各种琐碎的信息,并将自己的个人情感生活断断续续地引入其中,形成故事套故事的套盒式叙事。布莱斯维特第一次提到自己的妻子是在第4页,但他并没有就此展开,而是以关于福楼拜的事打岔回避,近一百页之后他又提及和妻子到药店买创可贴一事(103)。然后他这样说道:

> 要告诉你关于……什么?关于谁的事?有三个故事在我心中争先恐后。一个是关于福楼拜的故事,一个是关于埃伦的故事,一个是关于我自己的故事。我的故事是三个中最简单的——它几乎不过是我存在的一个令人信服的证明——但是我觉得那是最难启齿的。我妻子的故事较为复杂,值得关注;但我也引而不发。把最精彩的留到最后,像我早些时候所说的那样吗?我想情况不是这样的;事实刚好相反。……书本不是生活,不论我们多么希望它们就是生活。埃伦的故事是真实的;也许甚至这就是我给你们讲述福楼拜的故事的原因所在。(105—106)

让人觉得他似乎终于要讲妻子的事了,然而,他却再次"引而不发",转向了关于福楼拜的琐事,直到又过了一百页,当很多关于福楼拜的信息披露完后,他才真正开始讲有关妻子的故事。即便如此,他也始终把她与福楼拜《包法利夫人》中的包法利夫人进行对比,而且对妻子的态度也是迟疑和犹豫的。从分量来看,小说共 240 多页,布莱斯维特真正吐露自己的故事仅占 14 页左右,足可见其犹豫迟疑到何种程度。不仅如此,他的叙事显得杂乱无章,缺乏逻辑。关于"女性口吻"有这样的描述:"她的语言恣意发挥,杂乱无章,是他无法在其语言中看清任何连贯的意义……她只是把自己同唠叨、感叹、半截秘密,或故弄玄虚的语句分开。当她回到原题时,又从另一个快乐或痛苦的角度重新开始。"(莫伊 188—189)在这里,如果将描述中的"她"替换为布莱斯维特,却非常适合。可以说布莱斯维特的迟疑叙事一定程度就是"女性口吻",从这个意义上讲,巴恩斯有意或无意地通过"女性口吻"将布莱斯维特女性化了。

另外,布莱斯维特认为妻子有外遇主要来自猜疑和妒忌,而不是清楚的事实依据。他从妻子买菜回家的时长,推测妻子有出轨行为;他根据妻子脸上的笑容,推断她在外面幽会。他用猜忌代替了理性。当外人觉察到他们夫妻间的问题,想与他谈话时,他怀疑他们的动机,认为他们是处于好奇而非真正的关心。最重要的是,他非常清楚妻子并不爱自己,也知道她对生活感到绝望是因为他们之间没有爱情的生活。但对于这些关键问题,布莱斯维特采取回避的态度,从未与妻子沟通,或信任妻子。他把自己的精力用于研究福楼拜,试图通过解读福楼拜的私人生活和情感世界来解释自己的不幸。在他的研究里,福楼拜是情感上的失意者,虽然有很多情人,但在她们眼里,他的位置并非那么重要;路易斯科莱有许多情人,而福楼拜只是其中之一,正如他自己在妻子眼里的位子;他也把自己的人生等同于福楼拜作品《包法利夫人》中包法利的命运,而包法利夫人就像他自己的妻子。他甚至承认自己喜欢福楼拜胜过爱自己的妻子。这种逃避的行为,也是他缺乏男性气质的体现。

小说《凝视太阳》中的三个重要男性,即美国飞行员普罗瑟,莱斯利舅舅和格雷戈里也都属女子气的男人。莱斯利舅舅和美国飞行员普罗瑟的命运虽然与"二战"有直接关系,但他们都违背了战争对男人的期待,没有体现出战死沙场的英雄主义气概,而是以各自的方式躲避战争,是两个战争中的"懦夫"。

战争如小说所说"是男人们的事","男人指挥,并且由男人——像校长一样敲着烟斗——对战争进行解释"(19)。但莱斯利却没有这样的担当。他预感战争即将来临,便悄无声息地离开英国去了美国。莱斯利并没有自己的家庭,他的离开也与他人无关,怕死是唯一的原因,他选择美国,因为那是个相对安全的地方。莱斯利当然不承认自己躲避战争,他从巴尔迪摩写信解释说,"张伯伦声称我们的时代是和平的,莱斯利不再年轻,他想出去看世界,到美国后不久,战争出乎意料地爆发了,他早已超过穿军装服役的年龄"(57),他甚至说如果美国介入战争,他可以在美国参战。莱斯利知道在战争爆发之际离开是"可耻的之举",但却要粉饰自己,显然是为了维持男人的"尊严"。但简的父亲了解莱斯利,知道他的信中所说都是借口,是"一派胡言"(57),在他看来,莱斯利完全可以为战争做些事,如当家园守卫(Home Guard),防火或者到炸药厂工作,也就是说,莱斯利本可以按照人们期待的那样在战争中起到男人的作用。莱斯利的举动无异于为保命而临阵逃跑的士兵,他在美国一直待到"二战"结束,然后悄悄地返回英国。他的逃避行为显然不是一个理想男人之举,国难当头,他只考虑个人的生命和安全,没有担当,没有爱国主义精神。莱斯利的懦夫行为也引起亲属的不满,简的父亲为他感到羞愧，认为莱斯利从美国寄食品给他们是想洗白自己逃避战争的行为。更让简的父亲不解的是，莱斯利从美国寄内裤给简，莱斯利的行为显然不具有男性气质。但莱斯利本人并非不知道男人在战争中应该做什么，他回国后，陪简的儿子玩耍时，常常虚构"二战"故事。在他的故事里，自己完全是一个勇敢的战士，一个真正的男子汉，一个英雄。他绘声绘色地描述"在43年他如何驾驶一艘小型潜艇跨过海峡，在迪耶普港附近的海滩上勒死一个德国卫兵，攀上一处峭壁，炸毁了当地的重水工厂，又缘绳而下离开"(83)。这些故事背后是男权话语的规范，类似故事的编造和重复就是对男性规范的引用和重复，也正是这样的故事将男性身份与勇敢、暴力或英雄等特性联系起来。莱斯利试图通过虚构故事把自己建构成男人，让外甥格雷戈里以自己为荣。但这些编造的故事让简很反感，每次听到，她就会打断莱斯利，让他闭嘴，因为作为女人，她早已厌倦了"男性历险的故事"(83)。莱斯利在生命的最后日子里也承认自己胆怯，他对简说："不过，我总是有点紧张。你小时候，可能认为我是一个时髦的人。但我那时和现在一样担心，总是逃避，总是跑掉，我从来不勇敢。"(130)莱斯利从美国回来后，过着隐秘的日子，逃离战争的行为对他的生活产生了不小的影响，这种影响也包含支配性男性气质对他的惩罚，即"任何试图抵拒男性气质归化的努力，结果肯定都是社会层级的下滑"(Corber 37)，甚至他临终时仍担心人们会提及他逃避战争一事(193)。

莱斯利没有勇气面对战争，更没有勇气面对死亡。莱斯利晚年罹患癌症，病情日益恶化，为此他"害怕"、"哭泣"(193)，希望病情不是真的，希望"所有的医生都在骗他"(42)。他不愿死去，想把自己冷冻起来，等找到了治疗癌症的方法后，再让他苏醒。他的胆小懦弱与简形成鲜明的对比。简认

第一章 变装表演——巴恩斯小说中的性别身份与性取向 69

为死亡是绝对的,当她到中国旅游的时候,听到中国有关灵魂会死的观念时,觉得匪夷所思,但老年的她却接受了这样的观点,她说:"我们拥有一个会死的灵魂,一个会被毁灭的灵魂,这完全是对的。"当死亡来临时,她想让儿子相信"她死的安详而幸福"(193)。对比这两种态度,简显得非常勇敢,像个男人。相反,舅舅莱斯利懦弱、感性、脆弱,像传统认识中的女人一般,他在纯粹的愤怒和纯粹的恐惧的摇摆中度过了生命的最后时光(193)。尽管如此,当外甥格雷戈里来看他时,他还是按照简的吩咐,没有流露对死亡的畏惧,他表现得幽默、坚强。因此,在他过世之后,格雷戈里认为莱斯利很勇敢,巴恩斯写道:"当格雷戈里刚到时,他以开玩笑的方式说自己就要死了,然后就改变了话题……他没有自怜,也不想让看望者流泪。所有这些让莱斯利的死不那么令人烦恼。格雷戈里认为,如果要用一个词来形容莱斯利,那么勇敢是最适合的。"(135)这里的勇敢也不再是男性气质的体现,而是爱的表现,是巴恩斯所谓"社会勇气"的一种。

　　与莱斯利不同,美国飞行员普罗瑟直接参与了战争。对于军人,人们往往有超出一般的期待。军人本是男性气质的代表,是理想男人的化身;战争是彰显男性本色即操演男性气质的最佳场所,正如费林所言:"没有任何职业比军人、没有什么场所比军队和战场更能界定男性的身份。"(Filene 165)"二战"中美国空军的英雄主义情怀是文学和影视作品常见的主题。康奈尔用"示范性男性气质"指称公共媒体对男性特质的塑造,好莱坞电影借助"暴力、武器、战争等场面呈现英雄形象"(刘岩 108)。但小说《凝视太阳》中的美国空军飞行员普罗瑟却没有留下什么英雄事迹。相反,巴恩斯刻意突出他的另一面,即与女性气质相通的一面——胆小懦弱。"二战"期间因为胆怯怕死,在执行任务时,他故意离开编队,飞到很高的地方,找云朵将自己隐藏起来。担心回到基地遭人耻笑,他便躲在云里胡乱射击,制造参加激烈战斗的假象,以便向地面人员炫耀战绩。普罗瑟的欺骗行为被发现后,遭到停飞,被部队安排住在简的父母家里进行反省。期间,他与主人公简建立了一段友情。他告诉简,他在天空中看见太阳两次升起的"奇迹",以及他把飞机飞到很高的地方,慢慢将遮住太阳的手指打开,从指缝间"凝视太阳"的游戏。这些趣事成为简一生中美好的记忆。

作为一名军人,普罗瑟当然知道自己的职责,也清楚军人在战场上应该怎样表现。他不愿被人耻笑,希望自己能重新再飞,利用重飞的机会重建男人形象。他甚至想象自己会在战斗中因为子弹用完,勇敢地撞向敌军的指挥驾座。(30)他知道这才是社会对男人的期待。但现实中普罗瑟与想象相去甚远,在妻子眼里,他胆小如鼠。战争结束多年之后,简到美国旅游时,特地拜访了普罗瑟的前妻奥利弗·雷德帕斯,此时她已再婚多年。当简谈起普罗瑟停飞期间总想着要重飞,这让奥利弗感到惊讶,因为在她眼里普罗瑟"有一点胆小(yellow streak)","他的眼睛总是留意后门在哪"(103)。简的男友,即她后来的丈夫迈克尔,也觉得普罗瑟不那么男人,他说:"他躲躲闪闪的,这我不喜欢,他不看你的眼睛,总是把头转开,我喜欢看着你眼睛的人。"(39)简没有告诉迈克尔,普罗瑟是因为停飞才住进她家的,如果他知道了,他当然会明白为什么普罗瑟不敢看人的眼睛。普罗瑟也承认自己胆小,他提到1940年遇到两架敌机的场面,他当时吓得掉头就跑,并采用最快的速度俯冲下降,当他认为摆脱了敌机时,却听到射击的声音,又吓得赶快攀升到云里藏起来,当他松掉拉杆,射击声也随即停了下来,这时他才意识到刚才是自己在发射,而非敌机所为,由于恐惧,他在操作拉杆的同时也按到了发射按钮。经验对于战争很重要，老飞行员因此变得颇具价值，为了保住他们，只好不让他参加战斗，而没有经验的年轻飞行员更容易牺牲。这导致"老飞行员变得更老，年轻人变得更年轻"（31），而年轻人死的时候和刚起飞时一样没有什么经验。这让没有多少飞行经验的普罗瑟更加体会到生命的危机和死亡的威胁。正如他自己所说：恐惧与惊慌就像吞下了醋，"你不只是在嘴里感觉到，而是整个以下都可感觉到……在嘴里，在食管里，在胸中，在胃里"（52）。死亡的惨状更增加了他对死亡的恐惧，普罗瑟在伊斯特莱目睹了飞机起飞失事，两飞行员丧生的惨状。那次事故看上去并不严重，只是飞机起飞时，倒翻下来，底朝天躺在跑道上，但两个飞行员的头却被齐整整地割了下来，留在跑道上就像两枚"蒲公英"（29）。普罗瑟还听说有个飞行员在试机时，飞机发生故障，从一万五千米的高空坠落跑道，为搞清楚事故的原因，他们把飞行员的遗骸送去检验。让普罗瑟难以忍受的是，遗骸是放在糖果盒里送走的。在他看来"蒲公英"和"糖果盒"的惨状是"没有尊严"的死（29—30）。怕死，更怕"没有尊严的死"，这让普罗瑟变得更加恐惧。

尽管普罗瑟渴望利用重飞的机会重建男人形象，但当他确实获得重飞的机会时，他仍然无法克服恐战心理，在重飞不久，到法国执行任务时，他又独自离开队伍，向高处飞行，向着太阳飞去，就像他在停飞期间告诉简那样，玩起了从指间凝视太阳的游戏。领队发现他离队，用无线电与他联系，向他喊话，他拒绝回答，领队随后命令一架飞机追上他，但这架飞机飞到与普罗瑟同一高度后，先用无线呼叫，他不应，只好采用射击的方式警示，但也不起作用，最后只能放弃，按命令返回队伍。就在返回的途中，他看见普罗瑟的飞机从高处径直向下坠落，他的手仍然放在眼前做着遮蔽阳光的姿势。普罗瑟选择了自杀,自杀成了他摆脱恐惧的方式,而他自杀的方式与他在停飞期间向简描述的情景是一致的:"你没执行过多少任务,你有点惊恐,并且你在攀升。你径直向着太阳攀升,因为你认为这样是安全的。在那里太阳比平常更耀眼,你把手放在脸上,轻轻地打开手指,眯着眼看过去。你继续攀爬,你从指间看去,凝视着太阳,你注意到,你越靠近它,你越感觉冷。你应该为此担心,但你不会。你不担心,因为你幸福……你的反应更慢了,但你认为是正常的。然后你变得更虚弱;你会像平常那样频频转头。你现在感觉不到冷。你不再想去杀死任何人——所以那样的感觉已经随空气泄露而去了。你感觉幸福。"(31—32),"接下来,可能会发生两件事。要么109飞机向你投弹,一声爆炸,火焰之后,一切就结束了,干净而美好。或者,什么都没发生,你继续攀升,穿过稀薄的空气,从指间凝视太阳,你的帕斯佩有机玻璃已经结霜,但里面很温暖,很幸福,大脑没有了什么思想,最后你的手从脸上垂下,然后你的头也垂下,你甚至注意不到这是灾难"(32)。在普罗瑟看来这样死去有尊严,所以也是幸福的。

　　小说中,简认为"勇气就是飞上蓝天"(18),而飞上了蓝天的普罗瑟,却胆小怕死。从普罗瑟身上,看不到好莱坞大片中美国飞行员那种英雄主义形象,也看不到一个战士的男子汉气质,能看到的只是懦弱和对死亡的恐惧。如果男性气质代表的是强悍、控制、征服与暴力,是战争与扩张,那么巴恩斯的普罗瑟和莱斯利舅舅是对这种男性气质的反驳。战场是男人的阵地,是男人证明自己的地方,"战争让女人走开"。但巴恩斯不同,战争从来就没在他的作品里展开,他的作品里也没有枪炮声或硝烟弥漫的战场,战争总是以别样的方式出现。《凝视太阳》、《英格兰,英格兰》、《福楼拜的鹦鹉》和《亚瑟与乔治》都提到战争或故事发生在战争期间,但是无论是涉及"二战"

中的英国保卫战的前三部,还是涉及英国殖民战争的最后一部,战争要么只是提及,要么被回避,没有任何双方交战的场面,亲历者也并没有什么英勇的表现,即使是帝国时代参加战争的亚瑟·柯南道尔也是如此。这表明巴恩斯以一种特别的方式反思战争。"一战"和"二战"是英国人永久的伤痛,巴恩斯同时代的作家如巴克等人皆对战争进行反思,借战争叙事道出人们的痛苦以治疗战争带来的伤痛。但巴恩斯的作品中没有英雄崇拜,没有男性气质的展现,所谓的男性气质并不是巴恩斯小说建构男性身份的要件。

与普罗瑟和莱斯利不同,《凝视太阳》的另一位男性人物格雷戈里与战争没有关联,他生活于和平时期。但与他们一样,他也缺乏男性气质。不过,不像《地铁通达之处》里同样生活在战后的克里斯年少时"自认为不同寻常"并且还有过远大的抱负和冒险行为,只是"成人后变成了一个普通人"(Moseley, "Understanding Barnes" 54),格雷戈里从小就极为普通,从来没有伟大的生活愿景,也从不敢冒险或争强好胜,没有传统标识男性的阳刚之气,显得安静柔弱。因此,格雷戈里被弗恩兹比作"无翼而安静的伊卡鲁斯"。

格雷戈里自儿童时期起就不敢冒险。他喜欢玩具飞机,且制作了不同种类的模型飞机,但由于担心失败,他不愿试飞:"他制成的旋风飞机只是为了看,不是为了飞。如果飞的话,飞机可能会坠毁,如果坠毁,证明他做得不好,这不值得冒险。"(84)一次,为了不让妈妈失望,他鼓足勇气试飞了一架刚做好的飞机,结果飞行不久,引擎脱落了,导致飞行失败。这不仅挫伤了格雷戈里的信心,也进一步证实了冒险就意味着失败的逻辑。同时,"他的好奇心因为胆小而受到限制,他宁可看其他小孩玩,也不愿加入其中"(82)。长大后,格雷戈里同样不敢尝试冒险,巴恩斯写道:"飞机跑道上的飞行员相信飞行,这不只是知识或了解飞行动力学的问题,也是信念的问题。假如格雷戈里上了跑道,他会发抖,当塔台里发出起飞的信号他总会在跑道半途拉上刹车,他不相信这架飞机能飞。"(109)格雷戈里甚至不敢乘坐飞机,他认为飞机工程师创造了最为可怕的死亡条件:"尖叫,封闭,不知情和肯定"以及"如在家一般"——"你死时有头靠,有椅背套"(98)。格雷戈里送他母亲到飞机场,"闻到机油的味道,就会想到烧焦的肉;听到起飞时发动机的声音,就像听到纯粹的歇斯底里的声音"(96)。或者他会联想到卡德曼的飞行事故。卡德曼于1739年自制了一对翅膀,认为可以凭借这对翅膀飞起来,但当他从教堂顶部尝试飞行时,当场摔死。格雷戈里将此事故视为现代飞机最早坠毁的案例之一。他清楚飞机出事的死亡率是百分之百,这更让他望飞机而生畏。

格雷戈里从事的工作是卖人寿保险。如果从职业与性别的关系来考量,这一职业的从业者以女性居多,可以说他从事的是一份不能彰显男性气质的工作。而且他的工作理念也不是出人头地,更不是干出一番事业或追求男人在社会上的成功与荣誉。他对工作没兴趣和热情,在他看来什么工作都一样:"所有工作都让人烦,但你得做一份,因为找份工作的重要性体现于当你离开时,它才显出你有价值";"生活靠合同,不停地依靠合同直到最后一份"(110)。他找工作只是为了生活而已,他甚至认为工作的"用处就在于没什么用处"(110)。格雷戈里在生活中也找不到快乐,他甚至否认快乐。"他意识到只有当你相信快乐,快乐才能得到"(109),但他不相信快乐:"他有过女朋友,但与她们在一起,他从来没有得到他希望的感觉。他意识到,群体快乐的不可获得甚至可能延续到两人的相聚。做爱不会使他感觉孤独,但同时,也没有使他感觉如胶似漆(but it didn't, on the other hand, made him feel particularly accompanied),至于男人之间的聚会,他认为常常是错误的,他们聚在一起因为他们害怕困难,他们想把事情变得更简单;他们想要确定性,他们想要具体的规则。"(109)

在格雷戈里身上,读者看不到男人的激情、冲动和活力,能看到的只有被动和悲观。当母亲劝他旅游时,他却认为"旅游使你疲劳,旅游使你烦躁,旅游使你蒙蔽(it flattered you)。人们说旅游开阔视野,格雷戈里不赞同,认为旅游只是提供了开阔视野的错觉。于他而言,开阔视野就是要待在家里"(112)。他对生活的理解正如他所喜爱的爵士乐,而且是爵士乐三个发展时期第二阶段的风格,即"零碎的曲调,简洁、重复的短句,刚开始便流产的羞怯旋律"(185)。在格雷戈里看来,爵士乐是很稀奇的音乐,一种已经自杀了的艺术形式,格雷戈里的生活状态也如他常听的那种爵士乐一样,总是处于一种逃离之中。巴恩斯写道:"大多数人希望生活充满曲调;他们认为存在就像旋律一样展开;他们想要——并且相信他们看见——呈现(statement)、展开(development)和概述,必要时一个清晰的高潮等。这些期望让格雷戈里感觉很幼稚。他只期待零碎的曲调;当一个短句再次出现时他认出是重复,但他把这归为偶然而不是自己的长处,而旋律,他知道,总是在逃离。"(185)逃避生活成了格雷戈里的生活状态,这有悖于社会对男性的期待,是对男性气质一种抗拒的姿态。

此外,格雷戈里没有结婚,一生也没有真正意义上的独立,总是像一个没有长大的孩子,依赖母亲。他崇拜自己的母亲,一生大部分时间都生活在母亲身边,"开始她不欢迎,后来却把这当作一个补充接受了"(110)。简也意识到如果儿子不崇拜她,"他可能会独自离开,有所成就"。因为缺乏成就感,格雷戈里50岁时开始思考自杀,并且花费了大量的时间研究死亡和自杀,想为自杀找到理由。他发现古代哲学家鉴于个人的羞耻、政治或军事的失败以及严重的疾病等,允许自杀。(161)但格雷戈里不符合这些条件,他不仅身体健康,与军事、政治也无牵涉,更没有个人的羞耻。在反复用高科技电脑检索,却没能得到关于死亡等问题的答案后,格雷戈里只得求助于自己的母亲。母亲肯定而坚决地告诉他死亡是绝对的,宗教是荒唐的,自杀是不允许的(187),这让他豁然开朗。巴恩斯描写格雷戈里走出自杀阴影的情景就如欧·亨利的短篇小说《警察与赞美诗》("Anthem and Soapy")中索比的顿悟,格雷戈里听到有乐队在演奏,"虽然他从来没有听见过这个旋律,但却是熟悉的。呼吸,只有呼吸;凝视着透亮的窗子,只做呼吸……"(191)。格雷戈里仿佛得到了第二次生命,他要生活下去,从此抛弃了自杀念头。格雷戈里到六十岁才认识到自己的幼稚,变得成熟起来。对此巴恩斯写道:

> 成熟不是时间的结果,它是你的认识的结果。自杀不是我们时代唯一真正的哲学难题,它是一个诱人而无关的事(an alluring irrelevance)。自杀无意义因为生命如此短暂,生命的悲剧在于它的短暂而非它的空虚。格雷戈里认为,各民族禁止自杀是对的,因为这种行为在它的倡导者那里引发了错误的价值观念。自杀使人自命不凡,自高自大(self-important),自杀需要多么可怕的虚荣,自杀不是自我否定。它并非表明:我是多么悲惨,多么微不足道,我毁灭我自己,无关紧要。恰恰相反,它表明:瞧,我如此重要才自杀(I am important enough to destroy)。(189)

这表明,格雷戈里其实是想借自杀表现男性气质,体现不成功则成仁的男性规范,而他断绝自杀的念头,抛弃的正是男人的"自命不凡",是一种以放弃男性气质达到自我救赎的方式。

值得注意的是,格雷戈里不以成功和勇气之类的标尺衡量自己。这两个标准是主流社会衡量男性的参照,或者用康奈尔的话说是"支配性男性气质"。如果以此为参照,格雷戈里显然不达标。但他认为自己不是懦夫,也否认自己是失败者。格雷戈里称自己"安静软弱,年至六十,从未有什么成就,但这并不能使我成为失败者"(189)。他质疑"成功":"谁定义成功? 当然是成功者。但如果他们界定了什么是成功,那么那些被他们判断为失败者的人应该有权界定失败。所以:我不是失败者。"(189)关于勇气,他说:

> 谁能告诉我勇敢是什么? 人们常说——尤其是那些从未见过战争的人——战争中最勇敢的人是最没有想象的。这是真的吗? 如果是真的,这是不是弱化了他们的勇气? 如果你能预先想象到伤残和死亡,并置它们于不顾,你就更加勇敢,那么,那些能够十分清晰地想象到伤残和死亡,那些能预先产生恐惧和疼痛的人就是最勇敢的。但有这种能力的人——能在他们面前以3D的形式看到灭亡的人——通常被视为懦夫。那么,最勇敢的人是不是失败的懦夫,是不是没有勇气逃跑的懦夫? (167)

从这个角度看,逃避者并非懦夫,并非没有勇气。重新界定失败和勇气象征格雷戈里对传统性别认识的挑战,并借此重新找回自信。这也是他决定放弃自杀的一个重要原因。有研究通过残疾人访谈发现他们与支配性男性气质联系的三种方式:"① 重新定义。根据自己的情况重新解释支配性男性气质的定义,以使自己符合这种定义。② 依赖旧定义。认同那些占支配地位的定义,坚持要做他们做不成的事,这使他们更多地陷入苦恼。③ 拒绝旧定义。他们相信支配性男性气质是错误的,他们都强调自己作为'人'的权利,发展出与自己嘲笑的男性气质相对立的气质。"(方刚 71)以此为参照,莱斯利舅舅和美国空军飞行员普罗瑟符合②,所以他们陷入苦恼中。格雷戈里则符合①和③,他通过重新界定陈旧概念摆脱了痛苦,消除了自杀的念头,找回了生活的信心。格雷戈里对失败和勇气的重新界定不仅模糊了成功与失败,勇气与懦夫的界限,也模糊了男性气质与女性气质的本质区分,是对男性气质的重新阐释以及对性别身份重新认识,从而消解了男性的身份焦虑。

由于巴恩斯有意抹平懦夫与勇敢者之间的界限,颠覆了对懦夫与勇敢者的传统认识,使得勇敢与懦弱成了相对的概念。从这个角度看,莱斯利是勇敢者,普罗瑟同样也是。因此,巴恩斯笔下的懦夫或女子气的男人并非男性危机的象征,而是男性意义的扩展和丰富,是对传统男性定义的挑战。巴恩斯没有讽刺懦夫的意思。相反,巴恩斯意在表明男人也是传统男性气质的受害者。他们虽然害怕战争和死亡,却不得不考虑社会对男人的期待,不得不进行掩饰,而且更要面对内心的压力和恐惧。最终把普罗瑟逼上绝路的是战争和暴力,而战争和暴力在传统意义上天生就与男性气质联系在一起,是男性气质的表现。巴恩斯借普罗瑟之死不仅谴责了战争和暴力,也拒斥了传统意义上的男性气质。巴恩斯最新小说《时代的噪音》的主人公前苏联音乐家德米特耶维奇·肖斯塔科维奇(Dmitrievich Shostakovich)就是一个"懦夫",他在斯大林时代"每天、每年、一生都感觉到权力的压力",没有做英雄的勇气:

第一章　变装表演——巴恩斯小说中的性别身份与性取向　79

　　他羡慕那些勇敢面对权力，说出真相的人。敬佩他们的勇敢和诚实。有时候妒忌他们。但是事情很复杂，因为他所嫉妒的部分包含他们的死亡，即他们摆脱了生活的痛苦。

　　……

　　但这些英雄，这些烈士，他们的死常常带来双重的满足——对于发出执行死刑的暴君，以及希望同情、但感觉超然的观望的国人——他们并非独自死去。他们周围的许多人会因为他们的英雄主义遭到毁灭。

　　……

　　当然，难以控制的逻辑也会驶向相反的方向。如果你保全自己，你也可能会保全你周围的人，那些你爱的人。既然你会竭尽所能拯救你所爱的人，你就要想尽办法救自己。并且，因为没有选择，所以同样就有可能道德堕落。(110)

但巴恩斯认为他不是"懦夫"，谈到这本小说时，巴恩斯一语双关地说"我的主人公是个懦夫"(My hero is a coward)，"如果你我处在他的位置做出与懦夫相反的选择——做英雄——那我们就极为愚蠢。在那些日子里与权力作对会被杀害，而且还要牵连家庭成员和朋友，他们或遭到羞辱，或被送到集中营，或者被处死。所以做懦夫是唯一明智的选择"(Barnes, "Barnes on His New Book")。在采访中，被问到会选择做《豪猪》中的索林斯基，还是做《时代的噪音》中的肖斯塔科维奇时，巴恩斯回答说为了让写作能进行下去，会选择做肖斯塔科维奇(Barnes, "Barnes on His New Book")。

　　赋予男性女性气质或男性女性化的写作思想，也是巴恩斯小说塑造父亲形象的一个指导原则。巴恩斯没有以父亲为主的小说,并且他笔下的父亲在小说中的比重非常少,有时仅一笔带过。但如果总体进行考察,可以发现他们都不属于理想的父亲形象。从传统而言,父亲是男权的化身,是父权制度的代言人,他不仅是一个家庭的经济支柱,即"挣面包的人"和家庭权利的掌控者,而且在道德上应是子女的榜样。巴恩斯作品中的父亲却是另一番模样,他们或抛弃家庭、缺席于子女的成长,或懦弱胆怯、听命于妻子。他们都未体现传统父亲的男子气质和品质,既非伟大的父亲形象,也不是子女效仿的样板。相反,他们的妻子却能勇敢地面对现实,独自承担家庭的责任,将子女养大成人,具有坚强、果敢的意志品质。在《有话好好说》中,女主人公的父亲在她十三岁时就抛弃家庭和一个十七岁的女生私奔,再未出现在姬莉娅的生活中,是母亲独自扛起家庭担子,将她养大成人。在《英格兰,英格兰》中,女主人公的父亲陪她度过一段美好的童年时光,和她一起玩拼图游戏、带她荡秋千、逛集市等,让她体会到无限的温暖、安全和自豪。但之后,她的父亲喜欢上另一个女人,离她而去,儿时和父亲一起度过的时光成为她最幸福和最伤心的记忆。父亲的抛弃深深刺痛了她幼小的心灵。多年之后,玛莎已二十五岁时,父亲打电话约她见面。当玛莎提起童年玩拼图游戏时,他却没有半点印象,甚至反问玛莎"你真的玩拼图吗?我想所有的小孩子都爱拼图。"(25)玛莎简直不敢相信她一直珍藏的记忆在父亲看来好像没有发生过,这让她难以接受:"她将永远为此而责备他。"(25)小说《亚瑟与乔治》中亚瑟的父亲懦弱、感性、缺乏男性气质,巴恩斯写道:"他是一个软弱而失败的男人,柔软浓密的胡子后面有一张温柔的脸。他是一个温和的失败男人。责任观念淡漠,一生很沉沦";他"并不好斗,从不惹是生非。他是一个多愁善感、挥霍无度、自怜自叹的酒鬼,常常胡须上滴着酒,被马夫送回家,孩子们则被马夫吵着要钱惊醒。第二天早晨他会长时间感伤,哀叹自己无法供养如此深爱的家人"(9);他"有很高的天赋和细腻虔诚的天性,但神经异常脆弱,体格也不强壮"(8);他喜欢画画,"并通过卖水彩画来增加些收入……但他最喜欢画的又最让人记住的作品却是仙女"(9)。在儿子亚瑟的眼里父亲算不上真正的男人,父亲作为反面教材让他认识"男人能够怎样,或者应该怎样"(9)。亚瑟也正是从父亲的失败中认识到男人担当的重要,并一步步走向成功(从一个眼科医生变成了著名侦探小说作家,不仅获得了经济上的成功,而且被授予爵士,成为英国当时家喻户晓,且具影响力的人物)。亚瑟的父亲也令亚瑟的母亲失望,因为他"使孩子们陷入困境。他一向软弱、缺乏男子气概,在征服酒精的战斗中失败了"(79)。这个失败的父亲最后在疯人院里去世,没有家人参加他的葬礼。短篇小说《脉搏》中"我"的父亲在家庭中也非核心地位,没有主见,是一个典型的妻管严。

博格斯曾经强调当代父亲的负面形象:"他们被视为'荒唐的、可怜的、边缘的、暴力的、虐待性的、无爱心的和有犯罪倾向的'"(Haywood and Máirtín 45),并指出"在欧洲20世纪后期,父亲的贬值与早期作为西方文明的道德和政治维系者的威严父亲明显不同"(Haywood and Máirtín 45)。巴恩斯小说的父亲虽然没有暴力和犯罪倾向,但也不是"道德和政治维系者的威严父亲",他们放纵私情,胆怯懦弱,没有责任和勇气,缺乏男性气质。巴恩斯小说的父亲形塑与作者对自己父亲的认识有一定关系。在巴恩斯家庭里,父亲沉默寡言,处处忍让爱唠叨的妻子,忍让与退缩是巴恩斯父亲的性格特征,这与他创作的父亲形象有相似之处。而且巴恩斯对母亲的唠叨有意见,对父亲的谦让颇为不满,他说在小说中要让父亲离家出走,要他们与现实生活中的父亲形象完全相反。因此巴恩斯笔下的父亲有的酗酒,有的殴打妻子,但除此原因外,父亲形象与巴恩斯小说的其他男性一样均包含巴恩斯对性别身份的思考,是男性女性化策略的组成部分。

莫特(弗兰克·莫特)指出"男人的问题同当代政治文化的危机分不开。正因为政治直接受到特定的一种社会性别差异论的影响,男性气质问题的提出把长期受到抑制的有关主观性和语言的讨论,以及主观性和语言等因素对人们政治倾向的形成所产生的影响这些议题摆到了桌面上来"(19)。而关于男性气质,男性之间意见也不一致,"男权主义者强调两性的根本差异,提倡恢复男性气质的传统理性和加强男性纽带来避免走向女性化的文化",而亲女性主义者认为"男性受到父亲文化对于表达情感的禁忌,受到对于男性社会角色的规范限制,困窘于男性气质的暴力和摧毁元素,为维护父亲体制不得不违背自己的天性过着不健康的生活"(刘岩 109-110),从这个意义上讲,巴恩斯的男性身份建构是秉持亲女性主义立场。纵观巴恩斯小说的男性人物塑造,他虚构和想象的男性与传统对男性形象的塑造突出男性气质和满足父权社会期待不同,巴恩斯不以彰显男性气质为目的,没有强调征服欲、强势、刚毅、坚强,而是突出他们的软弱、胆怯、犹豫、迟疑等性格特征,从而质疑传统的性别观念,同时也是对男性中心主义的消解,对父权制的解构。对男性中心主义的消解也体现于巴恩斯对女性人物的塑造。与男性体现女性气质相反,巴恩斯笔下的女性成为传统男性气质的载体,仿佛"披上男装的女人"。

第二节 披上男装的女人

传统中女性气质被认为是女性生物性别的外在表达。因为女性的身体是脆弱的,所以女性本质是柔弱的。不能体现柔弱等特征的女人不是"真女性",换言之,"如果女人具有冷漠、挑衅、野心勃勃、不照顾小孩或高度智性等特征会被认为没有女人味"(Glover and Kaplan 27-28)。波伏娃颇具讽刺意味地指出:"女人的成功却和她的女性气质相矛盾,因为要做一个'真正的女人'就必须使自己成为客体,成为他者。"(波伏娃 301)但根据性别操演理论,女性只是男权话语和社会规范的效果,是对性别规范的不断重复和引用;女性气质形成于外部空间,与生物性没有必然联系。也就是说,女性气质并非需要女性的身体,相反女性的身体也可以表演男性气质。巴恩斯作品中的女性较为明显地体现这一特征。《凝视太阳》的主人公简、《英格兰,英格兰》的主人公玛莎等都有一个共同点,即敢于打破传统性别观念对女性的束缚,争取与男性平等和获取经济上的独立,体现较强的自我意识和理智,具有坚强的意志和毅力。她们不再是柔弱、感性、顺从等女性气质的化身,而是智性、毅力、勇气等男性气质的代言人。

《凝视太阳》中女主人公简·瑟金特出生于乡村,"二战"期间嫁给了村里的警察迈克尔。她的婚姻生活并不美满,且遭受家庭暴力,她一直没有孩子,这也是丈夫对她大打出手的主要原因之一。当简过了生育年龄,对生育后代放弃希望的时候,近四十岁的她却奇迹般地怀孕了。出人意料的是,当她得知自己怀孕时,便下定决心要离开丈夫,但考虑到孩子的发育和成长需要营养,她一直到快要生产才离开。孩子出生后,为了不让丈夫发现行踪,她和孩子经常更换住处,过着颠沛流离的生活,仅靠打零工维持生计。孩子成人之后,步入老年的简开始旅游看世界,而且与儿子的女朋友发展了很亲密的关系。在小说结尾,近百岁的简不顾儿子反对,坚持还要乘坐一次飞机看太阳西下。

从故事本身来看,《凝视太阳》似乎没有什么特别之处,出版后也反响平平,与前一部小说《福楼拜的鹦鹉》相比逊色许多。有评论者认为,简·瑟金特太平庸,太缺乏基本常识,只为小事和琐事犯难。这样的评论显然被小说看似普通的叙事方式所蒙蔽,不能看到其中更为深刻的内涵,更没有从简这个普通人物身上窥见小说对性别身份的思考及其洞见。巴恩斯对批评界的看法并不满意,他认为那些认为小说平庸的解读还不够大胆,这意味着书中还有许多有待于进一步挖掘之处。巴恩斯曾谈到《凝视太阳》和《福楼拜的鹦鹉》两部小说的关系:"在这两部小说之间我所看到的联系是技术方面的,而不是主题层面的,因为《福楼拜的鹦鹉》走向各个方向,重复的词组和思想的采用将它们捆绑在一起……这在《凝视太阳》里变成了实际的形象、事件和故事,它们随着故事的展开也更加深刻,更有意义。"(Moseley 94)巴恩斯在此所谓的"更加深刻"和"更有意义"应该与简后半生的变化密切关联。简的人生经历看似平凡,但却有丰富的意涵,是她重塑女性身份的历程,反映了她从依赖于男人的女人变成独立女性的嬗变及其所需的超凡勇气和毅力。这个过程大致可以分为三段:结婚之前、婚姻生活和离家出走。

结婚之前,简没有自己独立的思想,她认同的世界是男人的世界,周围的男性左右着她对事物认识。在这个阶段,影响她的男性主要有三人:舅舅莱斯利、父亲、美国空军飞行员普罗瑟。莱斯利的圣诞礼物、他逗乐时做的小把戏、他的话语,父亲的生意、勤劳、对妇女的态度，普洛瑟的飞行经历等成为她辨认自身、认识世界的影响因素。例如，对于犹太人，她想到的是舅舅莱斯利的话："他们不喜欢高尔夫。"(20)二战爆发后，她想参战，但父亲让她知道"在现在的位置上她会做得更好，'让家里的炉火燃烧下去'"(22)，毕竟"战争是男人的事。男人主导着战争……战争由男人解释。在大战中（一战）妇女做了什么？提供白色的羽毛，用石头打狗，去法国做护理。……这次战争会有什么不同吗？"(19)"操持家务"(20)就是她的工作，简选择迈克尔做丈夫也是以父亲为参照的："父亲和迈克尔做丈夫会很适合；他们不是衣冠楚楚，而是脚踏实地的"(38)，同时她认为作为妻子就是要让丈夫体面，防止他们堕落、变坏(38)。可见，是男权话语建构起她作为女性的身份。她对女性的认识和自我定位都源于男人的观念。"迈克尔是答案，无论问题会是什么"(38)是简在思想认识上依赖于男性的最好阐释，正如《亚瑟与乔治》里，亚瑟对女性的认识："女人——年轻女人——对他来说似乎还没有成型。她们温柔、听话，正等待着依据她们所嫁的男人来塑造自己。"(213)

结婚之后，简对女性在婚姻和家庭中的地位有所体悟，她逐渐看清了男尊女卑的现实，意识到思想和经济独立对于女性的重要性，并决定抛弃现有的生活，追求更为自由和幸福的人生。结婚之初，与许多传统妇女一样，简也将婚姻视为人生的重要阶段和新的开始，并且按照传统家庭主妇的要求构建自己新的身份。她学会了怎样做一个妻子，学会了"如何铺垫床铺；如何缝纫、打补丁和编织衣物；如何制作不同种类的布丁……如何把果子装入瓶里，制果酱；如何在感觉不想笑的时候，做笑脸"(58)。通过重复这些动作，简既在"做妻子"，也在"做女性"。但婚姻生活并非她所想象的那样幸福美好。丈夫迈克尔与婚前判若两人，不再像婚前追求她那样善良和蔼，他认为简没头脑,嫌她愚蠢,甚至开始发火动怒,宣泄不满。婚后他们一直没有孩子,这更加恶化了两人的关系。面对不如意的婚姻生活,简逐渐学会了思考和反抗。当丈夫说她"愚蠢"的时候,她不再停留于丈夫的意思,而是开始思考更深的纬度,巴恩斯写到"对于简来说,聪慧并不像人们相信的那样是纯粹的、不可改变的。聪慧就像善:和一个人在一起你可能品行良好的,而对于另一人,你可能是丑恶的。同样,和一个人在一起你可能聪慧,而与另一人在一起,你则可能是愚蠢的。这与信心有关系"(72)。婚姻生活让她变得更加"不自信,因而也显得更愚蠢"(73)。同时她认为,是丈夫"让她变得更没有头脑,然后又转过来嫌弃她"(73)。她要找回自信。当丈夫把不孕的原因归结于她,叫她去看医生时,她最终提出让他也一起去,因为不能怀孕也可能是男方的原因。她的抗拒招致丈夫粗暴的对待,迈克尔打了她,骂她"贱妇"、"白痴"、"娘们",尤其当丈夫说出"女人"二字,更是让她认清了妇女在婚姻、家庭中的地位:"'女人',迈克尔对她大声叫道,仿佛把声音先卷成了一个球,从而能够抛得更远、更准。'女人',这个字本身并不带恶意,但是定位全在语调里了。'女人'这个他为她重新定义的两个起镇痛作用的双音节:令我愤怒的正是新的意义。"(74)她不再相信棍子和石头能打断筋骨、话语不会伤人这类话语,她认识到,像自己肚子上的这类伤痕会随着时间散去,而"言辞则能使伤口溃烂"(72)。简从"女人"两个字里读出了男人对女人的认识,读出了其中的贬义和蔑视,即存在于性别之中的歧视。有了这样的认识之后,简开始醒悟,开始用自己的思想支配自己的行动,不再像刚结婚那样亦步亦趋紧跟丈夫:"他总是走在她前面,步子太快了,以至于每隔几步她就不得不突然加速变成别扭的小跑。"(69)她不再逆来顺受,而是据理力争,奋起反抗,"即使想到迈克尔会发怒"

(76)。她把自己婚后的生活定义为"二等生活"(76),即"你得遵守一定的规则,允许一定的愤怒,遵从一定形式的谎言;你得从另一个人那里诉求双方假定还存在的感情,即使你相信感情已不复存在"(77)。这种"二等生活"正是简周围的妇女正在过的而且还将继续维持下去的生活。关于这种生活,巴恩斯写到"村里的妇女(简并没有把自己排除在外)照管她们的丈夫,为他们做饭,伺候他们,给他们洗澡、洗衣物,顺从他们;她们接受男人对世界的阐释,作为报答,她们得到钱、房子、安全、孩子以及在村里等级地位的不断提升"(79),而她们的丈夫也让她们知道他们是"老板"(79),是他们定期拿钱养家糊口。对于这种二等生活,村里的妇女选择忍耐或忍气吞声,勒斯特夫人被丈夫打得鼻青脸肿,多日不敢出门,也只能忍受,她们认为要"坚持到底;有困难也有坦途……;一切都会过去","离开是背叛;离开是放弃你的权利;离开表明性格的懦弱","逃跑表明缺乏勇气"(79)。但简却不同,她选择离开,因为她要"一等的生活":"我想过更加困难的生活,就这样。我真正想要的是一等的生活,我可能得不到,但是唯一的机会就在于摆脱一种二流的生活。我可能会完全失败,但是我想尝试。"(76)怀孕七个月后,她离家出走,并留下两枚戒指,其中包括婚戒,这表明简摆脱婚姻和家庭束缚的决心和勇气。简选择离开是她重塑自我的开端,也是对英国传统妇女身份认识和婚姻观念的质疑和挑战。

简的第三段人生是独立阶段。离开家后,简开始独自面对生活。她不仅勇敢地生下孩子,而且独自将他养大。为了生计,她在酒店、小餐馆和汉堡吧带着孩子工作,虽然生活异常艰苦,但简从未后悔自己当初的决定,没有想过回到丈夫身边,更没有向困难低头。不仅如此,由于担心迈克尔会发现他们,把孩子从她身边带走,她和孩子经常更换住处,居无定所。

艰苦的生活使她无暇顾及自己的外表,"头发日益变成了灰色"(83)。正是靠着她坚强的毅力,她不仅养活了自己,也养大了孩子。这与之前将男人视为依靠和答案的简判若两人,她自己成了解决问题的答案。

儿子格雷戈里长大后,简仍未停下寻求人生答案的脚步,她在五十多岁之后,仍有不同寻常之举动,非一般女性可以比拟。简曾从父母和丈夫那儿继承了一笔钱,五十多岁时,她决定把它作为旅费,去看看外面的世界。在20世纪80年代,旅游并不普遍,简"在其他人都还坐在家里时"(184),做出这样的决定无疑是大胆而勇敢的,尤其对于一个年过五十五岁的女性,在"知天命"的年龄,她似乎更应该像其他人一样"坐在家里"。简先后游览了欧洲、埃及、中国和美国等地。虽然简谈到自己的旅游计划时说"她不想探寻,尤其不想探险;她只想到其他地方去"(87),但其实她就是去探寻和思索人生,这从她后来对儿子的教诲中可以看出:"不要过早安定下来。二十岁不要做捆绑自己一生的事。不要做我做过的事。去旅游,享受快乐,弄清自己是谁、要做什么,要探寻。"(109)中国之旅对她影响最大,她不仅了解了中国,更从这个"他者"身上看到、辨识和了解了自我。中国当时的贫穷与落后让她联想到"二战"中的英国,联想到自己贫苦的生活。不仅如此,中国之行深化了她对两性关系的理解:金鱼杂耍、狗皮衣服、塑料盆景、飞机上赠送的记录簿、把猪捆绑在自行车货架上、导游错误的发音、导游通过喇叭的解说(即使没电,仍对着喇叭解说)、导游不回答的简单问题等这些所见在她看来都与解读男性联系在一起。具体而言,为讨好女性、增加印象,男人使用小把戏;男人为你买衣服和饰品;男人认为一本小小的通讯记录本就能满足女人的需要;男人非常原始;尤其是男人对女人说话的方式,他们要么大吼大叫,要么让人难于听懂;他们拒

第一章　变装表演——巴恩斯小说中的性别身份与性取向　89

绝回答女人提出的甚至最为简单的问题,假装认为问题本身有错,而不予回答(137)。这里不免有对中国的误读,欠缺对中国历史、文化以及其发展的了解,简把当时的中国比作一个耍把戏、粗暴、原始、专横的男人,存在对中国的偏见,对此在下一章"种族身份书写"中有详细论述,但同时这也是简对父权制的反思和批判,是其独立自我意识的体现。旅游无疑让简增长见识,让她变得更加智慧,尤其是对男性的理解和认识。

六十多岁时,简结识了儿子的女朋友拉切尔,并发展出一段亲密而大胆的关系。拉切尔三十岁左右,不到简的一半年龄,是激进女性主义的代表,在她眼里,性就是政治。当拉切尔告诉简她会与同性做爱时,简不仅不害怕,并且有些好奇,想知道同性恋是怎么回事。当拉切尔提出要与她上床时,简起初有些难为情,后来随着两人进一步交往,她竟然同意了。这除了好奇,还有她被压抑了多年的欲望。她同意拉切尔的要求时,想象的对象是普洛瑟而非同性拉切尔,巴恩斯写道,"她想起普洛瑟在疏散屋里(the dispersal hut),拨弄裤包里的硬币,发出喳喳喳的声音。她想起身着蓝色军装的普洛瑟比平时更有礼貌地把盐递过来,然后静静地待在角落里"(127)。正因为这样,她与拉切尔之间的尝试以失败告终,她说"我想我没有勇气和你上床了,亲爱的"(128)。虽然在拉切尔看来"和人上床无需勇气,而拒绝上床才需要勇气"(128),但对于简来说,尝试与同性上床体现了足够的勇气,尤其简最终的拒绝更是其勇敢和独立意识的见证。其实,简与拉切尔的相遇相识象征着上代叛逆女性和新一代叛逆者的对话。在简看来,由拉切尔代表的激进女性主义是不够成熟的:"她对拉切尔表示遗憾,她判断事物最终是正确或是错误还有待时日;以后才能看清是应该自豪还是悔过。"(127)她对年轻一代女性有些行为表示质疑:"人们总是说现在妇女有了更多的自由、更多的钱和更多的选择。大概性格必须变得强硬才能获得这些进步。这可以解释为什么两性之间的关系常常变得更糟糕而不是更好了;为什么有那么多挑衅;为什么她们会如此高兴地把挑衅称作真诚。"(124)而且现在女性之间存在分歧:"有些女性对另一些女性感到生气。在过去,男人欺负女人,女人欺骗自己,虚伪就像黄香菊润肤液被使用,在这样的旧世界里,至少女人之间有某种狡黠的共谋。现在存在两种被认可的思想:忠诚和背叛。"(120)在简这代人看来,性就是性,而且并非么重要,在她那个时代实施计划生育似乎更重要,还有战争、和平以及后来的英国节(The Festival of Britain)等。通过和拉切尔的交往,简认识到性不是孤立的事件,它与政治和经济是联系起来的,性是反对男权和性别歧视的有力武器。同时,她认识到妇女在如何建构自身方面是不同的。

在小说的结尾,简仍有惊人之举,九十九岁高龄的她要坐飞机到天空看日落。一个近百岁的老人有这样的想法,是超乎寻常的,甚至有些难以想象,正如小说中简的儿子所谓"这是个病态的想法"(194),但做出这个决定更需要勇气,它毕竟是对生命极限的挑战。简并非没有意识到以这样高龄乘飞机存在的危险,所以在登机之前她将一片锡块递给格雷戈里,上面刻有自己姓名和三个 X,她告诉儿子那三个 X 代表三个吻,并不忘将九十年来自己一直觉得有用的忠告告诉儿子:"守时"、"锲而不舍、禁酒、勇敢以及远离股市"(195)。简好像是在做临终前的嘱咐。(小说对此场景的描述只有寥寥数笔,但却非常感人,是巴恩斯小说中母子之情最为感人之处。)这说明简做好了最坏的打算,但她并没有退缩。她之所以要这样做,首先是告诉儿子要勇敢面对生活,因为格雷戈里有段时间一直想自杀,她想通过自己的举动激发儿子面对生活的勇气。再者,她想以此纪念"二战"中死去的普罗瑟以及他们在一起的美好时光。最后,简从小就把飞上蓝天视为勇敢,于她而言,"天空才是极限",她想以这最后一次飞行给自己的人生画上一个圆满的句号。正因为受到了母亲的感化,惧怕乘坐飞机的格雷戈里也鼓起勇气陪母亲一起登上了飞机,坐在她的旁边:"为爱自己的人假装勇敢是更大、更高的勇敢"(194),这也出乎她的意料,因为"她希望他别坐。希望他有勇气拒绝"(194)。在空中,当简与西沉的太阳面对面时,她并没有像普罗瑟那样用手指遮挡,而是直接凝视着它,眼睛也不眨,当太阳落下,消失在地平线下,她对着太阳"逝去之后的磷光"微笑了(197)。这个结尾具有强烈的象征意味:太阳象征生命,大地吞噬太阳象征死亡的来临和生命的消逝,简的微笑象征面对死亡的乐观态度和勇气。

小说以"凝视太阳"为名,但真正敢于"凝视太阳"的只有女主人公简。她敢于冲破男权对女人的桎梏,选择自由和独立;敢于探索人生的意义,尝试不同的人生,包括同性恋;敢于挑战生命的极限,坦然面对死亡。她从一个完全依靠男人的传统女性蜕变为具有独立意识和主体意识的新女性,体现了她与命运抗争的超凡勇气和毅力。在接受麦克格拉什采访时,巴恩斯说:"我们习惯把勇气视为男性的品质,认为勇气就像战场上发生的事,是站出来,战斗。但有许多其他形式的勇气……例如独立生活,这属于社会性的勇气。还有我们看到的简和拉切尔两个女人在性方面所体现的勇气。"(McGrath and Barnes 21)话虽然如此,但不可否认的是,简反抗传统的勇气就是"站出来,战斗",就是其"男性品质"的体现。小说中谈到传统关于勇气的男女之分:

男人的勇气与女人的勇气不同。男人的勇气在于到外面去,去接近死亡。女性的勇气——大家都这么说——在于忍受。男人在暴力发作中表现勇气,女人则在持续的耐心中体现勇气。这与他们的本性相匹配:男人比女性更易动怒,脾气更差。大概你得动怒方能勇敢。男人闯世界,是勇敢的;女人通过忍受男人离开,待在家里,体现勇气。(79)

以此来看,简体现的却是男人的勇气,她没有待在家里忍受男人的脾气,而选择了离开,到外面独闯世界。正如霍尔姆斯所说:"小说唯一而毫无争议的勇气是通过简体现的。"(Holmes 22)这是她超越女性气质的最好写照。二十年不幸的婚姻生活并没有迫使她认命,反而让她变得更为坚强,并且滋生了独立意识,这些认识促使她褪去了传统女性的装扮,换上另一个扮相,它以理性、勇气和独立等为特征,这些是传统性别认识中男性气质的重要标志,是男性与女性的文化区分。从这个意义上说,简·金瑟特从思考女性命运和反抗男权时,就已经披上了"男装"。

简的性别身份建构从一定程度上反映了英国女性争取权利和解放的历程。简生活的第一阶段对应的是"二战"之前和"二战"中的英国,那时妇女处于附属地位,没有独立的经济来源,依靠自己的家庭和丈夫养活,操持家务就是她们的职责,并且由于没有独立的经济来源,她们也成为家庭暴力的对象。但是第一次和第二次世界大战也逐渐改变了妇女的地位。在战争中妇女以各种形式参与和支持战争,这使她们有机会参与公共事务,为她们走出家门提供了机会。巴恩斯在小说中提到简的母亲在战争中所做的工作就是如此。这些努力也改变着妇女的形象,为战后妇女的身份重构打下了坚实的基础。简生活的第二阶段,特别是她反抗丈夫和离家出走,对应着战后福利制度的实施、战后妇女运动的兴起和妇女为争取权利和解放的斗争。战后妇女不断冲击传统的限制，努力重构自身。简在经济上追求独立，反抗婚姻的束缚正是妇女重建自身的真实写照。简的第三阶段人生，尤其是她走出国门旅游的时段，大致相当于撒切尔夫人执政时期。在这一历史阶段，英国的经济实力有所提高，国际地位和影响力有所增强。和撒切尔夫人访问其他国家一样，小说的主人公简也走向世界，用自己的经历扩大视野、丰富人生，不断重构自我。她与拉切尔的相遇背景是女性主义的第二次浪潮，她提到的女性之间的分歧影射1978年的妇女解放大会在有关男性暴力等问题上产生分歧，"分歧也源于更大的政治气候，是20世纪70年代政治对峙的另一体现"（Head，"The Cambridge Introduction" 101）。简自我身份重构的经历也就是英国妇女不断重构自我的历程。

在《英格兰，英格兰》里，巴恩斯成功塑造了另一个"女扮男装"的人物——玛莎。小说分三个部分，对应女主人公玛莎人生的三个重要阶段：二十五岁前，中年和老年。由于小说的主体是第二部分，即关于杰克公司通过复制英格兰，打造"英格兰，英格兰"项目的故事，现有评论主要讨论其中的英格兰性，这导致玛莎作为女性的独立存在性遭到忽视。如果从性别的角度考察玛莎，可以看到她与小说《凝视太阳》的简都体现了巴恩斯的性别认识观念。与简一样，玛莎并非传统的女性角色，她具有强烈的抗争意识，超凡的勇气、毅力和智慧。与简不同的是，从童年开始，玛莎就拒绝成为一个"好女孩"，她性格倔强、聪明而叛逆，行为更接近调皮的小男生。成年之后玛莎也不是传统意义上的乖女人，她总比肩于男性，是一个名副其实的斗士，一个"女汉子"。

玛莎在学校里不是一个好学生或好女生，而且拒绝成为那样的学生。她用自己的方式抵制学校对自己的规训。祷告是学校教育的一个重要环节,但玛莎不信教,她对早晨祷告颇为反感,于是自己编造词句,装模作样地和着大家一起唱诵。其他学生嘴里唱出的是祈祷词,而玛莎唱的却是"苜蓿,在德文郡放屁,/咆哮是你的名"、"往肝和象鼻虫上涂黄油"这类奇奇怪怪的语句。在祷告结束时,其他学生说"Amen",她说:"Are Men:For thin is the wigwam, the flowers and the way,/For ever and ever Are Men。"(13)不虔诚的行为被学校发现后,玛莎受到了惩罚和教育,但她并未真心悔改。她不仅暗地里对败露自己的同学杰西卡进行了"最残酷的报复"(16),终结了她与小男友的交往,同时在受罚期间带领大家祷告时,她将祷告词背得滚瓜烂熟,让人感觉她"已经洗清了罪孽",其实她只是假装虔诚,欺骗老师:看到"梅森老师越狐疑,玛莎越高兴"(13)。面对玛莎的逆反,人们也疑惑不解,总会问她"那样对抗是什么意思?"并劝诫她"愤世嫉俗是非常孤僻的性格"(13),希望她不要那样固执,要加以改正。但玛莎反觉得自己"没有得到家人和老师的正确评价"(10)。

玛莎儿时喜欢玩英格兰拼图游戏,这也是她与父亲情感记忆的纽带。由于不能独自拼出完整的英格兰地图,她总要等父亲回家将最后一块放上。共同完成游戏是玛莎获得父爱,以及依靠和信赖父亲的象征。但当玛莎知道父母离异,父亲不会再回来,她等父亲拿回最后一个拼块的愿望再也不能实现时,她决定将拼块一次一块地丢弃在校车上。玛莎丢弃拼块的举动既是她不信任男人的开始,也是她独立意识形成的开端。

小玛莎争强好胜,当她看到艾·琼斯种的豆品质好,年年获得村里农产品比赛冠军时,决定自己也要参赛,想与琼斯争冠军。小孩做事大都只凭一时兴趣,但小玛莎却不同,为参加比赛,玛莎很投入,从播种、培养到收获,自始至终没有懈怠:"播种、浇水、等待、除草、浇水、等待";"她从学校回来,总是一下车,就径直跑到她的那块地里认真观察"(19)。比赛场上,她的竞争对手个个都是成年人,而且是"老农"(ancient gardeners),但小玛莎毅然站在台上与他们一决高下,毫无畏惧,大有初生牛犊不怕虎之气。虽然比赛冠军依旧是琼斯,玛莎没有赢得任何奖项,但她似乎不愿认输:"她瘪着下嘴唇……很固执。"(20)

在职场上玛莎的表现也不输于男性,40岁的玛莎,应聘进入了彼特曼(Pitman)公司。在巴恩斯笔下,公司老板杰克是权力的象征,他可以随意将公司职员解职和替换。但就在面试的当天,他受到了玛莎的挑战。在面试中,杰克起身绕到玛莎的后面,本希望玛莎回答问题时做出如下举动:"对着他的某个下属回答呢,或者甚至对着他那个空椅子,再或许她会半转过身,尴尬地抬头斜着眼看他?"但玛莎没有做任何一个他想象的姿势,而是"站起来,面对他,两臂交叉随意自如地放在胸前",坦然地回答他的提问(47)。杰克试图让她慌张,在提问中,故意走动着,但玛莎并不惊慌,"她保持站立,他走到哪里,她就转向哪里。仿佛其他面试人员都不存在。有时,杰克爵士几乎感觉自己在围绕她转,以跟上她的步调"(47)。玛莎的举动完全出乎杰克的预料,作为公司老板,他面试过诸多女性,但没有谁如此强势,面对他毫无畏惧,让他感觉她好像不是在提问求职中倍受歧视的女性,而是在与自己处于平等地位的男人较量。

虽然在皮特曼公司的项目开发成员中,玛莎是唯一的女性,但她视域开阔、精明能干,常常有独到的见解,与男性职员相比毫不逊色。巴恩斯用"牛津的大脑,犀利的智慧"形容她的聪明智慧(179)。更重要的是,玛莎常就妇女和性等问题,提及一些让男人尴尬的事,借此讽刺和揭露男人的丑陋行为。例如,杰克公司想把性与旅游项目挂钩,更好地实现高质量休闲的目的,玛莎借此机会将英国的发展与性联系起来,讽刺男人的恶行,她说:"英国过去总是到国外去满足性爱。帝国就是建立在英国男性不能在婚姻之外找到性满足的基础之上,或者在婚姻中也不能满足。西方总是把东方当作妓院,高端或低档的妓院。现在情况正好相反。我们要追求太平洋沿岸的钞票,所以我们必须提供历史的补偿。"(92)玛莎的话听起来是在为项目所谓高品质休闲找理由,但其实是暗讽英国男人的不忠行为。杰克听了以后,评价玛莎是"对我们民族辉煌过去令人羞愧的分析"(92)。接着玛莎又提到一系列"英国的罪恶":"鸡奸或鞭笞……维多利亚时期的童妓。一系列的性谋杀"以及有乱伦偏好的拜伦(93)。玛莎虽然用"英国的罪恶",但这些罪恶其实是英国男人的罪恶,因此,杰克听了很不舒服,认为玛莎的建议,不仅没有帮助,而且"比平常更具阻碍性"(93)。玛莎关于英国与性的联系,用保罗的话来说就是"不爱国的"(95)。这个"不爱国"显然是因为玛莎的话刺激到了男人们,让他们不安。另外,玛莎借"罗宾汉与快乐汉",对性别歧视表示抗议。她质疑罗宾汉群体里都是男性:"By the way, why are 'Men' all men?"(147)玛莎对男女之间的不平等,以及女性的从属地位有清醒的认识,她在公司的讨论会上,当着男人们的面,毫不留情地指出:"传统中女性根据男人的需要调整自己。男人的需要,当然,是双重的。你们把我们放在座基上仰望我们的裙子。当你们需要纯洁和精神价值的榜样,即在你们离开去耕地或杀敌的时候,需要某种理想化的东西时,我们就调整自己。"(45)

更重要的是,玛莎不甘心听命于男性的权威,自己也想做主人。杰克公司就像一个小王国,杰克就是国王,他在公司里

第一章 变装表演——巴恩斯小说中的性别身份与性取向

有绝对的权威,如他自己所言:"我可以将你们用替代品……用……仿真品换掉,比卖掉我心爱的布兰库兹的艺术品更快。"(31)公司的男性成员即使有意见,也只能忍气吞声,按理作为女人玛莎更应该顺从杰克的意志,然而,她却不甘愿,她"总是攻击他","而且故意激怒他"(95),暗地里寻找机会取代他。她从男友保罗那里得知杰克定期去拜访的地方并非其姑姑家,而是一个秘密妓院,他去那里不是看望姑姑,而是享受变态的性服务,她决定充分利用这个机会,推翻杰克的领导。她和保罗雇人到妓院秘密拍下了杰克享受变态服务的证据,以此要挟杰克,迫使他把CEO的位置让给了玛莎。玛莎这样做的目的在于反抗职场中的性别歧视。之前,为了避免职场上的性骚扰,玛莎特意修改了自己的简历,主要是婚姻状况。玛莎年近40,从未有过婚史,但在给皮特曼公司的简历上写的却是离异,而且注明没有孩子。在此,婚姻表示成熟的女性,没孩子意味着不受家庭拖累,可以尽心工作。在传统认识里,女人本属于私性空间,家庭和孩子是她们的中心,要走入属于公共空间的职场总是面临各种性别歧视,甚至受到性侵犯和性骚扰。杰克在面试玛莎时,就堂而皇之地问"为得到这份工作,你愿意和我睡吗?"(46)并且"从他的桌子后面绕过去,站着盯着看玛莎的腿"(46—47);在一次讨论会上,他不无深意地将手放在玛莎的肩上。杰克招聘了不少女职员,表面上他似乎尊重女性,或者提倡男女平等,但事实上,他有很强烈的性别歧视,他用"蠢材"一词,责骂他的私人助理(152)。另外,杰克聘用过许多私人助理,不仅个个是女性,而且无论她们真名是什么,他一律用"Sussi"叫唤她们,仿佛她们不是一个个的个体,而是一个整体,可以毫不区分,无足轻重(西方文化强调个人主义,但实际上只有男人拥有个体,而女人没有,她们只是整体,没有个人)。

玛莎做领导也不输于男性，她的管理强势而出色。担任公司的 CEO 以后，她并没有依照杰克的模式按部就班地进行管理，而是大胆进行了一系列的改革。她做出的第一项革新就是坚持要使用私人助理的真名。真名的使用在此象征个性或个体，有男女平等的含义。她甚至将杰克的私人助理换成了男性（191），并且质疑说"为什么男人的私人助理必须是女性？"同时，她用"相对负责任的寡头政治"取代了杰克的"极端自我的独裁政治"（191）。玛莎管理公司井井有条，充分展现了她的领导才能和威信，与杰克相比有过之而无不及。尽管如此，她在心里始终怀疑自己在管理和运作的项目，认为"英格兰，英格兰"是个"一切都颠倒"了的世界（193）。她想把事情顺过来，恢复历史的本来面目。但玛莎的管理才能和她取得的成效招致男人们的嫉妒，其中包括他的男友保罗："大概我把公司运作得很好，即便是杰克来管理也不过如此。是这导致保罗生气吗？"（192）对此保罗并不承认，在他看来玛莎为了"自己的好处"，"聪明过度了"，而"杰克爵士是个伟人。从开始到结束，整个计划都是他的主意"，并警告玛莎"是谁实际在付你薪水？你是靠他穿上衣服的"（204）。保罗话里其实透露了她对玛莎的真实看法，也是男人对女人的认知，即女性得靠男人养活，而现在公司却要看玛莎的脸色行事，执行玛莎的命令，加之，他的话、他的建议在玛莎那儿没有任何效果，他心里很不是滋味。他既怀疑玛莎的才能，又妒忌她有主见，更不想屈从她的强势领导。最终他背叛了玛莎，与杰克妥协，他们销毁了杰克的罪证，高薪聘请曾经帮助玛莎获取杰克罪证的摄影师贾里·迪斯门德为《时代》的主编。保罗也被任命为新的 CEO，取代了玛莎。玛莎不仅失去了领导权，而且还将被永久驱逐出怀特岛。但面对出人意料的局面，玛莎并没慌乱，也没有被征服，"她冷静地看了一眼保罗"，没有理睬那个装有旅费的信封,"永久地离开了她的办公室"(235)。

好斗、作对、叛逆往往是调皮男生的评语,但可以用于评判小玛莎;智性、气魄和能力通常用于对男性的评价,但却可以用于成年玛莎。可以说,玛莎是男性气质的化身。

像玛莎一样敢于挑战男权政治的女性还包括小说《10½章世界历史》第四章的主人公凯丝·菲利斯。凯丝常常与丈夫争论。她所关心的事,不是家庭琐事,而是国家或国际上的大事,包括环境问题和人类的生存问题。虽然丈夫格雷戈经常打趣地告诉她说"政治是男人们的事"(88),但她始终没有停止,仿佛在与男性争取平等的话语权。她甚至认为男性政客很愚蠢,在她看来女性对世界上的大事更为敏感:

> 也许女人跟这个世界接触更密切。他问我这是什么意思,我就说,是这样,事情都是相互联系的,对不对?女人与地球上所有的自然循环、出生、再生的联系都比男性密切,真要讲起来,男人也只不过是受精者而已。如果女人跟地球和谐一致,那么,要是北面发生了可怕的事情,威胁到整个地球的生存,说不定女人会感觉到这些事情,就像有些人知道要地震,可能经前紧张就是这样引发的。他说笨蛋,就因为这样,政治才是男人的事。(89)

当苏联的切尔诺贝利核电站发生事故时,她一直高度关注。她特别在意这次核事故对自然和人类生活产生的影响。她了解到大量的动物在这次事故中死去,并对政府处理核污染致死的麋鹿感到震惊。政府认为掩埋麋鹿是一种浪费,决定把它们用作貂的食物;政府甚至擅自提高食用麋鹿肉的辐射标准。她认为这些举措愚蠢而危险,对男性政治表示失望、不满和愤慨。

在她看来，男性政治看不到事物之间的联系，这样下去核战争在所难免，世界将会在男人的控制中走向灭亡。但她的心声不仅未被自己的丈夫理解，也不被他人所关注，最终，她毅然独自驾船出走，在驶向大海的途中，她看到巨大的蘑菇云，核战争爆发了。

有论者从心理分析的角度解读凯丝·菲利斯，认为她的所作所为表明她心理不正常，患有狂想症。这一解读显然忽略了凯丝对男性政治的不满，忽略了她关心政治、关注环境和人类生存问题的诉求。凯丝认识到男性政治的不足，看到男性政治的愚蠢及其后果和危险，不应该被视为狂想症。其实，反思男性政治，在小说的第一章"偷渡者"——以木蠹虫为叙事者的另类《圣经》"大洪水"中，也可解读出小说对男性政治的质疑。对于这一章，阐释者大多结合后现代理论，认为它是对经典的改写或颠覆，这固然有理，但还应该看到它对男权政治的讽刺。在这一章里，方舟象征整个人类世界，而诺亚则是最高权威的象征，但这个领导者，居然"不知道要将船驶向何方，停靠在何处"。在方舟漫无目的的漂流中，诺亚和他的儿子们做了很多愚蠢而荒唐的事，例如，提倡纯种，干预动物的自然行为，禁止驴与马交配；明明是乌鸦先看到陆地，但受奖的却是鸽子。作为领导者的诺亚只是个酒鬼和昏君。《英格兰，英格兰》中，公司的领导人杰克同样傲慢和专横，而且同样荒唐可笑，他经营管理的"英格兰，英格兰"最终变成一个是非混淆之地，上演种种闹剧，他自己也经常秘密光顾妓院，装成婴儿一般，让服务女郎哄他入睡、把尿、换尿片。而在与男权政治斗争方面，凯丝与玛莎一样坚韧而执着。

巴恩斯小说中的男性怕死，女性则坚强勇敢，这当中有一个极端的例证即小说《福楼拜鹦鹉》第十三章"纯粹的故事"的主角埃伦。关于她只有一些零碎的信息,而且主要是从"迟疑的叙事人"布莱斯维特的叙事中所得。她只是被谈到,作为一个逝者被她曾经的丈夫向读者说起。但她却是很重要的角色,因为从某种意义上说,《福楼拜的鹦鹉》就是关于埃伦的,并且埃伦的虚构故事是《福楼拜的鹦鹉》"成为小说的基本架构"(McGrath 23)。在布莱斯维特的叙事中,埃伦有婚外情,她经常找借口出去与情人约会,叙事人将她与福楼拜小说中的包法利夫人进行对比。最值得关注的是,埃伦最后选择以自杀的方式结束生命。尽管有评论者认为,布莱斯维特剥夺了妻子的发言权或话语权,他的叙事都是在妻子的沉默中进行的。的确,巴恩斯没有像复活福楼拜曾经的情人路易斯·科莱那样,让埃伦开口说话,但仍可以从叙事人遮遮掩掩的讲述中窥见埃伦与男权抗争的勇气和斗志。

在布莱斯维特看来,埃伦"确实有婚外情"(213)。在解释妻子出轨时,布莱斯维特不无讽刺地说"她对此兴趣浓厚吧"(213)。但通过他的讲述,可以看到埃伦与布莱斯维特的婚姻并不幸福。首先,虽然布莱斯维特反复强调"我爱过她"、"我思念她",称埃伦是"备受宠爱的独一无二的妻子"(211),但布莱斯维特并不了解埃伦,正如他所说,他对妻子的了解"还不如了解死去百多年的外国作家"。虽然他多次说思念妻子,但他每次想到妻子,都把她与灾难联在一起:"现在,当我想起埃伦的时候,我努力去想1853年袭击鲁昂的一场冰雹。'一场一级水平的冰雹'"(210),"想到破碎的窗子、砸毁的庄稼、破碎的瓜田园艺玻璃罩"(222)。另外,埃伦其实并不爱布莱斯维特。正如布莱斯维特多次强调"她不曾爱我",并承认"我们在一起不幸福"。可见,埃伦生活在没有爱情的婚姻之中。如果埃伦真的出轨,不幸的婚姻应该是主要原因。

在这里,婚姻的不幸也包括家暴。尽管布莱斯维特闪烁其词，但仍难以掩盖其粗暴行径。布莱斯维特多次提到埃伦身上的伤痕，仿佛特意要做解释，这暗示有人可能注意到埃伦有受伤的现象，而布莱斯维特想要表明那些伤与自己没有关系，即不要把这些伤与家暴之类的事联系起来。他把受伤归结于埃伦自己，并解释说"她动作很笨拙；她常撞东撞西，摔跤绊倒。很容易弄得身上青一块紫一块"（211）。但具有讽刺意义的是，他接下来的例证却证明情况并非如此，他说"有一次，正当她不留神地想一步踏进皮卡迪利大街，我一把抓住了她的手臂，虽然她还穿着大衣与衬衫，可第二天，她的手臂上就出现了机器人的铁爪所留下的青紫色钳印"（211）。显然这些"青紫色钳印"不是因为埃伦笨拙"撞东撞西，摔跤绊倒"导致的，而是他下的狠手。为了掩盖自己的恶行，他甚至说这个"机器人的铁爪所留下的青紫色钳印"连埃伦自己都"没有注意到"，言下之意就是，连她本人"都没注意到"，旁人有什么大惊小怪的。在这里，布莱斯维特有点做贼心虚，但却在无意中暴露了埃伦遭到家暴的事实。埃伦身上的伤也是不幸婚姻的又一见证。

埃伦的不幸主要源自她的思想观念——与传统性别身份认识格格不入的思想意识。在布莱斯维特看来，埃伦"有丈夫、孩子、情人、一份工作。孩子们都已离开了家；丈夫始终如一；她有朋友，还有所谓的兴趣爱好"（216），应该满足了。的确，从父权社会对女性的期待而言，埃伦似乎已经可以满足了，甚至应该足够满足了。但显然埃伦并不满足于此，因为拥有这些并不意味着幸福。妻子的自杀让布莱斯维特感到困惑。布莱斯维特提到幸福的三个条件即"愚蠢、自私和好身体"（217），其中"愚蠢"最为重要，"如果没有愚蠢，其他两个就没有意义了"。他认为自己的妻子只具备健康的身体。不言而喻，布莱斯维特的认识是父权意志的体现，即女性本身代表身体，女性用身体说话，而不是头脑。身体即为感性的。再者，身体也与生育关联，好的身体暗示旺盛的生殖能力。按布莱斯维特的理解，妻子只有"好身体"，那是因为埃伦给他生了孩子，满足了他生育的愿望。但埃伦不"愚蠢"，这是问题的关键所在。换言之，埃伦聪明、有头脑，知道自己要什么，并且有自己的追求，这超出了男权社会的预期。根据布莱斯维特的看法，正是聪明和理性毁了妻子的"幸福"，或者更确切地说是他的"幸福"。虽然，布莱斯维特没有谈及妻子的追求是什么，但不可否认，她在追求属于自己的幸福。正是因为她的聪明，布莱斯维特多次暴力也未曾征服她。可以看到，埃伦虽然个子娇小，但却有坚强的意志。

拒绝服从父权社会的意志让埃伦不仅遭受丈夫的暴力，同时还要面对来自社会的压力。小说中，叙事人布莱斯维特主要谈到自己因妻子出轨所承受的压力。他知道旁人对妻子的行为有所了解，"这些临时的朋友"（215）甚至想对他讲他们知道的事。布莱斯维特说自己为妻子"脸红"（212），但他认为埃伦"从不脸红"（214），说她是"荡妇"。这既是他愤怒的表现，也是他面临压力的失态。但这并不等于他的妻子没有压力，布莱斯维特的讲述中提到埃伦的"绝望"情绪（217），这种绝望与社会压力不无关系。事实上，社会压力对于女性来说更为险恶，这从布莱斯维特提及案例中可窥见几分："在1872年，法国文学界讨论了该如何处理淫荡的女人。丈夫是应该惩罚她呢，还是宽恕她？小仲马在《男人女人》中给出了直截了当的建议：'杀了她！'他的书在出版的当年就重印了三十七次。"（213）虽然埃伦没有生活在那个时代，但同样感觉社会压力的存在，从而滋生"绝望"的情绪。

压力有多大，抗拒就有多大。正是在面对内外交困的情况下，埃伦选择了自杀。在布莱斯维特眼里妻子"不是一个反抗者,不具备一种有意识的自由精神;她是一个仓促行事的女人,一个只管往前冲的女人,一匹脱缰的马,一个燃料仓"(214)。这是她对妻子的误解。其实,埃伦采用不同的方式在抗拒,出轨就是其一。它至少是对不幸婚姻的一种反抗。叙事人本人就借用纳博科夫的话——"淫荡是超越传统的最为有效的方法"(214)——解读妻子的出轨行为。当然,自杀是最为严重的选择。布莱斯维特没想到五十岁的妻子会自杀,但他还是引用福楼拜作品中的话道出了妻子自杀的真正原因:"不能与那些你所爱的人生活在一起是一种折磨,而与那些你所不爱的人生活在一起则是最痛苦的折磨。"(214)这说明埃伦选择极端的方式不是因为"秘密生活使她陷入绝望"(217),或者自己的出轨行为被发现了,而是因为和自己不爱的人生活在一起是"最痛苦的折磨"。

与其苟活,还不如死去,这就是埃伦。她虽然矮小,却有宁死也不愿屈服于男权社会的勇气和气质。正如叙事人所谓:"我们中很少有人有勇气使用槌棒与凿子。埃伦有这样的勇气。"(221)

在短篇小说《脉搏》里,叙事者的母亲同样勇气十足,所作所为让男人汗颜。根据叙事人"我"所言,"我"的母亲"在家里就是一个实在的存在,无论她讲话与否,都是如此。她是那个你有问题就要去求助的人"(216)。不仅如此,"我"母亲遇到问题总是依靠自己,不愿麻烦他人。在"我"很小的时候,母亲的腿上刮开一个口,家里没有其他人。在这种情况下,"多数人会叫救护车,或者把丈夫叫回家",但"我"的母亲既没叫救护车,也没叫丈夫回家,她"拿了一根针和手术线,自己把伤口缝了起来"(216)。这恐怕连男人们都做不到,可见"我"母亲的胆识之大。更让男人们叹为观止的是,"我"母亲不仅可以缝上自己的伤口,而且"可以毫不犹豫地为你做同样的事"(216)。

可以说在《凝视太阳》和《英格兰，英格兰》等小说中，男性人物褪去了传统的男性气质，而成为女性气质的化身，他们懦弱、胆怯、恐惧，没有传统理想男人的样子。勇敢、坚毅、英雄主义常常是文学文化中描写男性的关键词。例如力士参孙、尤利西斯等，他们均是男性气质的化身，代表传统对理想男性的认识，同时这些形象也参与了性别身份建构事业，不仅成为后世文学男性人物塑造的参照，也成为男性想象自身的样式。但巴恩斯小说的男性并不是这一性别叙事的继续，而是对此的反叛。与此相应，巴恩斯小说中的女性人物却卸下了传统女性的粉黛，不再感性、柔弱和小鸟依人，相反，她们理性、刚毅、智慧，在生活中体现出超凡的勇气。换言之，巴恩斯让小说中的男性和女性人物互换了装扮，上演了一场精彩的换装表演。借用这样的换装表演，巴恩斯小说的性别身份书写挑战了传统对性别身份的界定。按传统的性别认识，男子汉气质和女性气质是对男女两性的区分，其基础是生物性别，而巴恩斯小说通过让女性人物成为男性气质的载体，让男性人物表演女性气质，从而质疑性别区分的生物基础。巴恩斯小说男、女性人物的"换装表演"突显了巴恩斯的性别身份书写中的女性主义意识。这种性别身份的女性主义意识还体现于巴恩斯对性取向的表征之中。

第三节　性取向表演

布鲁克（彼得·布鲁克）指出："性与性别的混同，使得男性与女性等同于男性气概与女性气质，这进而'自然化'了社会里既定性别差异的标准特质（男人身体较强壮，因此与劳动、运动和肉搏战斗的世界有关，在公共领域里较为活跃；女人身体较为虚弱,所以比较消极,她们的领域是家,她们的身体决定了身为母亲和男性欲望对象的角色)。这种双元论不仅巩固了男人对女人的权威,还延续了男性异性恋规范作为自然性欲望认同的模式。"(布鲁克 167)但这里的男性异性恋规范在操演性的视域下便不再是自然性欲望认同的模式了。巴特勒认为"性别这个概念不仅预设了性、性别和性欲望的因果关系,而且也暗示了欲望反映或者表达性别,以及性别反映或表达性欲望"(Butler, "Gender Trouble" 30),而操演性将这种看似自然的联系"去自然化了",认为性欲望并非与生物性别必然联系,而是父权制异性恋规范的效果,同时,"规则不仅有可能被拒绝,也可能'产生断裂,不得不重新来加以解释'……假如质询或者规则本身就是带有暴力的伤害性,那么这种主体建构的过程必然更加复杂和充满波折,在制裁和建构的角力中孕育着颠覆性的反抗力量",这构成了"巴特勒酷儿理论的要旨"(何成洲 140)。虽然非异性恋从来不是巴恩斯作品的重要主题,巴恩斯也没有一部作品可称为"同性恋"文学,但非异性恋一直是其作品的一个构成元素。从《地铁通达之处》、《福楼拜的鹦鹉》、《凝视太阳》到《有话好好说》、《爱及其他》和《英格兰,英格兰》,这些作品均涉及同性恋或怪异恋。这些以不同形式反复出现的非异性恋元素,就像当今世界许多地方出现的同性恋集会和游行一样,刺痛着异性恋制度的神经,挑战它的霸权与合法性。

* * * * *

《有话好好说》①和《爱及其他》是巴恩斯小说唯一的姊妹篇,它们形式特别,没有传统小说的情节和叙事,靠三个主人公受访式的告白推动小说进程。由于三个主人公分别接受采访,其中一个对着"你"说话时,另外两人不在场,他们对发生在他们之间的每一件事,说法各不相同,谁是谁非,只能靠"你"判断。到现在为止,对这两部小说的研究很少。就现有的评论而言,多数读者对小说的形式感兴趣,"赞赏其富于创造性的技巧和告白式文体"(Guignery, "Fiction of Barnes" 71),就内容而言,大都认为"展现了一个传统的三角恋爱关系"(Guignery, "Fiction of Barnes" 71)。的确,小说《有话好好说》是一个三角恋爱故事。两个男主人公斯图亚特和奥利弗是好朋友,前者性格悠慢沉闷、腼腆、不爱冒险;后者好动、反应快,并且忘恩负义。斯图亚特爱上了从事画作修复工作的女主人公姬莉娅,并与她结婚。但奥利弗在斯图亚特婚礼那天爱上了姬莉娅,开始追求她,并最终取代了斯图亚特,但斯图亚特并不甘心,试图夺回姬莉娅,在《爱及其他》中,奥利弗失业,一家人生活陷入困境,斯图亚特从美国返回,了解奥利弗一家的经济状况后,增加了夺回姬莉娅的信心,他依靠自己的经济优势有目的地帮助奥利弗,并借机接触姬莉娅,最终又重新获得了姬莉娅的爱。但斯图亚特、奥利弗和姬莉娅之

---

① 该小说于1922年荣获法国费米纳小说奖。它告白式文体引发评论界热议。爱德华·梯·维勒认为,"这部书的形式很像以叙事和解说制作的一部电视剧。约翰·贝利指出,主人公与读者谈话的方式"就像现在的戏剧中演员对着观众讲话一样"。理查德·托德评论说,"这种叙事的地位游离于小说与戏剧之间"。这种叙事技巧称为"skaz",大卫·洛奇定义为"一个颇有有趣的俄语单词……用于定义一种第一人称叙事,它以口语而不是书面语为特色。在这类小说或故事里,叙事者自称为'我',把读者称为'你'。他/她口语中的词汇和句法结构,更像自然地叙述故事,而不是传达精心打造的打磨书面叙事"。(参看 Guignery, "Fiction of Barnes" 75)

间的故事并非一个简单的三角恋爱故事,因为它不只是两个男人和一个女人的关系,它还牵涉两个男人之间的暧昧关系,即同性之间的爱恋关系。但由于小说形式的特别,不仅其他事件的真相扑朔迷离,而且两位男主人公之间的同性恋情也如雾里看花,使性取向问题变得更加复杂。

首先,奥利弗的性欲望对象是同性别的斯图亚特。虽然有评论认为《有话好好说》是有关真理的相对性的,因为三个主人公对所发生的事各执一词。博拉兹基甚至进一步指出,"斯图亚特和奥利弗可能是受压抑的同性恋,但我们不知道他们就是,因为小说是以一系列的直接独白构成的,同时也因为小说是以绝对知识的不可能性为主题的"(Berlatsky 183)。由于博拉兹基只注重三人各自的话语,而没有对斯图亚特和奥利弗的同性恋做整体考察,所以结论也较为片面。其实,有充分的理由证明奥利弗有同性恋倾向。据小说中短暂出现的人物瓦尔所说,斯图亚特和奥利弗有同性恋行为,因为她注意到,每当斯图亚特和某个女人在一起,奥利弗就试图把这个女人从他身边带走:"斯图亚特与我有染的时候,奥利弗试图把我带走。斯图亚特娶了那个假正经、令人乏味的老婆,奥利弗就和她约会"(188);"而奥利弗和斯图亚特的妻子做爱,是因为他真正想要的做爱对象是斯图亚特"(189)。也就是说,姬莉娅并非奥利弗的真爱,她只是斯图亚特的替身而已。斯图亚特也认为奥利弗有同性恋倾向,他说:"奥利弗是犯过错的同性恋,他一直暗地里追求我。"(191)当然,不能仅凭瓦尔和斯图亚特所言就判定奥利弗是同性恋者,因为他们有可能想借此攻击他人:瓦尔说斯图亚特和奥利弗是同性恋,因为斯图亚特娶了姬莉娅,她妒忌了;斯图亚特说奥利弗是同性恋,也许想报复他夺走了自己的妻子。但如果联系其他内容来看,斯图亚特和瓦尔的话就不只是报复,而且是实情,例如,在小说开始不久，三个主人公谈到了斯图亚特与姬莉娅谈恋爱的过程。恋爱本是二人世界，需要有自己的空间，但奇怪的是，奥利弗似乎毫不顾忌，始终和这对恋人在一起，甚至到了让人匪夷所思的地步。当弄清了奥利弗与斯图亚特的关系时，一种奇特的恋爱形式便浮现出来，即斯图亚特在追求姬莉娅的同时，奥利弗却在追求斯图亚特，而且奥利弗与斯图亚特的同性之情历史更长。奥利弗与斯图亚特从小一起上学，斯图亚特内向胆怯，经常被其他同学欺负，后来奥利弗出面制止了同学的不当行为，当时奥利弗家很穷，而斯图亚特家富有，为了免受同学的欺辱，他经常借钱给奥利弗，目的是让奥利弗继续充当自己的保护人，即便他自己也清楚奥利弗不会还钱。经济利益的关系让他们走得很近，久而久之，斯图亚特不仅成了奥利弗经济上的依赖，也成了他追求的对象和伴侣。

那么为何奥利弗要从斯图亚特身边夺走姬莉娅？这个问题与异性恋制度的规训力有关。异性恋制度要求男性的性欲望对象是女性，并对违规者进行惩罚，"没有起到强化这个规定的表演要遭到抑制、讥笑，得不到认可"(Loxley 120)。奥利弗与斯图亚特虽然有同性恋情，但他们不敢承认，尤其是斯图亚特更不敢面对。在瓦尔提到他们是同性恋，要继续述说他们的同性恋情时，奥利弗和斯图亚特均表示强烈抗议，坚持要堵住她的嘴，不让她说下去。虽然，最终瓦尔的口被封住了，没能把奥利弗和斯图亚特之间的同性恋情细说出来，但瓦尔被封口也意味着奥利弗和斯图亚特不想让"你"知道他们之间的亲密关系。事实上，他们之间的关系并不美好。斯图亚特以布谷鸟自鸣钟作比，谈到他与奥利弗的关系，他说：

你看见过有天气预报员的布谷鸟自鸣钟吗？钟响了(The clock goes off)，布谷鸟开始打鸣，接着一扇小门打开，要么好天气预报员出来，兴高采烈，穿着晴天穿的衣服，要么坏天气预报员拿着雨伞和雨衣，一副生气的样子。关键是，任何时候只有一个人能出来……因为这两个人是由金属棒连在一起的：如果一个出来，另一个就得待在里面。这就是奥利弗与我一直以来的状态。我总是那个拿着伞，穿着雨衣，被迫待在里面，待在黑暗中的那个。但是现在是我的晴天了，这也意味着奥利弗将会不那么开心了。（69—70）

巴恩斯使用布谷鸟自鸣钟时，往往与性有关。在《凝视太阳》中，简的新婚丈夫迈克尔向她传授房事知识时，说他们做爱时"不能装模作样，从来不同时发生，就像布谷鸟自鸣钟的天气预报员"（63）。这里同样如此，斯图亚特话里的"两人不能同时出来"其实暗指他与奥利弗之间同性恋行为。由于同性恋受异性恋的压抑，他们不能像异性恋恋人那样自由地行走于公众场所，所以"两人不能同时出来"。从斯图亚特这段话可以看出，他与奥利弗的关系并不让他满意，因为他感觉到压抑或者压力，总是生活在"黑暗"之中。在这里"黑暗"也是非异性恋者内心和生活的真实写照，正如有学者指出，"同性恋常常被称为病态、性变态、精神异常、行为/思维障碍，甚至犯罪。受到这种意识形态影响，很大一部分同性恋者也这么看待自己，并且惧于社会压力而藏身于密室，不敢公开自己的性身份"（朱刚 710）。而"我的晴天"指的是斯图亚特找到了异性朋友姬莉娅，并且与她结婚，这当然导致"奥利弗不那么开心"。斯图亚特与奥利弗产生矛盾后，他有想与奥利弗撇清关系的嫌疑："处理泥土的唯一办法就是忽视它，否则它会粘在身上。"（191）

奥利弗追求斯图亚特不能,反过来追求他的妻子姬莉娅,这并非表明奥利弗爱上了她。作为同性恋他这样做也是不得已而为之,其中的原因除了报复斯图亚特外,更重要的是他想结婚了,奥利弗在斯图亚特婚礼当天的反应就是如此。斯图亚特与姬莉娅结婚那天,奥利弗认为新娘表情并不快乐,因为姬莉娅想要的是一个教堂婚礼,这种猜想其实反映了奥利弗本人对婚礼的渴望,于他而言,在教堂举办婚礼似乎才是真正的婚礼。但他明知同性恋不可能结婚,更不可能在教堂举办婚礼,教堂婚礼在这里代表对同性恋的禁忌。可以说奥利弗结婚只是一个幌子,他想凭借与异性结婚表明自己是正常的。但这样的婚姻也是不幸福的。婚后姬莉娅发现奥利弗并不忠于自己:"你认为奥利弗对我忠诚吗?对不起,他在英国不忠诚,在法国也如此"(270),"他需要有个像斯图亚特那样的人在他周围"(258)。奥利弗在"爱上姬莉娅"后,也信誓旦旦地要"重新开始",像他所说"我大部分的时间都花在往容器里倒可疑的东西。现在,我在将它们排掉,用软管把它们冲下去,将它们排走"(143)。但当他与姬莉娅离开英国到法国生活时,奥利弗说:"有时候我思念斯图亚特。"(252)他尤其关心斯图亚特是否和某个女人在一起,和她发生关系。(253)想到斯图亚特和女人在一起发生关系就让他无法忍受。可以看到,奥利弗内心充满了煎熬,一方面,他愿意与姬莉娅生活在一起,另一方面,他又无法忘记他的同性对象斯图亚特,这两情形构成了他的双面人生,也同时反映了同性恋的某种绝望:你要拥有合法的婚姻,你就必须是一个异性恋者。在这里,奥利弗不幸的经历正是对异性恋规范强有力的谴责。

在决定要追求姬莉娅时,奥利弗还专门做了"艾滋病"检查。在这里,巴恩斯显然暗示艾滋病和同性恋的关系。首先,从官方的宣传和公众认识看,同性恋与艾滋病从一开始就有密切关联。"尤其在美国,也在英格兰,男同性恋与这个病相联系进行归类,也因为以这个病的联系而受到指责",在现在熟知的"艾滋病"这个名称被选用之前,候选名包括"男同性恋癌症"(the gay cancer)、"男同性恋瘟疫"(the gay plague)以及"与男同性恋相关的免疫缺陷"(gay-related immune deficiency)(Berlatsky 201)。谈到艾滋病检查时,奥利弗说他既是因为自己比斯图亚特有"更可怕的过去",也是因为要"重新开始"。他所谓的"重新开始"当然指他要追求姬莉娅和她生活在一起。对于"可怕的过去",奥利弗虽然以"现在不是告白时间"为借口,没有具体进行解释,但他特地提醒说:"不要下这样的结论:针头感染、手淫(Hunnish practices)或澡堂原因。"(142)不言而喻,"可怕的过去"指他的同性恋行为。有评论在谈到姬莉娅和奥利弗的"不忠"时说"'不忠'意味着有染,但是在这部小说中有不忠行为的两个人之间却没有发生性关系,这让人震惊"(Moseley 126)。其实,对艾滋病的担心正是奥利弗还能保持克制的一个重要原因。显然官方关于艾滋病的宣传和认识也影响到同性恋者奥利弗,出于对姬莉娅负责的态度,奥利弗决定做艾滋病检查。检查结果表明奥利弗身体没有任何问题。这个检查结果有很强的现实意义,它有力地反击了同性恋恐惧症,驳斥了将同性恋与艾滋病天然联系的歧视行为。

得到姬莉娅之后,奥利弗改变很大。不少评论认为《有话好好说》这部小说反映了爱情力量的强大,例如,莫斯利评论说,"爱两次改变了斯图亚特的生活;爱使奥利弗改变了自己,从一个不成熟的纨绔子弟变得更像成年人;爱使得在两者间争议的女人姬莉娅违背自己较好的判断,违背自己的意志"(125)。确实,三人都因为爱改变了自己的人生轨迹,但是如果我们重点考察奥利弗和斯图亚特的关系,尤其是奥利弗的性取向，不难看出，改变他们的是一种不同的爱，即同性之爱。奥利弗因苦苦追求斯图亚特而不能，所以他决定报复，在得到姬莉亚后，他改变了自己，戒掉了抽烟的习惯，克制了喝酒，而且也变得更有责任感。奥利弗所有的改变不仅是为了吸引姬莉亚，不让她从自己身边走开，并且也只有这样他才能报复斯图亚特，也才能证明自己是"正常的"。但是无论他怎么改变，他心里一直装着斯图亚特，仍然惦记着是否他又另外找了女朋友并和她有性关系。奥利弗内心其实没有改变，甚至更加痛苦。奥利弗的痛苦在姊妹篇《爱及其他》中进一步演变。斯图亚特在美国挣钱回来后，用尽各种手段，最后又赢得了前妻的好感，这意味着，奥利弗将失去姬莉娅，也将最终结束那段不幸福的婚姻。奥利弗的痛苦根源于异性恋社会的同性恋歧视和同性恋恐惧症，他的悲剧也是对异性恋社会偏见的控诉。在《英格兰，英格兰》中，巴恩斯借女主人公之口说出这样的诉求："如果上帝存在，他不会对同性恋有任何歧视的。"(90)

在巴恩斯的小说中，《福楼拜的鹦鹉》中的福楼拜性取向最为复杂和多元化。首先，福楼拜是异性恋的。小说中的福楼拜与多个女性有关系，包括那个时代著名的法国女诗人路易斯·科莱，她比福楼拜大十一岁，她本人也与多个名人有关系。在自己的叙述中，她风流有才，她认为男女是平等的："在床以外，我承认，男人女人势均力敌，旗鼓相当。"福楼拜认为，与大多数女人相比，她"长着女人身，男人心"，"属于第三性别"(193)。此外，福楼拜与施莱辛格太太有关系(180)。科莱声称施莱辛格太太对福楼拜颇有影响：她是"那个最早令他少年的心灵结出伤疤的女人，那个一切与其相关都注定无望的女人，那位他常常偷偷感到自豪的女人，那个他为之曾将自己的心用砖头严严实实地封起来的女人"(181)。福楼拜与女缝纫工(183)也发生过性关系。他还与土耳其妓女有关系，其中包括出现于其作品中的著名东方交际花库楚克·哈内姆。福楼拜甚至在自己与科莱的通信中谈论他与库楚克的性爱经历。福楼拜深受女人宠爱，而"他喜欢有她们相伴；她们喜欢他的陪伴；他有豪侠之气，善于挑逗；他与她们上床。他只是不想娶她们"(175)。

其次，福楼拜又是同性恋的。根据科莱所言："我理解。在我之前，当然有妓女，还有女工，还有友人……埃内斯特、阿尔弗雷德、路易、马克斯，在我看来，只是一群学生。他们的交情是靠鸡奸得以巩固的……古斯塔夫从来都不知疲倦地保持着两性间的双重约会。"(183)在阿尔弗雷德·勒·普瓦特凡去世后，福楼拜写道："我知道我没有像爱他一样爱过其他人，不论是男人还是女人……我没有一天不是在对他的思念之中度过的。"(28)可见，他与普瓦特凡之间的男男关系之深。小说叙事人布莱斯维特在模仿福楼拜的《公认概念词典》基础上写出的《布莱斯维特公认概念词典》有这样一条："异性装扮癖：年轻的古斯塔夫：'有些时候，很想成为一个女人。'成年后的古斯塔夫：'包法利夫人就是我。'当他的一个医生称他是'一个歇斯底里的老姑娘'的时候，他评论说，这样的观察很'深刻'。"(205)单独挑出"包法利夫人就是我"，可以说它表达了艺术与生活的关系(Berlatsky 190)，如与另外两句联系起来看，这整个词条意在说明福楼拜的同性恋倾向。在福楼拜的意识中，他视自己为女性。这也将福楼拜的性别问题化了。对此，甚至反对将福楼拜作为同性恋的萨特也认为"他的心理是被动的，女性化的"("福楼拜的鹦鹉" 126)。不仅如此，根据科莱的叙述，福楼拜在与她的关系如胶似漆时，还与杜康——"他那个野心勃勃的男伴在一起"(184)，三个月没与她见面，认为这是"一次直截了当的侮辱，一种羞辱我的企图"(185)。在"福楼拜的未尽之事"一章里，"十八岁时……他声称,他生来要当交趾国的国王,要抽三十六英寸长的烟管,拥有六千妻妾与一千四百个娈男"(156)。小说还采用了极为讽刺的手法揭示福楼拜的恋童行为:福楼拜与杜康去参观金字塔,为在日出之前到达塔顶,他们不仅在金字塔旁睡了一晚,并且凌晨五点开始登塔。杜康动作快,在福楼拜之前到达,而后者则由四个阿拉伯人前拉后推慢慢前行,到达塔顶,在太阳升起的时候,福楼拜发现一张印有"弗罗托·亨伯特"的名片。这张名片本是福楼拜从法国放在自己的折叠帽里带到埃及的,但被杜康发现,并将它带到塔顶,钉在上面,想考验福楼拜的敏锐。颇具讽刺意义的是,这个名片上的名字"弗罗托"字面意思是"法国打磨工",同时也有"在人群中与人发生碰撞摩擦的性反常者"(83)。杜康的恶作剧暗示福楼拜是"性反常者",因为登上金字塔的福楼拜"身子依然还没有从开罗浴室的男侍童那儿弄湿后干透",换句话,"性反常者"在这儿具体暗指福楼拜的恋童行为。也是因此,叙事人称杜康的恶作剧制造了"平庸与高尚的嬉戏"(82)。

叙事人布莱斯维特这样总结福楼拜的性取向:

> 多年来,人们一直以为,这头克鲁瓦塞的熊只是与路易斯·科莱一起时会爆发出他的熊性……可是后来人们发现了埃莉莎·施莱辛格……后来,更多的书信进入人们的眼帘,还有那些埃及日记。他的生活开始因为女演员而散发着臭气;布耶的床笫之事被公之于众;福楼拜自己也承认喜欢开罗浴室男侍。最后我们看清了他性欲的全景图:他是一个对同性与异性都有性欲的人,他体验过同性恋,也体验过异性恋。(125—126)

布莱斯维特的总结揭示了福楼拜是"颠覆性的纵欲者"(126)。

福楼拜与动物的关系也不同寻常。他著作里,将自己比作不同的动物,如熊、骆驼等;将动物视为同类,当作兄弟,甚至与羊同桌吃饭。他的情人科莱自认为长相绝佳,可以打败任何情敌争夺福楼拜,但她不得不承认"只有一头罕见的猛兽是我的情敌"(183)。福楼拜自己也说"我让疯子与野兽着迷"(80)。1879年春天,福楼拜患上了风湿病,一只脚肿了起来,而福楼拜的爱犬朱丽奥却患上了一种不能确定的犬病,这暗示两者关系非同一般,爱犬所患之病与主人福楼拜不无关系。正如博拉兹基(Eric Berlatsky)所说:"小说密切关注福楼拜在修辞意义上与各种动物的自我认同(Flaubert's metaphorical self-identification),这暗示福楼拜的欲望可以被建构成人兽情。"(Berlatsky 199)

《福楼拜的鹦鹉》通常被认为是一部探讨历史和知识的后现代力作,在此,历史的客观性和知识的正确性受到质疑。从这个角度讲,小说对传统性取向的认识或"知识"也持怀疑态度,巴恩斯借探讨福楼拜的性取向,质疑性取向的本质性的认识,换言之,巴恩斯将异性恋的性取向认识问题化了,从而形成了对父权社会体系的批判,正如博拉兹基指出的那样:"《福楼拜的鹦鹉》变成了一只十分奇怪的鸟(a remarkably queer bird),它把同性恋、娈童、人兽交、乱交以及恋尸癖作为欲望引入,这些欲望不能作为变态进行压抑、边缘化、标识或归类,因为它们在隐喻意义上等于被认可的异性恋婚姻的性欲望。即《福楼拜的鹦鹉》利用和探索霸权社会的内在制度不是为了支持或理解这些制度,而是从内部把它们撕裂:要显示它们已经而且总是奇怪的(queer)。"(177)

《福楼拜的鹦鹉》一定程度上可称为福楼拜的传记,巴恩斯在其中如此明确地呈现福楼拜"不规范"的性取向,并非要抹黑这位著名的法国作家。事实上,福楼拜是巴恩斯最为崇拜的作家之一。他的小说也与福楼拜文学有着千丝万缕的联系,可以看到福楼拜的影子和影响,巴恩斯还出版了关于福楼拜的研究专著。在他心里,福楼拜是一位伟大的作家,他说:"他的文字我非常仔细地掂量,关于写作他道出了最大的真理。非常奇怪,我对一个外国天才怀有直接的爱……在有些方面他是骗人的坏蛋,但当我阅读他的文学时,我只想为他冲杯咖啡,为他点烟。"(McGrath and Barnes 22)当巴恩斯的图书销售量达到一百万册时,出版社把一封福楼拜的亲笔信作为礼物送给他(Guppy 56)。在巴恩斯的小说中,《福楼拜的鹦鹉》与福楼拜的关系最为密切。和其他作品一样,这部作品的类型仍有争议,有人把它视为福楼拜的传记,有的视其为小说,也有人认为介于小说与传记之间,或者一种新型的小说。与作品的类型的模糊性和不确定性一样,福楼拜这位伟大的法国现实主义作家的性取向在作品中也是游离和模糊的。可以这么说,现代社会"正常"和"不正常"的性欲望在他身上都有不同程度的表现。通过福楼拜的复杂、多元性的性取向,巴恩斯意在表明性取向是复杂的,异性恋并不能一统天下。突出福楼拜复杂性取向无疑是对异性恋传统的反思和批判,正如巴恩斯所说:"教条使世人愚昧。"(McGrath and Barnes 23)当然,巴恩斯在这儿并非提倡福楼拜那些跨物种的性行为或恋童行为。小说中巴恩斯引用福楼拜说"试图得到有定论的欲望是人类愚昧的标识",可以说异性恋社会对于非异性恋的认识和结论也似乎是"愚蠢的"。正如小说叙事人不能决定哪只鹦鹉是福楼拜写作《纯洁的心》所用的原型,性取向问题也是没有答案的,是多元的和复杂的。

巴恩斯笔下的性取向除了具有多元和复杂性外,也可以是自由选择的,这主要由小说《凝视太阳》中的拉切尔体现出来。拉切尔是一个典型的激进女性主义者。激进女性主义者认为"一系列的社会不公均源于男性与女性的对抗",她们把男性视为"根本的敌对者"(申富英 77)。在她们看来,男性"把世间一切好的东西均归结为'男性',把一切坏的东西均归结为'女性'",因此她们"提倡将传统的性别价值观简单地颠倒过来"(申富英 77)。作为激进女性主义者,拉切尔可以从生活中的任何小事解读出男性霸权,当她听到简继承了丈夫留下的遗产时,她表示这也是一种控制手段,目的是让女性记住男性。她甚至认为房子里卫生间马桶的设计都没有考虑女性的需要。她憎恨男人,在她看来,男人无异于狗屎:"男人和狗屎之间有什么区别呢?";"男人现在比过去更多地踢打妇女。他们杀害儿童"(124);他们是"垃圾"。她对妇女的命运表示愤慨:"生为女人,就像天生的左撇子,要被迫用另一只手写字。难怪我们说话结巴";"骑在战马上的男人确实非常爽,但谁去打扫马粪了?";"女人需要男人就像树需要公狗撒尿"(125)。她认为像她母亲一样,妇女的智慧都愚蠢地浪费在盘算食品的价格之类的琐事上了。在她看来,男权社会由男人制定标准,"男人就是规范"而女人"属于变种"(122),所以她用各种方式反抗男性权威,在16岁离开家之前就对父亲进行反抗和报复,用牙膏而不是鞋油给自己的父亲擦皮鞋(125)。她的性取向也不再遵从异性恋的强制规范,而是一种可以自由把控的选择,服务于其明确的性别政治意图。

拉切尔有时会选择以男性为性对象,但她这种看似异性恋的行为不是被动的,不是为了满足男性的欲望,更不是为了满足繁衍的需要,而是以性爱控制、征服,甚至羞辱对方。她与男人做爱时,装作不能满足,让男人感觉羞愧和无能。一次,当她与男伴做爱时,发现他观看自己就像她"是一个在表演的动物"(123),这让她非常愤怒,她决定进行报复。再次与他做爱时，拉切尔便装作一直没有满足，当对方精疲力竭时，她当面假装采用自助的方式满足，让对方感到羞愧，甚至害怕。正如她自己所言："我喜欢看到男人遇到智慧女人时眼睛里流露的恐惧。"（124）拉切尔在性爱中的行为是主动的，这本身也是一种颠覆行为。

拉切尔不仅与男性做爱，而且与女性也有性爱关系。当她与简相遇时，不顾自己是后者儿子女朋友的身份，邀请她"上床"（121）。她的同性恋行为同样是她的女性主义思想的表达，正如有学者指出激进女性主义"鼓励女性团结起来，反对男性在性问题上将女性看作被动的、物化的性对象，反对男性对女性的剥削，鼓励女性在性问题上自立自主"（申富英 78）。在拉切尔看来，"只有女人才理解女人"（124）。在她这里，同恋性行为就是一种抗拒男权的姿态，意在推翻男人的规范。她与女性之间的特殊情谊"其实是女权主义一贯趋向极端的后果"（杨俊蕾 50）。拉切尔的同性恋行为可以称为"政治同性恋主义"（Head, "The Cambridge Introduction" 101）。

拉切尔既是同性恋的，也是异性恋的，但却不能简单地归为双性恋，因为她的性取向很大程度上服务于其政治目的。激进女性主义者"把异性恋视为维系父权制的基石，把它作为一种制度来反对"（杨俊蕾 50），正是出于这个目的，性取向成了可以自由控制和选择的方式，它与身体没有必然联系，这种认识是对异性恋性别体制的抗拒和消解。

与拉切尔一样，《有话好好说》的瓦尔也非小说的主人公，她的话语也很少，但她的短暂出场却有重要意义，尤其是对于探讨两个男主人公的性取向问题。博拉兹基说瓦尔的出场使得小说中的"男人友情不只是友谊，而且是性欲的"（179）。博拉兹基的解读无疑避免了像皮特曼那样将小说中两个男人之间的关系简单化的倾向,但他似乎也没能摆脱男性中心主义的影响,因为他只注意了两个男人的性欲,而忽略了对瓦尔本身的性取向的分析。

瓦尔介绍自己时,不愿说出自己的真实身份,最后在不得不亮出身份时,瓦尔说"可能你急切地希望得到一个明确的身份,那我就给你一个",但接下来瓦尔这个"确定的身份"却又以不确定的方式表达出来:"也许我不是一个真正的女孩,我只是看上去如此。"(184)之后,瓦尔却特别强调说"当然我不是变性人",并说斯图亚特可以作证,因为"他看到过她的真身"(184)。在此,瓦尔刻意强调不是变性人显得有些唐突,而且让人怀疑她似乎在遮掩什么,有欲盖弥彰之嫌。她似乎担心自己的外貌看上去像变性的,或许担心自己说了奥利弗和斯图亚特的同性恋问题会遭到他们以变性人反击自己,才首先申明自己不是变性人。

瓦尔究竟是不是变性人?奥利弗谈到瓦尔说:"那个女孩有问题,问题带有一个'T',它与'B'押韵而'B'代表'Bitch'(That girl is trouble. Trouble with a T and that rhymes with B and that stands for Bitch)。"这里奥利弗暗示瓦尔的性身份的困境,大写字母"T"暗指"Transsexual",也就是LGBTQ中的"T"。另外,年龄在25~35岁之间的瓦尔让人无法确定是"女孩"还是"女人"。在奥利弗那里,瓦尔是"女孩",而斯图亚特不确定瓦尔是"女孩"还是"妇女"。这些都从一个侧面说明瓦尔可能是变性人,由此前的男人身变成了女儿身,所以看上去女性特征并不明显,好像性征不成熟的"女孩"。也就是说,瓦尔选择了从男人身变为女人身,以满足自己的心理需求。变性问题的引入使《有话好好说》本来就复杂的性身份问题变得更为复杂,进一步使性取向问题化了。

巴恩斯对非异性恋的关注和书写是对性取向的追问和探

索,它揭示了性取向的多元性和复杂性,挑战着异性恋父权制度。卡斯特尔斯(Manuel Castells)曾经指出:

> 父权制要求必须是异性恋的。历史告诉我们,文明是建立在禁忌和性压抑的基础之上的。……这个连贯的统治体系,它把权力的通道和力比多的脉搏通过母亲、父亲和家庭联系起来。这个体系有一个薄弱环节即异性恋思想。如果这个假设受到挑战,整个体系就会崩塌:受控的性和人种再生之间的联系就会遭到质疑;通过消解分离妇女的性别化性分工、姐妹关系,以及随后的妇女反抗就成为可能;男人的亲密关系(male bonding)对男性气质形成威胁,因而削弱了男人统治机构的文化联系性。(Castells 261-262)

巴恩斯针对的正是父权制的"薄弱环节"——"异性恋思想"。英国历史上很长一段时间,非异性恋一直遭受压制,奥斯卡·王尔德便因为是同性恋受审判刑,直到"二战"期间,乃至冷战期间,同性恋仍被视为是危险的:"在冷战背景中,男同性恋被视为对国家安全的威胁,因为同性恋是与敲诈和间谍联系起来的"(Ward, "Since 1870" 52);在小说《地铁通达之处》中,"我"的父母提醒青少年时期的"我"要特别注意社会上的同性恋,因为他们为成长中的孩子树立了不好的榜样。这就是"异性恋思想"及其影响。而巴恩斯"对颠覆性别和性欲的霸权模式感兴趣"(Berlatsky 178),他通过小说中的非异性恋的表征拷问传统的异性恋父权制社会的性别认识基础,正如他自己所说:"性远比我们所想的更奇怪","对我而言好像性生活不存在规范。每个人的性生活都是不正常的,不规范的。有一整个性行为的范围(There's a whole spectrum of sexual behavior),我们想象它围绕称为规范的中心在运转。但我认为规范是个黑洞。那里什么都没有"(McGrath and Barnes 22)。

巴恩斯的性别和性取向表征使性别身份体现出游离的状态,模糊了传统性别身份的界限,进而对它们进行质疑。巴恩斯这样的书写方式与女性的地位变化不无关系。不可否认,"二战"之后,尤其是在女权主义和女性主义的影响下,妇女地位发生了显著变化。与此同时,随着英国国力的衰退,国际影响力下滑,再像帝国时代那样突出和表现英雄主义、彰显男性气质有些不合时宜。再者,这样的表征与巴恩斯的个人经历不无关联。在巴恩斯的成长的家庭里,母亲是一家的主人,就像短篇小说《脉搏》中的母亲一样,很强势,而父亲却寡言少语,顺从于母亲。同时,巴恩斯本人与妻子的关系也如同自己的父母,他也是一个妻管严。① 此外,巴恩斯的书写与双性同体的性别认识也有契合之处。美国女性主义学者卡洛琳·G. 海尔布伦(Carolyn G. Heilbrun)在其专著《朝向双性同体之认同》(*Toward a Recognition of Androgyny*, 1973)中指出,"双性同体"指人们从僵化的男性与女性的性格特质中解放出来的一种态势。也就是说,男性不必非得是强壮的、主动的、理智的、积极的,而可以是温柔的;而女性也不必非得是软弱的、顺服的、感性的,而可以是积极进取的。只有当人们从性别两极化的束缚之中挣脱出来,可以自由选择自己想要的性别角色与行为模式时,性别之间才能达成和解与和谐,每一个人也才可能体会更为完整的人的经验。"双性同体"强调的不是中性的性格,而是性格特质的开放性,是两种或多种性别

---

① 参见 Holmes 33。

特质的同时存在,是一种流动的空间,不必拘泥于非此即彼(10—11)。心理学家桑德拉·贝姆(Sandra Bem)认为,单一的雌雄同体的人拥有充分完整的传统的女性特质——有爱心、同情、温柔、敏感、善于交往、合作,同时又有充分完整的传统男性特质——进取心、指挥才能、创造性、竞争性。(51)而操演性认为,女性气质并不存在于女性身体里,男性气质也不存在于男性身体里;性别是偶然性的,不是以身体为基础的必然,而是异性恋强制的结果,是性别操演的。男子汉气质和女性气质并非内在的本质表现,而是外在的表演。虽然在表演性别身份的实践和惯例中身体也被涉及,但身体在性别身份的形塑方面没有特权。巴特勒说"每个人都是易性者",这说明"没有任何一个人能够成为一个标准的典型的'男性'或'女性'、'同性恋者'或'异性恋者'"(李银河,"酷儿理论" 26)。国内也有学者指出:"'直线'本是英文中'正常人'或'异性恋'的通俗说法。'弯曲的直线'这种说法充分揭示了各种分类界限之间正在变得模糊起来的新趋势。将来,我们会有弯曲的直线,会有搞同性恋的异性恋,会有具有女性气质的男人和具有男性气质的女人。"(李银河,"酷儿理论" 27)巴恩斯小说的性别身份便具有这样的特征。需要指出的是,巴恩斯的性别书写还有其更为复杂的一面,因为它涉及非白人男、女性人物的表征,需要超越性别的限制从种族的角度加以考量。巴恩斯的种族书写将有助于找到此类问题的答案。

第二章　东方的他者化——巴恩斯小说的种族身份书写

种族身份是巴恩斯小说身份书写的另一个重要组成部分，他的每一部小说或多或少涉及东方。巴恩斯要么以西方人的角度审视东方，要么以英国白人的身份观照英国的东方移民。众所周知，英国文学向来不缺乏对东方的想象和创造，美国学者萨义德对此进行过深入的研究，他的东方学理论为我们解读此类文学作品提供了重要的理论参考。国内有学者指出："萨义德把'东方'归纳为一种欧洲意识的产物，是对它的一种臆想或想象"，"东方主义者所建构的东方是一个'难以理解的、充满异国情调、色情的地域'，既是神秘故事的居所，又是残酷野蛮的上演地"（杨金才，"爱默生"66）。由于巴恩斯小说中的东方人或东方移民，很大程度上代表西方白人的对立面，所以巴恩斯的种族身份建构，可从两个方面来考察：一、以西方人角度构建起来的、外在于西方的东方他者，即外他者；二、以英国白人身份所建构的生活于英国之中的东方移民，即内他者。《10½章世界历史》、《福楼拜的鹦鹉》和《凝视太阳》对外在于西方的东方或东方人进行叙写，从不同的角度表征了东方的他者化；《英格兰，英格兰》和《亚瑟与乔治》中的东方移民大多被边缘化和他者化。可见,巴恩斯的种族身份意识里有鲜明的东方主义色彩。

第一节 作为外他者的东方人身份建构

东方是巴恩斯小说的一个构成细胞,少到一句话,多到成段成页的描述,读者总可以在他的笔下发现它的存在。关于东方,萨义德认为:

> 东方并非一种自然的存在。它不仅仅存在于自然之中,正如西方也并不仅仅存在于自然之中一样。……作为一个地理的和文化的——更不用说是历史的——实体,'东方'和'西方'这样的地方和地理区域都是人为建构起来的。因此,像'西方'一样,东方这一观念有着自身的历史以及思维、意象和词汇传统,正是这一历史与传统使其能够与'西方'相对峙而存在,并且为'西方'而存在。(6—7)

东方是"欧洲文化的竞争者,是欧洲最为深奥、最常出现的他者(the Other)形象之一"(2)。而且"西方与东方之间存在着一种权力关系、支配关系、霸权关系"(8),东方是被"东方化的","之所以说东方被'东方化'了,不仅是因为它是被19世纪的欧洲大众以那些人们耳熟能详的方式下意识地认定为'东方的',而且因为它可以被制作——也就是说,被驯化为——'东方的'"(8)。西方总是将自己视为文明、理性、仁慈、自由和和平的,而将东方表征为另一极,即野蛮、偏执、残忍、暴虐和暴力的(Hogan 8)。巴恩斯笔下的东方也是如此:

在小说《凝视太阳》中,中国人贫穷落后,不可理喻;在《福楼拜的鹦鹉》中,埃及女性只是欲望的身体;在《10½章世界历史》中,土耳其世界肮脏混乱,充满危险;阿拉伯人是恐怖暴力的代名词。这些外在于西方的东方人构成西方自我认识以及西方文明、文化的对立面,均以他者身份存在。

《10½章世界历史》的第二、第六、第九章等部分均涉及东方叙事,其中第六和第九章有对土耳其人的关注,第二章与阿拉伯人有关。第六章"山岳"的故事发生于1839年,主人公阿曼达·弗格森前往土耳其东部的阿勒山超度父亲的亡灵。老弗格森生前不相信上帝,而弗格森小姐却是虔诚的基督徒。她认为不信上帝的人死后会更加痛苦,所以决定到阿勒山的修道院为父亲超度亡灵。根据《圣经》记载,阿勒山是挪亚方舟大洪水后所停之地。弗格森邀约洛根小姐一道出行。巴恩斯着重描写了弗格森和洛根眼里的土耳其。在她们看来,那里环境很差:"船上床位很挤,洛根小姐从来没有遇见过这么脏的";修道院"靠左侧的墙盖着各式各样的小房间,像母猪身边的一窝猪崽"(144),"院子里的臭味一直飘到这里。在洛根小姐看来,住处简陋得令人起敬,而在弗格森小姐的眼里它则是肮脏邋遢"(144)。那里的人粗俗邪恶:当洛根小姐到甲板上溜达的时候,"不是一个,而是三个想献殷勤的男人和她搭讪。他们个个都是卷头发,散发着很冲鼻子的香柠檬味"(138—139);她们"被众人用粗俗的眼光盯着"(138);店主"宰客骗钱",海关官员"心术不正"。在她们登山路上"一个男人朝她们端过来一只粗糙的碗,碗里是掺了水的酸牛奶。那个男人满脸凶相,头发蓬乱得跟他自己的帐篷顶一样的"(147)。弗格森小姐说:"我父亲会说,这只是一种动物式的讨好,用以平息陌生人的怒气。……他会说,那些游牧民就像甲虫一样。"(147)她们虽然让一个库尔德人做向导,但不信任他,而且时时防备着。她们登山时,发生了地震,"地面刚开始晃动,她以为那库尔德人会拔腿逃跑,但他还是和她们在一起。说不定是想等她们睡了再割她们的喉咙"(149)。她们拴在树上的马不见了,她们也怀疑是"那些好客的游牧民"偷的(152)。当地人在她们眼里落后无知:"她不厌其烦地以当地的方式来谈论事情;譬如,和房东一起坐下来,回答这样的一些问题,如英格兰比伦敦哪个大,二者中哪一个属于法国,土耳其海军比英俄法三国海军加在一起还要大多少。"(139)

在这两个欧洲人眼里,土耳其宗教堕落,那里的东方教士"自己胡乱篡改经文的释义",并且"厚颜无耻"地经商(142)。修道院长老建议弗格森她们住在他的房子里,因为那是阿里古里最大的,但这个善意的举动在弗格森看来是"亵渎神明"(146),并且"在他引领她们走过那十来码的距离时,院长好像触摸了弗格森小姐的臂肘,算是有礼节的引路,但严格讲来没有必要"(144)。离开教堂时,两位女士注意到,一个年轻农妇朝大门边上的缝隙里放进一件还愿物,那是一颗人的牙齿。她们发现那缝隙里填满了发黄的门牙和年代已久的磨牙,这让两个西方人极为愤怒:"洛根小姐对这种犹大式的行为感到既恼火又懊恼,于是就针对这事向亚美尼亚牧师表明了自己的看法,措辞强硬。牧师点点头,表示愿为弗格森小姐祈祷。洛根小姐接受了,但不知道在一个把牙齿作为还愿物的地方,就这么平平淡淡地祈祷有多少效果。"(153)弗格森认为东方教士很可怕,他们"纵容迷信人齿的魔力,甚至他们本人也从事假冒宗教文物的交易"。在她看来,这些教士"应该受到惩罚"(142)。

在当地人眼里,弗格森她们要攀登的阿勒山是"神圣的,谁都不应该上到比詹姆斯修道院更高的地方去"(146),但她们毫无理睬,坚持要爬上去完成她们的计划,仿佛东方的神圣可以肆意践踏。她们在山上时正好发生了大地震,但弗格森不但不准备救援,而且流露"喜悦的表情"(148),认为当地人应该受到惩罚:

> 阿曼达·弗格森正用望远镜对着圣詹姆斯修道院观望,脸上带着拘谨而喜悦的表情,她的同伴为之震惊。
>
> ……
>
> "我们不去救援幸存者?"……
>
> "一个也不会有的。"……"这是他们早该料到的惩罚。"(149)

在弗格森看来,那里的教士"因为违抗天意、因为用挪亚栽种的葡萄酿酒、因为建了教堂而又在教堂内亵渎",又因为"这是座圣山",所以"小罪恶在这个地方就是大罪恶"(149)。但弗格森不顾当地人对山的敬畏,执意攀爬,这已经构成对当地习惯和信仰的一种亵渎,这在当地就是一种犯罪。不过,在像弗格森这样的西方人眼里,西方的法律才是真正的法律,西方的信仰才会被尊重,而东方的信仰和禁忌是微不足道的,甚至是荒唐可笑的。

当然,同为欧洲人,洛根对当地土耳其人的理解与弗格森有些方面不同,甚至是矛盾的。而且她对当地人更具同情心,对弗格森某些强硬的态度表示不解。但洛根的同情不是建立在了解当地人和当地文化的基础之上,而是西方优势心理和认知的一种表达。总体来看,土耳其人被建构为西方的对立面,是被观看、被凝视、被界定的他者。

《10½章世界历史》另一处与东方相关的是第二章"不速之客"。它是一个有关恐怖袭击的故事:几个阿拉伯恐怖分子在地中海劫持了一艘欧洲游轮,他们以船上的游客为人质,威胁西方政府,要求释放三名组织成员。在遭到拒绝后,他们开始杀害人质,但西方政府并未妥协,而是派出美国特种部队进行救援。经过双方激烈的交战,美国特种部队制服了恐怖分子,解救了人质。单从表面看,这是一个恐怖事件无疑,但如果结合西方再现东方的模式进行考察,它也是萨义德所谓东方主义的产物。

萨义德总结过西方人眼中阿拉伯人形象的大致变化。最初他们的形象是粗略模糊的"骆驼背上的游牧民族",然后变成"代表着无力与易败的漫画式形象","然而,1973年阿以战争之后,阿拉伯人的形象再次发生了变化:显得更具有威胁性","被视为以色列和西方的扰乱者"(366)。巴恩斯的"不速之客"一章中的阿拉伯形象正是"以色列和西方的扰乱者"。首先,游轮"圣菲米娅号"显然是西方发达国家的象征,它主要搭载着美国、英国、意大利、法国、加拿大、瑞典等国的游客。这些游客不但富有而且文明,象征着文明有序的西方世界;它从意大利出发准备用二十天时间游览欧洲文化圣地,让游客了解欧洲文明,是一次欧洲文明之旅。那么,阿拉伯恐怖分子的闯入,就不再只是一次简单意义上的恐怖袭击,它象征着对整个西方文明进程的威胁。其次,小说里对阿拉伯人的形塑比较符合西方对阿拉伯人的传统想象和表征,即把阿拉伯人表现为仇恨和复仇的民族,把他们再现为无视道德和法律的暴徒,突显暴力行为之后的复仇动机。故事中阿拉伯劫持者以西方小说和影视里常见的阿拉伯恐怖主义者形象出现,他们"头戴红条格头巾","携一杆大号冲锋枪"。他们的组织名为"黑色闪电"(black thunder),这显然代表邪恶势力,容易让人联想起弥尔顿《失乐园》的撒旦和黑色地狱之火。他们的行动是为了报复西方政府,因为他们属于反犹太复国主义组织,仇视以美国为首的西方政府；他们认为以色列掠夺了阿拉伯人的土地，以美国为首的西方政府扶持以色列经济，对"被掠夺者"犯下了"残暴的罪行"(50)。他们的"三个自由战士"被西方政府劫持："'黑色闪电'组织成员的民用飞机被美国空军迫降在西西里岛，意大利当局违反国际法，纵容这一海盗行为，逮捕了这三个自由战士；英国在联合国替美国的行为辩护；这三人现在仍囚禁在法国和德国的监狱里。"所以这些阿拉伯人要报复。他们劫持船上的游客为人质，要求西方政府释放"黑色闪电"组织成员。在要求未得到满足的情况下，阿拉伯人开始杀害人质，顺序"按照西方各国对中东情势的负罪程度来决定"："美国犹太人最先，其次是其他美国人，接下来是英国人，然后是法国人、意大利人和加拿大人。"(51)虽然加拿大没有参与中东"犯罪"，但其国民也同样沦为阿拉伯恐怖分子袭击的对象。也就是说，仇恨心理使阿拉伯人无视法律和道德，他们将平民也视为"战士"，似乎已没有了无辜平民这个概念，"法律也没用"(42)。

　　故事中的西方政府并没有因为阿拉伯人枪杀人质而妥协，而是与劫持者斗争到底。这同样反映了西方人对阿拉伯的认知，即"阿拉伯人，首先，热衷于血腥复仇，其次，打内心里不愿意和平，第三，天生地与一种实际上与正义相悖的正义观联系，因此，是不可信赖的，必须像对付任何其他致命疾病一样与其殊死相争"(萨义德 395)。在同劫持者对峙和战斗中，故事突出了美国人的作用。在游船遭到劫持过程中，总是美国人站出来反抗：在劫持刚发生的时候，一个美国男子质问劫持者"你是什么人？到底想干什么？"(36)之后在大家都沉默的时候，一位美国妇女大胆地起来"毫不理会"劫持者对她的喊叫，"也不理睬她丈夫轻声劝告和用手阻拦"，朝枪走去，并"大声说自己要上该死的厕所"(36—37)；一个美国人赞赏弗兰克林·休斯在演讲中巧妙地提醒大家"不能贸然从事","虎必伺机而起"①(37),在休斯去小便时,悄声对他说:"干得不错"并鼓励他"继续下去"(42);阿拉伯劫持者宣布要以杀害人质对西方政府施压时,"一个穿蓝衬衫、高大但并不健壮的美国人站起身来,开始顺着过道向阿拉伯人冲去"(51),结果被劫持者开枪打死。最终阿拉伯恐怖分子也是被美国特种部队打死或制服。在恐怖事件中突出美国人的反抗和决定作用当然不是巴恩斯的创造,它是当代西方文学,尤其是美国文学和好莱坞影片的传统叙事模式。

故事褒扬美国人与阿拉伯劫持者"殊死相争"的同时,也讽刺了妥协者——主人公弗兰克林·休斯,他试图通过变换国籍保全自己和女友的生命。休斯是英国电视文化名人,受聘于"阿芙洛狄特"文化旅行社,做游船的演讲嘉宾,向游客介绍欧洲文明。他认识到世界变得对西方人不安全了:"这个世界已不再友好相待,不像从前那样,你只要持有一本深蓝皮的英国护照,再加上'记者'和'BBC'字样,要什么有什么","世界上有些国家不欢迎记者,还认为装出对考古现场有兴趣的白皮肤记者明显是英国间谍"(33),而且有"那样多骇人听闻的新闻报道"(44)。换言之,东方对西方"不友好"而且制造了很多恐怖事件。弗兰克林正是出于恐惧或"谨慎小心",才弄了本爱尔兰护照作为自己外出的"护身符",并且在职业一栏填上了"作家",而不是"记者"。他之所以选择爱尔兰护照,是因为在他看来,由于共和军的存在,爱尔兰与阿拉伯人或东方人一样,也憎恨英国政府,这使得爱尔兰与东方的恐怖分子有了某种亲缘关系,爱尔兰护照能让他在遇到恐怖袭击时比英国人更为安全。确实,他的爱尔兰护照起到了一定的作用,因

---

① 原译文为"虎必伺机而腾跃"。

为持有爱尔兰护照,他被"安排在特等舱过夜,跟他在一起的还有来自瑞典的一家和三对日本夫妇。他推算,他们是乘客中最安全的一组了。瑞典人是因为他们国家的中立人所皆知;弗兰克林和日本人则可能是因为爱尔兰和日本近来都出了恐怖主义分子"(44)。并且在他的努力下他的情人特里西娅·梅特兰也被分在了同一组。但不幸的是,他也为此付出了代价,沦为劫持者的代言人。劫持者让他按照预先写好的稿件向船上的游人讲述阿拉伯人的历史,以及以色列和美国对阿拉伯人犯下的罪行,借他的口为劫持和杀人做合理辩护。迫于压力,休斯照做了,把本应该宣讲的希腊文明,变成了为阿拉伯和阿拉伯恐怖分子的行为辩护。在故事的结尾人质获救,他却有口难辩,遭到人们唾弃,就连他的助手兼情人梅特兰也鄙夷他,并且将戒指从无名指摘下,又戴回到中指,以表明她与休斯没有关系。

应该强调,巴恩斯如此塑造阿拉伯人,不仅只是照搬西方再现阿拉伯人的文学和影视传统模式,还与他本人对阿拉伯世界的认识和态度有关,这从他对萨尔曼·拉什迪事件可见一斑。众所周知,拉什迪因 1988 年创作的《撒旦诗篇》(*The Satanic Verses*)生命受到威胁,伊朗判处他死刑,并悬赏百万英镑买他的人头。在这件事上,巴恩斯坚定地站在拉什迪一边,他写了《宗教法的五年》("Five years of the Fatwa"),认为艺术的虚构不应该遭受这样的厄运,谴责英国政府在保护这个著名作家方面与法国、德国相比有较大差距:"德国在 1992 年十二月通过了一个所有党派做出的一致决议,要伊朗政府对拉什迪的安全负法律责任……斯堪的纳维亚国家在保护人权方面是传统强国,它们提供积极支持;1993 年一月爱尔兰总统玛丽·罗宾森会见了拉什迪和他的委员们,成为第一个会见拉什迪的国家元首。"(Barnes, "Letters from

第二章 东方的他者化——巴恩斯小说的种族身份书写 133

London"306)在文章中巴恩斯引用了比利时外长维利·克拉斯(Willy Claes)告诉拉什迪的话,说西方政府任何想安慰伊朗的愿望都将是"一个历史性的错误"(Barnes,"Letters from London"308)。巴恩斯认为英国政府在对待国内穆斯林的抗议有些手软。在这篇文章中,巴恩斯明显站在西方的立场上回应《撒旦诗篇》事件,从而忽略了穆斯林世界的感受,虽然他承认"Words count",但并没能站在穆斯林的语境下,体会他们的感受和理解他们受到的伤害。这种站在西方立场上,不考虑东方的宗教、文化和习俗的思想意识在巴恩斯的小说中有意或无意地得到表露。"不速之客"中,弗兰克林·休斯这一形象也暗含着对在穆斯林问题中表现懦弱的英国政府的辛辣讽刺。

《10½章世界历史》的文类备受争议,是小说,还是小说集,论者各有其理。但众多论者关心的是小说题目中的"历史"二字,即小说所体现的历史观,它或许是大多数学者认为的后现代历史观,或许是少数人认为的历史主义观念,但是结合其中关于东方的叙事,这个"历史"体现的仍是西方人的世界历史意识,在其中东方只以他者身份存在,是西方文明、进步的对立面,是个不体面的存在。正如"不速之客"中的阿拉伯人试图以自己的方式阐释阿拉伯的历史和身份,包括对阿拉伯的传统、文化,以及犹太人对他们的影响等问题,想让西方知道"贝尔福宣言"、"欧洲犹太人移民"、"第二次世界大战"、"六日战争"等事件对中东、对阿拉伯世界的影响(50),但他们的那一套言说方式和自我身份建构,在西方听众那里只是荒唐可笑的谎言。所以,当弗兰克林·休斯按照劫持者的意愿介绍阿拉伯人的历史和现状时,西方听众感觉"好像以前听说过,而且当时就不信"。不言而喻,他们相信西方人为阿拉伯人早已写就的历史。正如萨义德所说:"如果说阿拉伯人引起了人们足够的注意,那也只是作为一种负面的价值。他被视为以色列和西方的扰乱者……如果阿拉伯人有什么历史的话,那也只是东方学传统以及后来的犹太复国主义传统所赋予他的历史。"(萨义德 366)

同样,在关于埃及的想象和建构中,巴恩斯也把它与危险和威胁联系在一起。小说《凝视太阳》中的主人公简游览了金字塔,她在那里骑骆驼,戴着阿拉伯头饰照相,巴恩斯这样描写简对埃及金字塔景观的印象:"她总是想象斯芬克斯潜伏在流沙中;大金字塔远远地耸立着,就像危险荒漠中的幻境。"(88)在这里"潜伏"、"流沙"、"危险"等词汇直接或间接表达危险和威胁,仿佛象征埃及文明的斯芬克斯就像一个危险的怪兽。简记忆中的埃及金字塔是世界的七大奇迹[1]之首,但她并没有任何对埃及文明的感慨和赞誉,而是将它视为危险和威胁,一种对西方文明的威胁,是一头有待征服的"怪兽"。

东方除了表征危险和威胁,也与肉体联系在一起。就西方的传统而言,肉体是有罪的、腐败和堕落的,而灵魂是高尚的,灵魂的救赎是以舍弃肉身为前提的;西方象征灵魂,东方代表肉体。在西方文学中,东方女性常常是西方男人欲望的对象,对东方女性身体的征服暗指对东方的征服。《福楼拜的鹦鹉》中,东方女性库楚克·哈内姆就是欲望的象征,是腐败、堕落的同义词。库楚克不是巴恩斯想象和虚构的人物,她是福楼拜东方之行在哈尔法谷邂逅的一个著名埃及舞女和交际花。萨义德对此有研究,他说"福楼拜在看完她跳'蜂舞'后就和她上了床","她满含风情,感觉细腻,并且(根据福楼拜的看

---

[1] 在该小说中,世界七大奇迹有不同的版本:简在百科全书查到的结果是罗马竞技场、亚历桑德烈陵墓、中国的长城、巨石阵、南京瓷塔、君士坦丁堡圣·索菲亚教堂,但她记忆中学校教的七大奇迹中有埃及的金字塔、巴比伦花园等。参考小说《凝视太阳》第88页。

法)粗俗得可爱。令福楼拜特别喜欢的是,她似乎对他没有任何过分的要求,她床上的虱子'令人恶心的臭气'与'她身上散发出的檀香'混杂在一起,令他如痴如醉"(萨义德 241—242);"库楚克是令人心烦意乱的欲望的象征,她无边无际的旺盛性欲特别具有东方的特征"(萨义德 242)。库楚克也是福楼拜多部小说女性人物的原型。在福楼拜眼里,"东方女人不过是一部机器;她可以跟一个又一个的男人上床,不加选择"(萨义德 242);"福楼拜的所有东方经历,不管是令人激动的还是令人失望的,几乎毫无例外地将东方和性编织在一起"(萨义德 243)。在萨义德的研究中,"粗俗"、"臭气"、"旺盛性欲"、"机器"等表达鄙夷的词汇传达了福楼拜对这位东方舞女的建构。此类表达也是小说《福楼拜的鹦鹉》塑造库楚克的关键词。其中福楼拜关于库楚克的认识不能视为巴恩斯的创造,巴恩斯的东方意识主要体现在那些小说的虚构部分,主要包括福楼拜的情人路易斯·科莱对库楚克的看法,以及"布莱斯维特公认概念词典"中有关东方和库楚克的词条。

在《福楼拜的鹦鹉》第十一章"路易斯·科莱的叙述"中,叙事人科莱从女性的角度阐发她对库楚克的态度,她说:"我是西方人,她是东方人;我是完好的,她是残缺的;我与古斯塔夫进行着心灵最深处的交流,她加入了一场短暂的肉体交易;我是一个独立聪慧的女人,她是一个被囚禁的生物,靠与男人的生意为生;我关注细节,注重外表,温文尔雅,她溃烂肮脏,臭气熏天,原始粗鲁。"(190)在科莱眼里这位迷倒福楼拜的东方女子库楚克是"尼罗河畔的交际花","一个身价昂贵的交际花,她用檀香木油浸泡自己的身子,掩盖她身上长着臭虫而出现的气味"(189)。她把东西方人的差别比作货币的两面,西方人是货币的一面,东方人是"货币的另一面",即"硬币的反面"(190)。在这里巴恩斯借科莱之口道出了西方人对东方人的认识,以及西方女性在何等程度上优越于东方女性。除了"完好"与"残缺"、"文明"与"野蛮"等对立,"肉体"是她特别强调的,她从"檀香木油浸泡自己的身子"、"臭虫"、"气味"、"溃烂"、"肮脏"、"臭气熏天"、"肉体交易"这些与身体关联的表达建构起从未见过的东方女性。东方女性代表的便是肉体和欲望。小说第十二章"布莱斯维特公认概念词典"也是这样定义库楚克和东方的。

"布莱斯维特公认概念词典"是作者巴恩斯借小说叙事人布莱斯维特对福楼拜作品《公认概念词典》的戏仿。其中有两条与东方有关。"东方"一条里写道:"东方:一个焚烧了《包法利夫人》的熔炉。福楼拜离开欧洲时是一个浪漫主义者,从东方归来便成了一个现实主义者。参考库楚克·哈内姆。"这个词条体现了东方与福楼拜及其文学的关系,尤其强调东方与《包法利夫人》的关系。仅从这词条的形式就可看出,东方其实是与库楚克联系在一起的,而库楚克与《包法利夫人》和福楼拜有关。也就是说理解东方,必须参考库楚克·哈内姆,她是阐释东方的重要参照。"库楚克·哈内姆"则是与东方有关的另一词条:"库楚克·哈内姆①:一块试金石。古斯塔夫不得不在这个埃及交际花与巴黎女诗人之间做出选择。一面是臭虫、檀香油、修剪过的外阴、阴蒂切除与梅毒;另一面是清洁、抒情诗、性方面相对忠诚以及女权。他发现两边势均力敌,旗鼓相当。"(203)此词条与路易斯·科莱对库楚克的看法完全一致,它不但将西方女性与东方女性对立起来,而且将库楚克完全等同于腐败、堕落的欲望肉体。小说中福楼拜对此有更为充分阐释:"她是一个东方女人;东方女人就是一部机

---

① 原译文译为库恰·哈涅,本书采用多数译者所译,故改为库楚克·哈内姆。

器;对她来说,第一个男人与第二个男人是没有区别的。他对我没有感觉;她早已把我忘记;她生活在吸烟、沐浴、描眉与喝咖啡这种昏昏欲睡的周而复始之中。至于说她肉体的快感,一定非常少,因为在早些时候,那个著名的瓜蒂,所有快乐之源,就已经被摘除了。"(189)如果将"布莱斯维特公认概念词典"中"东方"和"库楚克·哈内姆"两词条结合起来,可以看出,库楚克代表东方,福楼拜对库楚克或东方女性的认识,也就是西方对东方的认识。巴恩斯笔下的库楚克并没有超越福楼拜的理解,她仍等同于腐败的肉体。

东方或东方人仅是小说《福楼拜的鹦鹉》很小的一个局部,然而因为福楼拜与东方的特殊关系,东方又是一个很难绕开的话题。不过巴恩斯对待有关东方的人和事与小说的其他方面存在明显差距,因为他将东方视为一个单一而确定的存在。小说中主人公布莱斯维特研究福楼拜涉及东方,路易斯·科莱谈及东方,福楼拜也谈到东方,虽然他们各自身份不同,但对东方的认识却是一致而明确的。然而,关于其他问题则几乎没有统一的答案。例如,究竟福楼拜是怎样一个人,我们不得而知,因为福楼拜的牵涉面很广,同一方面也有不同的说法,而且有时互相矛盾。再如,小说虽然取名"福楼拜的鹦鹉",但到小说终了,布莱斯维特也没能找到福楼拜用作模特的鹦鹉"露露",而且刚开始他只在主宫医院的那只和克鲁瓦塞的那只之间徘徊,后来却越找越多,无法确定。另外,"布莱斯维特公认概念词典"里对科莱的词条也是互为矛盾的两条:"① 单调乏味、胡搅蛮缠、男女乱交的女人,不是自己缺乏天赋,就是缺乏理解别人的天赋的能力,竭力设下陷阱要与古斯塔夫结婚。想象一下叫苦不迭的孩子们!想象一下痛苦的古斯塔夫!想象一下快乐的古斯塔夫!""② 勇敢、激情洋溢、被人深深误解的女人,因与冷酷无情、难于相处的外省人福楼拜的爱情而被钉上了十字架。她正当地抱屈说'古斯塔夫写信给我时,除了谈艺术……还有他自己以外什么也不谈'。最初的女性主义者,犯下想使另一个人得到幸福的罪孽。"(201)巴恩斯甚至专设"路易斯·科莱的叙述"一章让她诉说心声。但关于"东方",关于"库楚克·哈内姆"就只有一种解释,统一而单一。巴恩斯也没有专门写一章"库楚克·哈内姆的叙述"让这个埃及女性为自己辩解和申述。巴恩斯为什么不能？萨义德说过"东方还是东方"。关于东方或东方女性西方早已有了定论,形成了固化的认识,关于东方女性库楚克,该说的福楼拜已经说了,更何况,东方或东方女性只是肉身,没有灵魂和思想,怎能与路易斯·科莱争夺话语权。说到底,东方就是一个沉默的他者。

东方女性与肉体和欲望的固化联系,也应该是巴恩斯在《有话好好说》中让主人公斯图亚特选择东方妓女发泄性欲的潜在意识。妻子被朋友奥利弗夺走后,斯图亚特倍感空虚,想通过召妓寻找慰藉。虽然妓女有西方人和东方人,但他提出要派送一个东方妓女。解释为什么挑选东方妓女时,斯图亚特说他担心会派一个长得像前妻姬莉娅的女孩,这样他会受不了。也就是说,只有东方妓女才长得完全不像自己的妻子。这个理由听上去有些牵强,但却反映了西方意识中西方与东方的差异,这种差别正像路易斯·科莱在《福楼拜的鹦鹉》中用硬币所做的比喻,西方是硬币的正面,东方是反面。其实,除了这个借口,斯图亚特选择东方妓女还有一个更为重要的原因,这可从他事后的一番话推理出来,他说:"她精于她的行业。我并不想要性,我只是决定去做;但是很快我就想要了,并为之而高兴。"(230)也就是,东方女性与性欲望、与肉体的联系才是选择的关键。巴恩斯能创作出这样一个情节,自然也出自相同的认识。另外,东方妓女也被视为物。斯图亚特所选的东方女性标价"100英镑"(230),并且他在信用卡单上"数量及描述"一栏写上"商品"两字(230)。这与福楼拜把东方女性视为"机器"的思想是一致的。巴恩斯作品中东方与性的联想再次说明:"在这些东方主义者的文字建构中,东方女性没有主体性可言。她们只是男性性欲的对象,是物化的男性的欲望"(杨金才,"核心主题" 88);"'东方的性'像大众文化中其他类型的商品一样被标准化了,其结果是读者和作家们不必前往东方就可以得到它,如果他们想得到它的话"(萨义德 246)。

巴恩斯小说的东方叙事也包括中国在内,而且与中国相关的事物在巴恩斯小说中并不少见。在小说《有话好好说》中,姬莉娅的母亲维亚特夫人引用周恩来的话,表达对自己女儿婚姻的看法:"周恩来在回答他对法国革命的影响的评价时说'现在要说还太早'。我对斯图亚特的态度就是这样。"(224)在《福楼拜的鹦鹉》中,巴恩斯写道:"今天,非洲滚球运动员的棕色手腕上则印上了毛泽东的画像。"(14)在《无所畏惧》(*Nothing to be Frightened of* 2008)中,巴恩斯的太公曾担任过校长,有人打趣说,照片上的他看上去像巴恩斯的"中国祖先",有点"孔老夫子"的味道(46);巴恩斯的外婆从一个循道宗信徒变成了一个社会主义者,并且曾经作为社会主义者代表当地议会参加选举。20世纪50年代后期,中苏关系出现裂痕,世界共产主义者不得不在莫斯科和北京之间做出选择,当时大多数欧洲信仰者选择了莫斯科,但巴恩斯的外婆却支持中国。她还订阅了《中国建设》(*China Reconstructs*),该杂志歌颂中国的工业成就——桥梁、水电大坝、从生产线上出来的卡车——也有各种鸽子和平飞翔的图案,杂志直接从中国寄来,她把邮票留给巴恩斯,后者也因此支持外婆的选择(2);巴恩斯集邮与哥哥不同,哥哥专门收集英帝国的邮票,而巴恩斯则收集英帝国之外的,包括中国邮票。可见巴恩斯对中国多少是有一定了解的。小说《凝视太阳》对中国的想象则更为集中和丰富,也更能体现巴恩斯对中国的认识。

小说中,五十多岁的简萌生了通过旅游看世界的想法,中国是其中的一站。她跟随旅游团游览了北京、上海、南京、成都和广州等地方,时间是20世纪80年代。这五个城市恰好位于中国的东、南、西、北,不仅是那时中国最重要、最先发展的城市,即便现在也一样。巴恩斯选择这几个最具代表性的城市来展现他想象的中国,很具有目的性和策略性,即让读者感觉其说服力。但遗憾是,他的中国想象没有突破东方主义的限制,在他这里中国与其他东方国家一样,怪异、肮脏和落后。

巴恩斯笔下五个中国城市从自然环境来说,让人难以忍受。"北京非常干燥,灰尘吹得到处都是"(90),这让简再次想到了莱斯利舅舅的话:"不要让球杆的头垂下,否则会弄得沙尘漫天,胜过风中的戈壁滩。"(90)简曾在怀疑自己不会怀孕时,也想起过同样的话,将戈壁滩与荒芜和不孕联系起来(72),在北京,面对灰尘天气,简再次想起莱斯利的话,其中也暗示北京环境恶劣,并且无活力和生命力。简对南京的评价也是负面的,她感觉南京又热又湿,而宾馆的装饰令人很不舒服,这让她感觉更热。

巴恩斯尤其突出中国人怪异的思想和行为。未到中国之前,简认为可能"中国人只有一点不同",但到了之后发现它"好像完全颠倒了"(89)。听到中国哲学有灵魂毁灭说,她表示难以置信:"难道灵魂不是永恒的吗?它要么存在,要么不存在。你怎么可以破坏一个灵魂呢?"(89)在南京,她看到年轻人参观孙中山纪念馆有戴墨镜的,即使在阴天也是如此,他们还将随身携带的收音机音量开得很大;而且"不去除标有厂家的标示"是一种"时尚"。导游随手带喇叭似乎是地位的一种标志,他们在车里也冲着喇叭说话,震耳欲聋的声音,吓得游客"蜷缩在座位上,并努力克制自己,不让自己笑出声来"(93);导游们甚至在喇叭失灵的情况下,依然对着喇叭说话。中国人的假期少之又少,"一个星期才有一个休息日,一年额外有五天间隔的休息,婚假有两个星期"(94),只有在婚假时才有可能旅游。简不无讽刺地说"要有更多的假期,人们要通过离婚和再婚才能解决"(94)。航空公司赠送的小食品和小纪念品,如钥匙链、巧克力、糖果和小型通信本等,西方游客同样觉得不可思议,简用"东方化"来形容。她在一次飞行中得到一本小小的通讯簿,感到非常费解:"它的微小外形暗示中国航空的典型乘客都是避讳与人交往的人。"(94)对于中国的空姐,简毫不留情地说她们"就像女学生一样,不知道该做什么好",当"飞机着陆,她们中有一个站着,拘谨地傻笑"(94)。到异国他乡看到与自己国家不同的人以及不同的行为举止和习惯,是很正常的事,但关键在于如何对待这些事和现象。在这里,巴恩斯的用意显然是讽刺的。

中国古人祖冲之对圆周率的精确推算,简也不能理解,她说因为圆周率是无限的,谈不上精确推算,由此可见,简对中国文化和文明的不解与不屑一顾。同样是对待东方文明,在小说《亚瑟与乔治》中,亚瑟面对埃及文明时也体现出相似的态度:

> 他认为,尽管古埃及人确实将艺术和科学提高到了一个新的水平,但他们的推理能力在很多方面都不足挂齿,尤其是他们对待死亡的态度,他们认为人死后的躯体就是一件又旧又破的外套,这件外套

曾经短暂包裹过灵魂，现在应该不惜一切代价保存下来，这并不可笑，这是唯物主义的定论。那些放在墓里一篮篮供品，用来祭奠在黄泉路上的灵魂。一个如此智慧的民族在思想上怎么如此软弱？信仰被唯物主义所认可：这是一个双重诅咒。同样的诅咒也摧毁了神权统治下的每一个国家、每一种文明。(93)

同样，中国人引以为自豪的长城在《凝视太阳》中也没让简感觉到宏伟、壮观和气派。她看到的只是砖上刻的字，闻到的只是尿的臭味，她说"长城的烽火楼发出臭味就像公共厕所一样"(90)。

中国的贫穷落后也被从多个方面反复强化和讥讽：他们"把猪捆在自行车后轮两侧的挂篮上，带到市场去买；老妇人在货台上买鸡蛋时，对着阳光检查鸡蛋是否有问题；物物交换的讨价还价声；两腿跨在犁上犁地；穿着补丁衣服"(92)。在四川的一个小村庄，竹竿上晾晒的茶巾上"补丁超过了原来的布料"(93)。这样的贫穷在西方世界至"二战"之后总体上已经消失殆尽了，但在20世纪80年代的中国仍在继续上演，整个中国似乎与西方不是生活在同一时代。中国与西方的差距是巨大的，按简的话说，中国人生活在"Asian times"。"Asian times"是小说中一个导游的错误读音，他将"acient"说成了"Asian"。这不是一个简单的文字游戏。如果"asian times"其实是"acient times"，那么它就与"modern times"相对，这无疑表达这样的含义：现代的中国远远落后于西方或英国，好像还生活在遥远的古代；如果"Asian times"真如其字面所意——这可能是巴恩斯的自创词，那么，它意味着巴恩斯的思想中有一个"European times"，亚洲仍然处于落后，不能与欧洲相提并论,好像欧洲人与亚洲人生活在两个世界。

在小说中,中国人总成为西方游客揶揄的对象。而这些取乐的方式和内容也从一个侧面勾勒了西方人眼里的中国形象。例如,看到长城砖上印有汉字,有一个西方游客说其中有一处的文字意思是"等看到他们眼中的黄色在开火"(90);中国的导游被刻画成小丑一般,成为西方游客的笑料。他将"ancient",说成了"Asian";"shopping centre"说成"sobbing centre",将"we grow wheat and rice"说成"we grow wheat and lice";还有"In the fields there are sugar beet, potatoes and ladies"、"Now here we are at the sobbing centre"等,引得全团西方游客哈哈大笑。在他们玩笑式的话语中,显然"黄色"成为界定中国他者身份的一个重要标志。黄色人种于白色人种而言代表的是低贱和卑贱,可以任意取笑,无论是受人敬重的国家领导人还是普通百姓。当然,应该看到主人公简或作者巴恩斯本人对这类有明显种族主义的玩笑持评判态度,但这种批判却因取笑导游变得没有任何力度。西方游客为什么将"rice"故意误听为"lice",将"shopping centre"有意误听为"sobbing centre",或者作者巴恩斯何以能想象并创作出这样的笑话? 这样的误听并非偶然而为之,也并非临时的笑话,更不仅仅是发音错误那么简单,其中折射的是西方人眼里的东方模式的思维和态度,反映了西方人对东方固化的认识和观念。"lice"一词中所含有的"肮脏"之意已不言而喻,而"shopping centre"变成"sobbing centre"更体现出了东西方的贫富差距,富有的西方人买得起昂贵的商品,而这些东西对中国人来说就只是奢望,所以在主人公简看来导游的错误发音似乎歪打正着,因为"西方人从他们的客车上下来花钱买大多数中国人从来都买不起的东西。被称为'sobbing centre'真是恰如其分:广东的'哭墙'"(92)。另外这也暗讽中国人鹦鹉学舌,笨拙低能。得意的西方游客更仿佛是"君临东方"。

这些西方游客对待导游的态度一定程度上说明他们来中国并非为了了解中国,而是满足自己的某种欲望而已。如果简旅游的目的是了解中国,导游的讲解和介绍应该是一个重要的信息源,无论是关于长城还是中国文化,导游可以提供一些有用的参考,也可以让游客了解中国的历史和中国当时的发展,这样他们可以对中国有一个比较客观的了解。但是,在小说中,在西方游客看来,导游不仅没有帮助,而且起反作用。在这里导游的错误发音或称误读,其实暗示着误导,即巴恩斯借导游的误读表明中国人是不可信的。其实,中国导游不是他们了解东方的信息来源,他们在来中国之前就已经对这个国家形成了固定的认识,这个认识来源于西方文献、记录和记载。就像小说中的简,她到中国之前,专门到图书馆查阅了相关资料,这些资料已经为她勾画了中国的模样,她的中国认识已经形成了,对她的旅游起到了引领的作用,是她的所见所闻的注解和参考,并且旅游中简也带着自己国家的中国旅行指南。她的旅游也不是去重新认识中国,她相信的只是自己查阅的西方资料和指南中的内容,而不是中国导游的讲解。他们不仅不相信中国导游,还要嘲笑一番。这表明中国人的声音受到压抑或者歪曲。

整个旅行中,简对中国没有什么好的评价,从天气到环境,从景点到日常生活,简构建起一个中国印象,这个印象并没有什么特别之处,它与西方传统的东方印象并无二致,也是东方化的。简虽然对旅游团一些不雅言语和不礼貌的举动表示不满,尤其是一对夫妇,他们开中国的低级玩笑,令简很生气。但这主要是因为他们不文雅,丢了西方人的脸,而并不意味着她在意识上尊重中国。和她的西方同胞一样,她对中国也没有好感,只是表达的方式不同而已。

客观上说，巴恩斯的中国建构确实有20世纪80年代中国一些痕迹。小说中简的中国之旅，大约是中国的改革开放初期，此时中国刚刚打开国门，进入了改革开放的新阶段，虽然人们的生活还不富裕，但中国的经济表现出新中国成立以来空前的活力，人们的生活水平提高了，物质文化生活和精神面貌也发生了很大的变化，体现出一片欣欣向荣的景象。这种变化简也有所体会，她注意到中国人也有了"大收音机"和"日本相机"，并且穿衣颜色也更加鲜亮，"不再是蓝色和绿色"（93）。那个成都导游，通过自己的勤奋努力，改变了自己的生活和命运，这正是改革给中国人带来的希望。但这些变化似乎不是她关注的真正的焦点，或者更贴切地说，她是从负面的角度进行关注的。简的判断不仅没有把握那时中国的时代精神，反而突出中国的"怪异"、"肮脏"和"落后"。她也没有历史地看待一些现象，如戴不摘商标的墨镜，导游使用喇叭等。这些现象其实代表中国那时生活的新时尚。对西方游客来说这些行为可能会有些奇怪，但如果了解当时中国的历史和经济发展现状，这些现象不仅不应该被嘲笑，而且还应该得到肯定。需要进一步指出的是，巴恩斯小说的中国表征虽与我们所处的现实世界有相似之处，但其目的不是反映地理学意义上中国人的现实和生活，而是将欧洲人与东方人区分开来，将东方人他者化，以突出西方白人的优越性。所以，这些相似性并不是现实的写照，而是东方主义的产物，其目的和意义与现实中的中国相去甚远。

在巴恩斯的短篇小说《脉搏》里，有关于中国针灸的叙述，同样反映了他对中国固定不变的想象和建构模式。《脉搏》是巴恩斯短篇小说集《脉搏》的同名主题小说，主要讲述了叙述人父母生前的一些小事，其中有一则与中国的针灸有关：叙述人的父亲嗅觉失灵，闻不到味道了，到医院接受治疗也没有效果,后来在桥牌搭档的建议下,他决定尝试中国针灸治疗。众所周知,针灸是中国传统医学的一个重要组成部分,是中国文化文明的瑰宝,是其民族身份认同的一个重要符号,但在这个短篇中,巴恩斯的中国针灸叙事仍旧是东方他者叙事的认识框架,故事中的人物,尤其是叙述人"我"对中国针灸完全持否定态度。叙事人在得知父亲要尝试中国针灸疗法时,从一开始就表示反对,他劝父亲"别相信这玩意"(207),同时认为父亲做出接受针灸治疗的决定是"不理智的"。另外,父亲做出这样的决定完全出乎意料,叙事人说:"但我感到某种警告,好像情况不妙。我们希望我们的父母保持常态,不是吗?在我们自己成人后,尤其希望他们如此。"(207)接受了四次治疗后,叙述人的父亲病情有所好转,可以闻到味道了。但这并没有改变叙事人的态度,他虽然口上说"恭喜",但心中却认为"这可能只是巧合或自我暗示而已"(212)。这里叙述人对中国针灸的怀疑因何而起呢?是因为他曾经与中国针灸有过什么遭遇吗?当然不是。叙述人之前从未与中国针灸有过任何接触,甚至在父亲治疗期间也没有亲见针灸治疗,他对针灸的耳闻完全来自父亲每次针灸治疗回来之后的反馈和描述,也即他对中国针灸仅有的了解,只是从父亲那里得来的间接而简单的描述。但在此之前,他早已对诸如中国针灸之类的东方事物形成了固定认识,正是这种固化认识模式左右和形成他对东方的否定和歧视。叙事人的父母也不例外,他们虽然决定尝试中国针灸,但这并不是因为他们相信中国针灸或中国文化和传统。甚至在接受治疗时,叙述人的父亲也表示怀疑:"我最好告诉你,我有点怀疑。"(208)虽然父亲没像叙述人那样否定针灸,但是他对中国的认识也同样是扭曲的。事实上,正如《凝视太阳》中的简到中国旅游是印证她未到中国之前就已形成的东方意识一样,《脉搏》的叙述人对针灸的追问,也是在证明自己早已形成的东方认识模式。所以,他对针灸的猎奇,并非在于还原中国针灸的本来面目,而是再次印证和勾画西方认识中的"东方他者":与西方医学相对的中国传统医学,只是不科学的骗人把戏而已。叙述人对中国针灸的想象建构,有意制造某种神秘和玄虚的感觉,例如,在针灸师那里夏季是"中国夏季,而不是英国夏季";罗斯夫人将治疗时间延长到夏季,是因为根据"我父亲的生辰,这段时间是最强反应期"(212)。可见,叙事人有意无意间将中国针灸想象成了像巫术一样。中国针灸找的是穴位,而不是生辰,但在巴恩斯有关中国针灸的叙述事里,却没提及。在第一次针灸治疗之后,叙述人的父亲出现极不正常的举动和状态:"到了一个小时,她离开房间,他穿好衣服,付给她五十五英镑。然后他离开,前往超市去买晚餐。……他站在那里昏沉沉的,不知道自己要什么——或说看到什么就想买什么。他转来转去,买了各种吃的,回到家,筋疲力尽,打盹休息。"(209)在这里,叙述人有意将父亲出现的某种症状与针灸治疗直接联系起来。显然,叙述人目的在于表明中国针灸带来了副作用,不仅不治病,还产生了令人恐惧的后果,也给患者带来肉体上的痛苦,"父亲承认扎针灸的痛超出他的想象"(211)。在叙事人的意识里针灸治疗"由于带有疑惑,耗时会更多,也更花钱"(208)。可以说,中国传统的技艺针灸在叙述人的表述中只是一种骗术。

叙述人"我"对针灸虽然不信任,但却充满好奇。每次父亲针灸治疗回来,他不仅关心父亲的状况和疗效,而且更想知道针灸治疗是怎样进行的。叙述人的父亲对针灸医生罗斯如何找位置下针的描述,以及他对扎针的反应和感受,毫无疑问满足了他的猎奇心。同时,叙述人或巴恩斯对针灸的表述也迎合了西方读者的口味,满足他们的好奇心,即对东方的猎奇心理，尤其是那些对针灸的错误认知更能满足西方读者的审美需求。例如文中关于针灸的知识与实际的中国针灸理论和常识不相符合，在中国针灸里，人的脉象与春夏秋冬四季有关系，但与个人生辰没有关系，但是故事里，针灸治疗的时间长短却取决于患者的生日，这不符合中国针灸的实际。另外，叙事人说人有六道脉，左手三道，右手三道，左手脉比右手的重要，这也是西方对中国针灸的东方想象，不属针灸的实际理论。

巴恩斯的针灸叙述不仅充满了对中国针灸的错误认知，而且将它妖魔化了。其认知的背后是东方主义思维，正如齐亚乌丁所言，"东方主义学问过去是——现在也是——有关政治欲望的学问：其将西方的欲望融入诸学科中，并将这种欲望投射到有关东方的研究中。例如，其发现伊斯兰、中国以及印度科学并非科学，而且他们虚构说，真正的科学由西方所创造并属于西方，它们也使得这种虚构一直延续下来"（齐亚乌丁7）。从这个短篇可以推断，与故事中的叙述人一样，巴恩斯本人也并没有实际接受和体验过中国的针灸治疗，但他一定读到或听到过西方人关于中国针灸的记述，这些记述正是其想象和构建中国针灸的基础和来源。

当然，针灸不可能包治一切病症，它有它适用的范围和局限，但叙事人却把针灸的治疗效果和骗人联系起来。与此形成鲜明对比的是，叙述人对"自己的"医院态度则完全不同，他父亲去医院接受多次治疗没有效果，叙述人没有任何怨言，没有对"我们"的医院表示怀疑，更没有将它与骗钱联系起来。

如果前文提到的该短篇中的照片反映出西方宣传媒体对东方的建构，是东方主义思想的体现和见证的话，那么，巴恩斯对中国针灸的表述也是东方主义思想的延续和建构。叙事人在讲述针灸治疗中，说出"有时我怀疑我对父亲太过分了"

第二章 东方的他者化——巴恩斯小说的种族身份书写

(212)以表达事后对父亲的歉意和自责,但实际上,他在父亲接受针灸这件事上与父亲较劲,主要源自对中国文化的怀疑和排斥,与其说他"对父亲太过分了",不如说"对中国或东方太过分了"。

巴恩斯对东方的他者化可以从他对西方截然不同的表征得到反向印证。小说《凝视太阳》中的主人公简旅游所到之处不仅包括中国和埃及,还包括欧洲和美国。她的欧洲之旅在中国和美国之前,是三天城市之旅,对此巴恩斯写道:"花了三天迷迷糊糊地坐车,义务性地参观博物馆,三天里都在点一些她好奇的菜,大多数菜确实是这样。……她发现最简单的事就是自己的伴侣:一张她看不懂语言的报纸;飘着彩虹一样油块的阴冷河道;早期药剂师或裁缝的展柜;街道拐角的咖啡味和清洁剂的味道。"(87)从中看不到简在中国看到的那种怪异、肮脏和落后,更没有游客取乐导游的行为,甚至河道里的油块在简的眼里也不肮脏,而是闪耀着"彩虹"般的颜色,除了饮食外,她没有遭遇到任何不寻常的人或事。

同样是坐飞机,在欧洲的飞机上,简对空姐毫无兴趣,她思考的只是飞行本身。比如她想到她儿子格雷戈里害怕飞行事故,而她自己因为与二战飞行战士普洛瑟的相识,早对飞行了解,所以乘飞机她丝毫不害怕。这与她乘坐中国的飞机完全不一样,所以欧洲飞机上的空姐自然也不会成为她讽刺的对象。

中国长城、埃及金字塔等东方奇迹没有给简留下好的印象,但美国大峡谷——简自己认为的七大奇迹之一——却让她激动和振奋,巴恩斯写道:

> 简紧抓着冰凉的防护栏,并且很高兴只有自己一人,很高兴自己所见无须言表,也无须汇报、讨论

> 或解释。丰富的广角视野比她想象更大、更深、更宽、更野、更美丽、更让人心悸。但这一系列的形容词也不能表达她的体会。……性——甚至是她想象但没经历过的性——与此相比,只不过像玩鞋带把戏一样。……这是一个超越言辞、超越人类声音、超越阐释之地。(99—100)

这让简流连忘返,甚至在第二天离开前又靠在"冰凉的防护栏上,盯着大峡谷看"(100)。对此,叙事声音解释说:"理性以及人的聪明和创造力竖立起了简已经参观过的六大世界奇迹。自然铸就了第七个。"(101)但简参观长城和金字塔时,并没有被震撼,也未对中国人或埃及人的"聪明和创造能力"发表任何感言。

小说《爱及其他》的主人公之一斯图亚特也对美国赞赏有加。斯图亚特在妻子姬莉娅被朋友奥利弗夺走后,去美国生活了十年。十年中他的思维和生活态度等方面变化显著,确切地说是美国化了。斯图亚特这样评价美国:

> 有些陈旧的说法是正确的。如美国是机遇之地。至少是一个机遇之地。有些却不正确,如美国人没有讽刺感,美国是个大熔炉,或者美国是勇敢者的家,是自由之地。我在美国生活了近十年,认识许多美国人,而且很喜欢他们。我甚至娶了个美国老婆。但他们不是英国人。甚至那些看上去像英国人的也不是英国人。据我看,这很好。另一句陈词老调是什么来着?两个被共同语言分开的国家?对,这也是真的。(24)

这里，斯图亚特毫不掩饰自己对美国的热爱，他认为美国是机遇之地，而且英国人和美国人外貌上相像，语言相同，这种家族相似性无形中拉近了他们的距离。斯图亚特也试图为美国人正名，这与巴恩斯作品对东方的态度截然相反。关于美国有多种说法，而对于东方和东方人，只有固化一致性的认识。在斯图亚特眼里，美国人非常乐观，在美国"你成功了，你继续找别的可做成功的事。如果你失败了，你仍然找别的可以做成功的事"(26)。斯图亚特与美国妻子生活了五年后离异，对此英国人会说"他的婚姻五年后就失败了"，而美国人则会说"他的婚姻成功地进行了五年"(25)。正是美国的乐观态度感染了斯图亚特，他在事业上才能不断获取成功。在美国，他在银行工作的同时，还寻找其他成功的机会，最后他与一个美国朋友合开了有机食品餐馆，生意很好。看到英国在有机食品方面尚有很大发展空间，他决定回国创业。虽然美国人与英国人有不同，但这些不同不是怪异，斯图亚特也没嘲笑或讽刺，也没有了那种居高临下的傲气，而是羡慕和赞赏。可以这样说，美国人被表征为英国的亲兄弟一般，只是他们性格不同而已。

巴恩斯在这里所说的"美国人"不言而喻是那些白皮肤的西方人，或者更确切地说是指祖先是英国人的美国人，所谓"盎格鲁—美国人"。那些生活在美国的深肤色族群，如非裔和亚裔等被排除在外，不被归为美国人。斯图亚特认识的"许多美国人"，显然是白人，所以他才会"喜欢"他们，他娶的"美国老婆"，是"他们中的一员"(24)，这个"他们"指的也是白皮肤的美国人。斯图亚特否认"美国是个大熔炉"的真正原因也莫过于此，他不愿意将那些生活于其间的非白色族群视为美国人。谈论美国的生活经历时，他眼里是一片白色的海洋。他说在华盛顿生活了几年之后，他"开始变得有点美国了"，变得"有本地味"(native)了,并且特地强调说"not native American",也就是说,在他眼里,所谓"native"是指当地美国白人的行为和生活方式等。在他的意识里,盎格鲁—美国人代表美国,美国是美国白人的美国,不是其他种族的美国,也不是美国土著人印第安人的美国。

除美国外,法国也是巴恩斯小说人物常去之处。巴恩斯对法国情有独钟,在他笔下法国宛如故土,在此暂不展开,第三章另有专讨。值得一提的是,巴恩斯即便在小说《豪猪》里,对解体前的东欧国家捷克的态度也与对东方国家不同,毕竟它是欧洲的一员。

巴恩斯在建构东方人身份时,并没有涉及太多肤色和外貌,但也依然是在西方的东方意识中完成。巴恩斯在20世纪80年代初来过中国旅游,但巴恩斯的中国书写仍然停留在萨义德所谓"东方学"的传统中。他借用和延续了萨义德"东方学"的东方固化表征,勾勒出他的东方想象。西方对东方"或被出奇地颂扬,或被贬抑,但这种褒贬是受某种思想模式控制的,具有鲜明的东方主义意识形态性"(杨金才,"英美旅行"81),巴恩斯的东方书写应该属于"贬抑"派的东方模式,在他的东方形构中,土耳其人的无序与落后、阿拉伯人的危险、中国的贫穷、埃及女性的腐败,这些仍是他勾画东方的主要颜料,他画就的东方仍旧是那个东方,一个永远的他者,一个"充斥着奇异传统与行为的地方,或滑稽可笑,或具有威胁性,又令人觉得恐怖"(齐亚乌丁 183)。这也许就是巴恩斯东方书写的"策略性"。萨义德所谓的"策略性"指的是每位写作东方题材的作家就如何把握东方题材,如何接近东方题材而使用的策略,这样才不为东方的高深、辽阔的范围和令人生畏的广度所挫败。他认为,任何就东方进行书写的人都必须以东方为坐标替自己定位。每位就东方进行写作的作家都会与某个先驱者和某种前人关于东方的知识作为他参照的来源和立足的基础。每部关于东方的作品都会使自己与其他作品、与读者、与公共机构、与东方自身紧密关联在一起。于是,作品、读者和东方的某些特殊方面的复杂关系,就形成了一种可供分析的结构,这一结构在时间、在话语、在公共机构中反复出现赋予它以权威和力量。正是这种"策略性"帮助巴恩斯想象和建构了外在于西方的东方他者。

第二节　作为内他者的东方人身份建构

英国是欧洲最大的移民国家。英国历史上有过几次移民浪潮,最大的一次是"二战"之后为了弥补国内劳动力紧缺而实行的。这一时期,来自非洲、印度和亚洲次大陆等英属前殖民地国家的移民纷纷涌入。这些"黑皮肤"①的到来对英国社会产生了很大影响,并在一定程度上挑战英国的社会价值与观念。不同肤色的存在也促使英国社会对自身进行思考。有学者指出:"今天,在英国生活着第二代和第三代黑人,但是规范的英格兰性不断地将黑色再生产为他者;黑人形象暗含着行凶抢劫者、离经叛道者、贩毒者(drug-pusher),暗含着污染英格兰性的纯洁性,即污染了语言、种族和民族、文化与传统的纯洁性。"(Diawara 830)鲍威尔(Enoch Powell)说他不相信非白人移民和他们的孩子可能成为英格兰人,在他看来"西印度人或亚洲人就是出生在英格兰,也变不成英格兰人。按照法律根据出生,他是联合王国的公民;但事实上,他依旧是西印度人或亚洲人"(Baucom 20-21)。这充分说明,东方移

---

① 在英国黄皮肤和黑皮肤人种都视为黑肤色。

民虽然生活于西方社会,但他们仍是外来者,是存在于西方社会的"内他者"。东方移民的他者化也是巴恩斯小说种族身份建构的一个重要特征。

英国社会生活着不同国家的移民,是一个名副其实的多种族和多元文化共存的社会。但巴恩斯小说的英国社会并非如此。如前所述,他可以在多部小说中涉及英国之外或西方之外的东方或东方人,但却很少关注生活于英国的东方移民。尤为突出的是,在被称为英国文学中少有的专门探讨英格兰民族身份或英格兰性的著作《英格兰,英格兰》中,巴恩斯却将他们"遗忘"了。这种"遗忘"的行为,无异于黑格尔定义他者时所说的"将对方或差异者设定为不存在",而这个"非存在"就是他者。

小说《英格兰,英格兰》虽然探讨英格兰性,但这基本上是白人的事。小说的主人公玛莎是土生土长的英格兰白人,杰克公司的其他职员也都是白人。甚至公司为了弄清国人心目中英格兰最具代表性事物所涉及的采访对象也是白人。不仅如此,他们讨论英格兰代表性事物时,主要是与联合王国的其他成员即威尔士、苏格兰和爱尔兰相区分,而与非白人移民无关。例如在探讨饮食的时候,他们仅只将苏格兰、威尔士和爱尔兰的食物和影响进行排除。实际上,在英国,除了这些民族的饮食文化以外,还有其他移民饮食文化的存在。而且移民在英国占很大比重。布拉德福德(Richard Bradford)指出:"任意挑选6人,至少会有3人的祖父辈是半个世纪前从西印度来的,另外一半的家族史也能追溯到印度次大陆。"(Bradford, "The Novel Now" 159)有评论者从政治无意识的角度,认为巴恩斯在创作过程受到了政治无意识的影响,将移民问题和其他肤色移民的存在遗忘了。本特利的《重写英格兰性:朱利安·巴恩斯〈英格兰,英格兰〉和扎迪·斯密斯

《白牙》中的民族想象》一针见血地指出：

> 对逝去的英格兰的向往导致小说对帝国和当代多元文化的民族观念保持沉默。这是《英格兰，英格兰》十分令人担忧的一个方面。英格兰的殖民遗产、民族构成中不同种族身份的涉及以及多元文化主义等均未写入文本之中：小说没有在任何地方提及它们。考虑到意识形态的歧视，你当然可以想象到黑人或亚洲元素可能不会出现在主题公园里，但是重要的是这种缺失甚至没有被作为批判主题公园的观点提到。(Bentley, "Rewriting Englishness" 495)

本特利指出的问题恰恰说明《英格兰，英格兰》其实是将"黑人或亚洲人"他者化了，他们是生活于西方社会的他者，而他者，用斯皮瓦克的话说，是"属下"，而"属下"是不可发声的，也就是萨义德所谓"沉默的他者"。

非白人移民作为"内他者"的存在更加明显地体现在小说的最后一个部分。虽然"小说中没有一个黑人或亚洲人作为小说的人物出现"(Bentley, "Rewrtiting Englishness" 495)，但巴恩斯并没有忘记外来移民及文化在英格兰的存在这个现实，在小说最后一部分，当老英格兰衰败的时候，巴恩斯提到了"加勒比"和"次大陆"移民(252)。这些人纷纷离开英格兰，回到"那些祖辈"生活的地方(252)，因为这些地方比老英格兰更繁荣。这其实暗示了，深肤色的移民来到英格兰，只是因为英格兰的繁荣，他们并没有把英格兰视为常住之所。他们就像一群候鸟，当英格兰不再繁荣时，就会离开返回"他们的母国"。可见，在巴恩斯的意识里非白人移民是不可信任的，他们并没有真正将英格兰视为永久居住之地，也不会忠诚于这里。他们与英格兰传统或文化也无关系。布拉德福德认为，"在后殖民内疚感或漠视民族性充斥的时代，这部小说特地提供了关于英格兰性善意而奇特的爱国主义视角"（Bradford，"The Novel Now" 183），但这里巴恩斯对英格兰性的爱国主义解读，显然是以东方移民的他者化或边缘化为代价的。

深肤色移民的他者化在小说《亚瑟与乔治》中体现得更为直接，也更为全面。《亚瑟与乔治》是巴恩斯文学中非常鲜见地反映种族歧视的小说。它以19世纪末、20世纪初发生在英国"大沃利"地区的动物伤害案为主要叙述事件，展示了主人公乔治·艾达吉和亚瑟·柯南·道尔的不同人生。其中乔治是英国历史上最早呼吁铁路立法，于1901年写作和出版了《铁路法》的混血律师乔治·艾达吉。亚瑟是写出《福尔摩斯侦探案集》的英国著名侦探小说家亚瑟·柯南·道尔。两人生活本无交集，但乔治被怀疑是英格兰大沃利地区一系列动物伤害案的凶手，被判七年监禁，蒙受不白之冤，在服刑三年获释后，乔治向亚瑟求助，后者凭借自己的名誉、地位和能力，甚至借用了他侦探小说中的侦探方法和手段，最终证明了乔治的清白，帮助乔治洗脱了罪名。

小说的创作灵感来自巴恩斯对《德莱夫斯案件》的阅读。"德莱夫斯案件"是法国发生的真实案件。法国军官德莱夫斯被怀疑犯有叛国罪，遭到起诉，法国著名作家左拉试图通过写作《德莱夫斯案件》澄清事实、为被告洗脱罪名。《德莱夫斯案件》让巴恩斯联想到名人作家亚瑟·柯南·道尔利用自己的影响力和地位帮助乔治·艾达吉洗清罪名的历史事件。德莱夫斯案件在法国影响很大，而乔治冤案在英国似乎已经被人们遗忘，巴恩斯想把这个尘封已久的历史事件挖掘出来，以警示种族歧视的危害。巴恩斯在创作过程中做了精心的准备，他查阅和研究了大量有关"乔治案件"的资料，力图从案件的发生、侦查和审判每个环节证明种族歧视对乔治案件的影响。也就是说，乔治受到指控和判罪的主要原因在于乔治深色的皮肤和东方人外貌，在于种族歧视，亚瑟帮助乔治翻案是一场反对种族歧视的斗争。《亚瑟与乔治》无疑是成功的，它被许多读者视为反种族歧视的佳作。但仔细阅读这部小说，不难发现，长着东方人面孔的乔治不仅被小说中的白人视为他者，而且也被作者巴恩斯他者化了，也即巴恩斯在呈现乔治及其家人时，潜意识里也受到了东方主义思想的干扰和影响。正如有学者指出，东方主义作为一种意识形态，一种文化基因，"已经深入到西方人的潜意识中"（杨金才，"爱默生"66）。

首先，从小说的叙事层面看，乔治·艾达吉在英国社会是一个典型的他者形象。他是移民二代，虽然生于英格兰，长于英格兰，且与父亲的出生地帕西毫无关系，但由于继承了父亲的肤色和外貌特征，周围的白人并没有视他为英格兰人，而是把他看作印度人或东方人。因此，乔治一生，无论在学校，还是在社会上，无论做学生，还是律师，都遭受到白人社会的歧视、欺凌，甚至陷害。儿时的乔治在学校里经常被同学欺负，在放学的路上甚至被吓得尿裤子。在老师伯斯托克眼里，小乔治是"愚钝"的孩子，他问乔治问题时总是带有情绪，显得很不耐烦："用粉笔戳着黑板'这个，乔治，加上这个（戳黑板）等于多少？（戳！戳！）'"（11）在这种状态下，乔治回答问题，"脑中一片模糊"，"胡乱猜测"（11），在家里会做的题，到学校里就不会了，因此常常沦为同学嘲笑的对象。老师伯斯托克在其他同学给出正确答案时，会"把头往乔治的方向动了动，示意乔治是多么愚钝"（11）。乔治一直被安排坐在教室的后排，这是"愚钝的男孩"坐的地方，聪明的孩子坐在前排，因为"距离讲台更近，距离知识更近，距离真理更近"（9—10），"乔治感到自己正在慢慢被规则、真理和生活放逐出去"（11）。其实，乔治并不比别的小孩笨,而且乔治的父母也是识文断字的人,能教他认字和算术,只是他的肤色和东方人长相让白人把他与"知识"和"头脑"割裂了关系,成为"愚笨"的象征。

在英国白人眼里乔治也是邪恶化身。乔治家一度遭受匿名信件和恶作剧的骚扰。一天乔治在自己家院子里发现一把大号钥匙,并把它交给父亲夏普吉,父亲写信将钥匙寄给警方。经核实,钥匙是沃尔索耳学校的。但令人费解的是,警察并没有表示感谢,反而认定钥匙是乔治偷来的。安森局长甚至写信警告乔治的父亲说乔治的清白是"伪装"的。厄普顿警官遇见乔治,看到他拿着手套,不仅威胁和欺辱乔治,且不怀好意地说:"你肯定知道手套是行动必备的吧,不是吗?"(41)另外,乔治成为伯明翰的律师后,同办公室的律师格林维和斯坦森经常把乔治与东方联系起来,称正在蓄胡须的乔治"满楚",把他与投毒杀人犯威廉·帕默相提并论,甚至说恶人帕默也是东方人。

大沃利系列动物伤害案发生后,警察之所以怀疑乔治,并不是因为他们发现了什么可靠的线索和证据,而是因为乔治的东方人身份。警察认为伤害动物是挺奇怪的事,不像英国人所为,于是他们自然而然地想到了乔治,因为在他们眼里乔治是"小杂种"(39),"是一个印度人"或者"半个印度人","长得有点怪怪的"(105)。这说明乔治在警察眼里就是一个东方他者,而东方他者在西方认识中天然与邪恶相连。在这方面,安森局长的观点颇具代表性。安森局长"不喜欢有色人种"(301),他把帕西人称为"孟买人的犹太人"(363),将混血看作罪恶的根源,他说:"这个家族,所有的错误都源于这个家族。妻子的家族。他们的脑子里究竟是怎么想的?谁的主意?真的,道尔,如果你的侄女执意要嫁给一个帕西人——无法说服她不嫁——你怎么做?给帕西人一份生计……在这儿。在大沃利。你还不如任命芬尼亚组织成员当警察局长呢。"(350)他认为乔治的血液里流淌着邪恶,在与亚瑟的讨论中,他说:"你说王尔德的情况是一种病理现象,艾达吉难道就不可能是吗?我相信律师数月来已到了智穷计尽的地步。这种压力是相当大的,甚至难以承受。你自己也称他的乞求信'绝望'。这时候会出现一些病理现象,血中的邪恶倾向也会冒出来"(362—363);"[……]血统一混合麻烦就出现了。两个种族之间存在着无法打破的界限。为什么各地的人类社会都讨厌混血儿?因为他的灵魂在向往文明的冲动和听从野蛮世界的召唤之间徘徊"(363),"考虑到他奇特的血统,奇特的孤独、封闭状态和过度膨胀的冲动,怎么不可能存在另一面呢?白天,他是勤奋的社会成员;晚上,他经常屈服于某种野蛮的东西,黑暗灵魂深处的东西,那是一种连他自己都搞不清楚的东西"(368)。安森推论乔治的情况为"野蛮的返祖现象"(364)。他甚至认为乔治的父亲也不诚实,他为儿子做了伪证:"那你就想象一个帕西族父亲把对帕西人家庭的忠诚看得重于他对这片国土的忠诚,尽管这片国土是他赖以生存并得到鼓励的地方"(353)。亚瑟在调查中"发现局长的偏见已渗透到他的手下,致使整个警察局都笼罩在这种偏见之中。当他们逮捕乔治·艾达吉时,他们根本没有给他最起码的公正"(373)。

媒体报道同样强调乔治的东方人身份与邪恶的联系。《伯明翰每日公报》这样描写乔治:"他二十八岁,但看上去更为年轻些。他穿着皱巴巴的黑白格上衣,黝黑的脸庞上没有什么典型的律师特征,全黑的大眼睛,突出的嘴唇、又小又圆的下巴。他有典型东方人的漠然外貌。"(148—149)显然,《伯明翰每日公报》等媒体刻意突出乔治的东方人相貌和血统,营造一种他者意识,尤其是他的冷笑,更是表达了"屠害无辜牲畜的记忆给他带来的冷血和施虐快感"(Holmes 62)。而同样的报纸报道威廉·格里特莱克斯时,态度明显不同,说他是"一个健康年轻的英国男孩,坦率晒黑的脸庞,令人愉快的态度"(151)。

检察官迪斯特纳在宣判乔治有罪,解释犯罪动机时,也将乔治的东方人身份与罪恶关联在一起。他说:"动机不是为了谋财,也不是为某个人复仇,而是对罪恶的渴望,对莫名狂妄自大的渴望,不断愚弄警察的渴望,嘲笑社会的渴望,证明自己高人一等的渴望。"(187)多年后,乔治案虽然在亚瑟等人的努力下,因证据不充分,事实不清楚,得以纠正,但官方在宣布无罪赦免乔治的同时,仍然认可乔治是某些匿名骚扰信件的作者,认为乔治"头脑混乱,充满恶意,沉溺于顽劣的恶作剧"(415),迷惑了警察,增加了警察处理案件的难度。言下之意,警察之所以出现判断错误,原因在于乔治自己,他是"自找麻烦"(415),所以无须给予任何赔偿。这个"爱国主义结论"(Winder 50)再次表明乔治"无辜但有罪"(415),而罪在于他的东方他者身份。

尽管乔治获得了自由,恢复了律师资格,但在生活中仍旧被视为他者。人们猜测"他和妹妹新近来到这个国家。他是印度教徒。他是卖香料的商人"。有人会问他从哪里来,指望可以从他那儿"了解遥远国土的情况"(442)。甚至有人会认为他是到伦敦参加种族会议的,巴恩斯写道:"星期日下午四点刚过","离开巴勒高街,朝伦敦桥进发:一个矮小的棕色人,穿着蓝色的职业西装,左胳膊下夹着一本深蓝色的书,一副双眼望远镜斜挎在右肩上。注意他的行人会认为他是去参加种族会议——只是从来没有在星期天开会"。(441)

不难看出《亚瑟与乔治》通过大沃利动物伤害案和乔治的遭遇揭露了英国社会种族歧视问题,反映了深肤色移民以他者为存在状态的现实。的确,巴恩斯在谈到这部小说时,也将它与种族歧视联系起来。《亚瑟和乔治》并非巴恩斯为小说最初起的名字,他想到过"事物的表皮"(The Skin of Things),"因为它是关于世界表面的和表面之下的东西以及乔治的皮肤和亚瑟的皮肤"(Fraga 140)。写作《亚瑟和乔治》时,巴恩斯本打算同时加上一个现代种族歧视的故事,但后来放弃了这个想法,他认为:"如果人们没有注意到当代的相似性,他们就不是很好的读者。"(Fraga 134)有读者深有感触地说:"我们的巴黎和悉尼就是巴恩斯的斯坦福郡。"(Wolfe 187)从这个角度讲,《亚瑟与乔治》无疑是一部反种族歧视的佳作。但值得注意的是,巴恩斯无意中也将乔治他者化了,他对乔治的想象和呈现,也是依照西方对东方的认识观念来进行,具有明显的东方主义痕迹。

前文提到《伯明翰每日公报》报道乔治时有意突出他"典型的东方人的漠然外貌",并且说"当迫害经历被展开说明的时候,他虚弱的微笑背后没有流露出任何情绪"[①](149)。因为在西方人看来,东方人是冷漠无情的。巴恩斯对乔治的塑造可以说与报道不谋而合,他同样突出了乔治的冷漠。乔治被捕后,他没有选择保释,而宁愿待在监狱了,究其原因,巴恩斯写道:"他更愿意待在监狱里还有另一个原因。每个人都知道他在哪里,每时每刻他都被监视和报告。如果再有暴行发生,整桩事件就可以表明与他无关,起诉他的第一项罪名就站不住脚了。"(152)这从一定程度说明了乔治内心的冷漠,"堂堂一个律师,却满心希望能再有一种动物致残"(152)。而且,当乔治在报纸里读到格林先生的农场有一匹马被割伤,被取出了内脏时他"欣喜若狂"(152)。乔治的冷漠也体现于缺乏

---

① "虚弱的微笑",原文为"faint smile",笔者认为译为"隐约的微笑"更恰当。

感激之情。乔治之所以能够洗脱罪名,主要得益于亚瑟的帮助。亚瑟不仅借助自己的声望和影响力为亚瑟叫屈喊冤,而且不辞辛苦,投入大量的时间和精力,像他侦探小说里的大侦探福尔摩斯一样,收集证据,尽自己所能为乔治翻案,可以说没有亚瑟的介入和帮助,乔治不可能找回清白。但是,乔治对亚瑟的付出,并没有表达感激之情,他仍然从律师的角度,以冷酷的法律来评判亚瑟对他所做的一切。他甚至认为,亚瑟和他的助手有时是利用了违法的手段来获取有关证据:

> 亚瑟爵士唯一有力的证据就是他拿到手的那把马刀。他用这种方式把马刀拿到手,那还有什么法律价值可言?第三方,也就是亚瑟爵士,引出了第四方,也就是伍德先生,私闯另一方——罗伊德·夏普的民宅,偷出一样东西……就连警察都知道要有搜查证或房主的书面许可或经得房主明确无误的同意后才能进入民宅。……亚瑟爵士伙同另一人犯了偷盗罪,由此偷来的关键物证也失去了价值。如果他未遭到阴谋偷盗的起诉,就算是很幸运的了。(402)

在巴恩斯笔下,乔治不仅冷漠,而且还有几分邪恶。在亚瑟与安森局长谈话的场景里,巴恩斯引用到一封乔治的经济求助信件。根据小说后的"作者笔记",这封信应是历史中真实存在的。信的内容表明,乔治因为朋友作经济担保,生活受到影响,本想通过借高利贷缓解困境,但高额的利息却进一步恶化了他的处境,让他面临破产,所以乔治写信给本杰明·斯通爵士,希望能得到他的经济援助。安森局长出示这封信意在向亚瑟证明乔治有赌博和滥用客户资金等不良行为,并非像亚瑟想象的那样单纯。虽然亚瑟反对安森的看法,但给出

第二章　东方的他者化——巴恩斯小说的种族身份书写

的理由多出自感性,显得苍白无力,不如安森的充分。因此,这封信的使用不仅不能证明乔治的清白,而且进一步将乔治与其他可能的恶行建立了联系。可以说,巴恩斯用来揭露种族歧视的媒体报道,却成了他刻画和塑造乔治的模板。

巴恩斯也将艾达吉家庭怪异化或神秘化了。这首先体现在巴恩斯为艾达吉一家睡觉格局所做的布置安排。艾达吉一家共五口人,有艾达吉夫妇、乔治以及乔治的弟弟贺瑞斯和妹妹莫德。晚睡的时候,乔治的母亲和妹妹睡一起,贺瑞斯单独一个房间,乔治和父亲睡一个房间。后来贺瑞斯离开家到曼彻斯特谋职去了,乔治本以为自己可以住到弟弟的空房间去,并以父亲严重的鼾声为由向母亲提出要求,但是母亲却让莫德去住了,乔治依然和父亲睡一起。就这样,乔治从十岁起就和父亲睡在同一个房间,直到二十七岁被捕。

艾达吉父子不仅睡一个房间,而且父亲每晚都要锁上房门。此外,乔治家里,父亲是牧师,母亲是教师,弟弟有工作,自己是律师,应属中产阶级,但乔治到了二十七岁都没有属于自己的剃刀,而是与父亲共用一套。

对于这些奇怪之处,小说并没提供合理的解释,不能消除读者的疑惑。对于奇怪的睡眠安排,叙事声音解释说:

> 莫德四岁的时候,因为身体太虚弱,不能让她独自睡觉,不管是乔治还是贺瑞斯,或则他们两个一起,都不能担当夜间陪护。从现在起她将睡在母亲的卧室里。同时,决定让乔治跟父亲睡在一起,贺瑞斯独自睡在儿童房里。这一年乔治十岁,贺瑞斯七岁,可能是考虑到这个年纪越来越容易犯错,两个男孩不允许单独待在一起。没有解释,也没有追问。(21)

而贺瑞斯走后让莫德住他空出的房间,是因为她"体质足够强壮"了(86)。这样的解释并没有说服力。首先它不能回答为什么乔治非得和父亲住一起。按理乔治更需要有自己的私人空间,在父亲"触手可及"的房间"工作和睡觉"(86)显然不方便。既然有三个房间,为什么艾达吉夫妇不住一起,另外两间分别留给莫德和乔治?对于共用剃刀,乔治的父亲回答是"乔治不需要",这样的回答显然不令人满意。而对于晚上父亲锁门一事,小说未做任何解释,锁上门目的是什么,是防止人进入,还是防止人出去,还是要锁住什么秘密,这些都是未解之谜。解释的缺失又使事件本身更显神秘。

与艾达吉家庭的怪异化相比,巴恩斯对小说的另一个主要家庭即道尔家庭的呈现却属正常。虽然道尔家庭也是一个大家庭,亚瑟也有兄弟姊妹,但巴恩斯并没有想象谁与谁睡一个房间的问题。就家庭条件而言,亚瑟成长的家庭更为贫困,但巴恩斯却没有想象亚瑟会与其父亲共用一套剃刀。这倒不是说,道尔家庭就没有奇怪之处,而是因为巴恩斯对道尔家的事都给出较为清楚而合理的解释,没留下什么悬念,所以也无神秘怪异可言。例如,亚瑟就有诸多不寻常之举,其中令人称奇的是他居然相信灵媒或巫术,而且非常着迷,他去世前,"还挣扎着爬上内政部楼梯呼吁废除巫术法案,因为心怀恶意的人利用这个法案挑拨是非,与灵媒作对"(452)。他甚至要求根本不相信灵媒的家人在他死后,举办灵媒活动,好让他与活着的家人进行交流。这样的思想和行为在当时英国社会,以及现在看来都是很奇怪的事。但对此,小说解释说,当时有科学界的人将灵媒视为科学,把它作为一门科学来研究,而亚瑟对它的兴趣,正是出于科学的态度。因此亚瑟相信灵媒一事也就不足为怪了。

巴恩斯在这些问题上的不同处理反映了他对两个家庭的

不同态度。他对艾达吉家庭的怪异化其实与他小说中那些歧视乔治的白人是一致的。正如前面提到，乔治周围的白人认为这个家庭有点怪，乔治更是怪怪的，在当地的警察眼里也如此。他们之所以觉得艾达吉家怪异，是因为在他们眼里这个家庭是混血家庭，他们不是英国人，而是东方人。巴恩斯对艾达吉家庭的怪异化也是如此。在此，怪异化是建立在"东方"与"西方"，"他们"与"我们"的区分之上的。"他们是怪异的"而"我们"是正常的。虽然在小说中道尔家和艾达吉家都不是正宗的英格兰家庭，但仍然有区别的，毕竟道尔家由爱尔兰和苏格兰人结合而成的，是西方白人家庭，属于"我们"的范畴，所以是"正常的"，而艾达吉家不同，这个家庭流淌着东方人的血液，长着东方人的外貌，属于"他们"，所以是"怪异的"。如果要反对种族歧视，巴恩斯应该再现一个正常的艾达吉家庭，从而有力地回击小说中那些觉得艾达吉家奇怪的种族歧视分子。但事实相反，巴恩斯对艾达吉家的怪异化，无形中支持了他们的错误认识。小说中乔治被捕后，警察对他第一次盘问时，听到乔治说自己和父亲睡一个房间，并且父亲会锁上门，所以自己不可能在夜间出去，更不可能去伤害动物，坎贝尔警官惊讶不已，反问乔治："一个二十七岁的男人没有自己的剃刀，每晚和父亲锁在一间卧室里，父亲睡觉还很警醒。你知道自己是多么罕见的人吗？"（137）。警察局长安森也以此大做文章，在亚瑟拜访他的时候，他虽然否认"那个房间里发生了一些龌龊的事"，但他认为乔治一家的睡觉安排导致乔治生理和心理产生了问题，并以残害动物的方式发泄和满足自己的欲望和冲动。虽然在亚瑟等人的努力下，乔治的罪名得以澄清，但是乔治晚睡的安排依旧是一个可怕的谜，始终让人觉得艾达吉家与某种罪恶有联系。

从本质上讲，巴恩斯想象了艾达吉家的怪异，却不能或不愿提供解释,也属西方对东方的审美模式,因为在西方白人看来东方是怪异的,是说不清、道不明,是不可理喻的。不可解释的神秘和怪异正是他者化的一个策略。借助怪异化,小说将有三个东方混血儿的艾达吉家庭与西方白人再次做出区分,"他们"与"我们"的界线也变得更为清晰。"他们"有"说不清道不明的怪异性"(萨义德 135),而"我们"是正常和理性的。

此外,小说中乔治与妹妹的关系也不正常,显得十分暧昧,甚至有"不伦"之嫌。历史关于乔治的记载很少,对其妹妹的记载几乎没有,"仅只是一个名字而已"(Fraga 138)。巴恩斯凭借想象虚构了一段兄妹之情。但纵观这段情谊,不难发现随着莫德在乔治生活中角色的不断变化,两兄妹之间的关系也在发生改变,而且变得神秘又难以琢磨,以至于说他们是兄妹,却又更像恋人或夫妻。换句话说,在想象乔治兄妹关系时,巴恩斯以兄妹之情开始,却以一种似兄妹而更像夫妻的暧昧关系作结。

小说中,乔治有弟弟,但他后来离开家去另一城市工作,与家人很少联系。乔治与弟弟的关系也渐渐疏远。但乔治和妹妹的关系却一直很紧密,或者用小说中的话说"他们很亲密"。正常的兄妹之间的亲情和亲密是无可厚非的。但"亲密"二字在《亚瑟与乔治》中有不寻常的内涵。例如,艾达吉家庭在周围的白人眼里与众不同,因为他们认为这个家庭"很亲密":在这里的"很亲密"带有歧视和讽刺意味,代表"异质性"或他者性",是西方人对东方家庭的认知。有趣的是,巴恩斯对乔治和妹妹莫德关系的建构与小说中的那些白人一样,也突出兄妹之间的"亲密"。更重要的是,巴恩斯对乔治兄妹之间亲密关系的描写让人觉得有些变味。例如,在乔治蒙受不白之冤,精神饱受折磨的时候,是妹妹莫德给了乔治力量,甚至在乔治的父母都有所动摇,成了乔治眼中"很糟糕的证人"的时候,也是莫德坚定地相信和支持自己的哥哥,对此,巴恩斯写道:"她是他的希望之源,她不会让他沉沦。他相信莫德不会动摇,因为他看过她在法庭上给他的眼神。这样的眼神无须注解,也不可能被时间或厌恨侵蚀。这是爱、信任和确定的眼神。"(193)在此,巴恩斯不仅夸大了妹妹的作用,而且更像在描写一种恋人之间的情感。在小说的另一处,巴恩斯又这样突显乔治的心理:"点点滴滴的回忆和随之而来的想法在他心目中激起对莫德的一片深情,他意识到过去如此,将来莫德也永远是他的至爱。不过,乔治对表达这种情意不在行也不轻松,就连这最隐讳的表达方式也弄得他怪不好意思的。"(433)这段文字与其说是描写哥哥对妹妹的感受,还不如说是描写恋人之间的深情。而巴恩斯对兄妹两人生活状态的描写更让人觉得他们像夫妻一般。

在乔治获得自由,恢复名誉之后,他重新干起了律师工作,起初莫德替母亲帮他打理个人事务,此后,莫德的角色也逐渐产生了变化,从帮哥哥打理家庭事务的管家变成了他生活中的伴侣。乔治没有结婚,莫德也没有嫁人。乔治没结婚,与他的心理认识有关系,在他看来"一个妻子可能一开始表现得善解人意,但最终是个泼妇;妻子可能不懂得节约;妻子肯定要孩子,而乔治觉得他受不了孩子带来的噪音和对他工作的干扰。当然,还有性方面的问题,性生活不一定是和谐的"(443)。但莫德也是他考虑的一个重要方面,"他担心将来的妻子会不会跟莫德相处融洽。他显然不可能扔下莫德不管,他也不愿意这么做"(443)。他们总是结伴而出,旁人误以为他们是夫妇俩,开始的时候乔治"不想让人家以为他找不到老婆,常会用准确的语气说:'不,这是我亲爱的妹妹莫德。'但随着时间的流逝,他有时候也懒得去纠正,随后,莫德会挽住他的胳膊,冲他莞尔一笑。很快,当她的头发和他一样灰白时,别人又会把他们看成一对老夫妇,他更没有必要去纠正这种猜测"(444)。关于乔治兄妹间的这种生活状态,叙事声音评价说:"他已经五十四岁了,生活舒适,对自己的未婚状况想得很开。……当然了,总会有不同的生活方式,事实上,他和莫德都不想结婚。他们很害羞,对想接近他们的人都退避三舍。这个世界结婚的人太多了,也没受到人口不足的威胁。兄妹可以像夫妻那样和谐生活,在某些时候甚至比夫妻还好。"(443)

可见,巴恩斯把本应该属恋人或情人之间的情感和感受挪用于乔治兄妹之间,把本应该用于描写夫妻的生活状态,用来体现乔治兄妹的"亲密"状态。那么巴恩斯作品中的兄妹关系是否都如此呢?答案是否定的。先看同一部小说中的亚瑟与妹妹的关系。如同乔治一样,亚瑟对妹妹很好,也很关心和爱护,但巴恩斯没有在任何地方,以描写恋人的笔调,对他们的心理进行揭示,他们非但不像乔治与妹妹那样和谐,而且还有争吵。例如,当妹妹知道亚瑟有婚外情时,她很生气,不仅当面对亚瑟的情人不理不睬,而且过后也不愿意听哥哥的解释。与乔治兄妹更不同的是,他们并没有认为"兄妹可以像夫妻那样和谐生活,在某些时候甚至比夫妻还好",亚瑟和妹妹也各自建立了自己的家庭。

巴恩斯的其他作品很少写到兄妹关系,只在《地铁通达的之处》有所涉及。小说的主人公克里斯多夫有一个哥哥尼格尔和比他小一岁的妹妹玛利,但他与妹妹之间的关系,完全不像《亚瑟与乔治》中的乔治兄妹那样亲密。在整部小说里,克里斯多夫与妹妹几乎没有语言交流,在他眼里妹妹就像个不懂事的小孩。克里斯多夫是这样介绍自己和妹妹的关系的:"我妹妹玛利也盯着她的早餐,好像在读胡椒和盐巴。这不是

第二章　东方的他者化——巴恩斯小说的种族身份书写　169

因为她还没完全睡醒：晚饭时她看着刀和叉子。某天她可能会看爆米花盒的背部。她十三岁，不大讲话。我认为她更像尼格尔而不是我：他们都长着金黄而柔和的脸。"(39)克里斯也道出了正常兄妹的感受，他说"玛利唤起的不是欲望而是关爱"(70)。克里斯和哥哥也没有担心将来的妻子会对妹妹不好，自己就不敢结婚。他们各自找了女朋友，并建立了自己的家庭。

虽然巴恩斯本人只有哥哥，没有姐妹，但这并不妨碍他想象和建构正常的兄妹关系。克里斯兄妹和亚瑟兄妹就是最好的例证。但是唯独在表现乔治兄妹关系的时候，显得不同寻常，超出了一般的兄妹情谊。这其中一个重要区别在于，乔治兄妹是东方混血身份，而其他两对兄妹都是欧洲白人。换言之，在作者的意识里或者无意识里，乔治兄妹仍是他者，所以他们不正常。在西方的意识中，东方人是"不正常"的，甚至是"乱伦的"。

巴恩斯不仅区别对待乔治兄妹关系。而且在表现小说的两位主人公时也有所区分。巴恩斯在《亚瑟与乔治》中塑造的两个主人公差距较大，形成一种对比关系，这种对比并非简单意义上的人物性格的反差，而是在一定程度上反映了西方观念中东方与西方的差距。如前文所现，乔治代表的是东方的冷漠、自私、狭隘等抽象化特征。与此相反，亚瑟则表现了西方白人的优越性，他热情、理性、有道德感和责任感，被视为英格兰精神的化身。首先，亚瑟身上有一种正义之气，有英格兰传统中的骑士精神。受英国传统文化的影响，亚瑟从小就希望自己长大后能成为英国民族英雄亚瑟那样的人，为此"他在自己最喜欢的作家梅因·里德上尉那里寻求线索。他翻阅了《步枪巡逻骑兵：又名一个士兵在南墨西哥的冒险》。他阅读了《年轻的樵夫》、《战争的痕迹》和《无知的骑士》。……梅因·里德的所有作品里，他最喜欢的是《剥头皮的猎人：又名南墨西哥的浪漫冒险》。亚瑟仍不知道如何获得金丝边眼镜和天鹅绒衣服，但他猜想这大概与去墨西哥冒险旅行有关"（6）。看到母亲受父亲的气，他希望自己有一天能够像骑士一样拯救自己的母亲。这种骑士理想也融入他以后的生活里，例如应英帝国的召唤，他参加过战争；看到乔治的冤案，他尽力相助，伸张正义。

亚瑟也是道德的楷模。虽然他在妻子生病期间爱上了另一个女人，但是他一直坚守自己的责任，尽自己作为丈夫和父亲的责任和义务，与自己的女友保持一种精神的交流，直到他的妻子离世后才正式和女友结婚。亚瑟在自己的妻子看来是位合格的丈夫。在自己的女友琼面前，亚瑟具有无穷的人格魅力，她"信任亚瑟，知道他是一个荣誉感很强的男人。也知道——这正是她爱他，欣赏他的另一个原因——他喜欢忙个不停，不是在写书，就是在捍卫一桩事业，或在世界各地奔波，或全身心地纠正目前这个冤案"（291—292）。

亚瑟心胸宽广，是一位反种族主义斗士。在和乔治的初次见面中，亚瑟把种族和宗教的障碍比作大山，人们只有克服这些障碍，超越它们的局限才能找到更伟大的真理，他对乔治说，"种族的真理和宗教的真理并不总是存在同一个山谷，有时需要越过冬雪覆盖的高高的山脊才能找到更伟大的真理"（287）。亚瑟对乔治翻案所做的一切就是克服种族障碍的例证，同时作为"这个时代最伟大的作家"（416），亚瑟邀请混血律师乔治参加他与第二任妻子的婚礼。这次婚礼可以视为消除种族歧视的一个象征。虽然乔治在婚礼上除了新郎和新娘谁都不认识，但"人们都上前来跟他搭话，……就像他的熟人一样问候他。……他们都把他当作含冤受辱的人看待，没有一个人认为他是那一系列疯狂、下流信的匿名作者。……大家

第二章 东方的他者化——巴恩斯小说的种族身份书写

似乎都心知肚明,他的思维方式跟正常人没什么两样"(420)。亚瑟也在自己盛大的婚礼上特地提到乔治,他对名流云集的宾客说:"今天下午,我很高兴地欢迎我们中间的年轻朋友乔治·艾达吉。在这里,没有比看到他更叫我感到骄傲的啦。"(420)亚瑟也将消除种族界限,寻求真理视为自己的责任所在:"你有职责告诉你的族人山脊那头的山谷。你回头眺望你出生的村庄,看见他们在行点旗礼,因为他们认为爬上山脊就是胜利,其实不是。于是,你扬起自己的滑雪杖,给他们指出来。在下面,你提醒道,真理就在下面,在下一个山谷。跟我一起越过山脊吧"(287),"为什么人们想象进步意味着信仰减少,而不是信仰增加,为什么进步不是意味着打开胸怀,接纳宇宙更广阔的天地呢?"(350)他"相信21世纪到来后,现有的教会将会萎缩,不同宗教派别带给世界的战争和不和谐因素也会消失"(281),"在人类灾难重重的生涯里,我们会比以往具有更多的幸福感和同情心"(281)。在他看来种族歧视是对理性的忽视:"理性——真正的理性一旦遭到忽视,那些忽视理性的人,抛得愈远愈好。于是,美德在他们眼里就成了缺陷,自制力就被看成鬼祟,聪慧的头脑被看成老奸巨猾。一个受人尊敬的律师,虽然像蝙蝠一样瞎,手无缚鸡之力,但摇身一变就可以在深夜飞速穿越田野,躲过守候的二十特警,为的是把活着的动物开肠破肚。……这看上去完全是黑白颠倒,但反而具备一定的逻辑性。"(309)

比较亚瑟与乔治,不难看出乔治的差距。就本质而言,这种差距并非完全是一个英国历史上伟大作家或伟大人物与普通英国人的差别,而是包含了西方人与东方人的区分。

当然,巴恩斯在小说中,并非只是像作品中的白人一样将乔治以及家人视为东方人,巴恩斯大部分笔墨主要用于让他们看上去更像英格兰人。但这种将东方移民同质化的做法,某种程度上讲，是他者化的又一种形式，因为同质化就是将移民文化作为他者文化进行排斥的行为。这种移民的同质化策略同样出于东方主义认识。

与族裔作家借书写移民追问身份、探讨文化归属和文化冲突不同，巴恩斯笔下东方混血儿乔治没有身份认同困境，他不问"我是谁？"，因为他认为自己就是英格兰人。虽然父亲来自孟买，母亲是苏格兰人，但乔治并没有游离于两种或多种认同之间，也没有任何认同障碍。在他看来英格兰是"中心，大帝国跳动的心脏，英格兰教会是流动的血脉"，而"他是一个英格兰人［英国人］[①]，他是学习英格兰法律的学生"，他希望"某一天，如果上帝垂许，他将按照英国教会的习俗和仪式结婚"，"他父母打小就是这么教给他的"(54—55)。在第一次见到乔治时，亚瑟开诚布公地说："你和我，乔治，你和我，我们都是……非正统的英格兰人［英国人］。"(285)这完全出乎乔治的意料，因为他认为"亚瑟爵士是最正统的英格兰人［英国人］：他的姓名、他的教养、他的名气，他在这家伦敦豪华宾馆挥洒自如的做派，甚至让乔治等他这一点都是英格兰味的［英国味的］。如果亚瑟爵士看上去不是正统的英格兰人［英国人］，乔治一开始也不会给他写信"(286)。同时，他在心里为自己辩解道："凭什么说他不是十足的英格兰人［英国人］？从出生、公民身份、教育、宗教、职业等方面来看，他是十足的英格兰人［他有英国血统，是英国公民，接受英国教育和宗教，在英国有职业］。亚瑟爵士是不是认为他们剥夺了他的自由，取消了他的律师资格，也就等于取消了他的英格兰人［英国人］资格？若是这样，他就没有其他地方好去了，他不能退回到两代人之前。他不可能回到印度，那是一块他从未去过也不想

[①] 参考本书第221页注释。

去的国土。"(286)他自己一生除了去过威尔士,"从来就没有离开过英格兰"(195—196)。他找不到自己不是英格兰人的理由。

在认定自己是英格兰人的同时,他坚决否认自己是帕西人,当其他人称他为帕西人或印度人时,他总是说:"可我并不是帕西人啊"(54—55),否定自己与帕西人或帕西文化的联系。他对父亲出生地孟买一无所知,也没丝毫想了解的愿望。当家里受到骚扰时,父亲会用帕西人来鼓励家人,因为印度人在英国的很多第一都是帕西人达成的,其中包括"第一个到英国的印度人是帕西人","牛津第一个印度学生也是帕西人"(58)。而乔治对此非常反感。乔治也反对自己的父亲在他倒霉的时候用帕西人的成就来安慰他,因为这些在父亲培养他的过程中从来没有受到重视的,他"不能见情况不妙就"搬出帕西人来。颇具讽刺意味的是,在这个问题上,乔治的观点与种族歧视的代表人物安森局长是一致的,安森反对亚瑟谈到乔治时,采用双重标准:"你不能一会儿说他是一个职业英国人,一会儿说他是帕西人,只看哪种说法对你有利。"(357)这其中也暗示了巴恩斯对那些借身份说事的移民表示反感。

乔治不仅生活方式是英格兰式的,思维方式也是如此。在他看来"圣经教旨是最佳指南,就像我认为英国法律是这个社会真实而体面地共同生活的指南一样。……执法过程最终是能伸张正义的。这是我从前的信仰,现在仍然这么相信"(279)。乔治甚至不能看到自己和家人一直在遭遇种族歧视,而且认为自己的案子与种族歧视无关。当亚瑟认定他的冤案是种族歧视造成的,他表示反对说"……我是作为英格兰人成长起来的[我在英国长大],上过学,研究过法律,制定过法律条款,做过律师。在这个过程中,有人从中作梗吗?没有。我的老师鼓励过我,我在桑特斯、维克里和斯贝特的合伙人对我很有好感，我获得律师资格后父亲教区的教徒们都夸奖我。在纽豪大街，没有客户因我的皮肤而拒绝向我质询"，"你若提出我的苦难是种族偏见造成的，我会问您证据何在。我不记得迪斯特纳先生做过此类暗示，雷金纳德·哈代爵士也没有。陪审团会因我的肤色判我有罪？这个答案太简单了。我还要补充一句，在狱中，无论是工作人员还是其他犯人对我不坏"(283)。在他看来，他们家遭到迫害可能是他父亲太过严厉造成的，而与他们的肤色无关："我父亲——他生性很严厉——训过一些偷苹果的乡下孩子，或叱责过一些亵渎行为。"(284)而且，受到迫害的也并非他一家。(54)他认为自己生活得很自在："他走过二十多年来一直走的伦敦桥，心里没有一丝不安。人们通常懒得理你，不管是出于礼貌还是处于冷漠，乔治对其中任何一种动机都心存感激。"(442)当然，乔治否认自己的案件与种族歧视有关并非完全出自巴恩斯的虚构和想象，真实生活中的乔治确实有这样的认识，巴恩斯说"乔治的确写过几篇文章在报上发表，在其中一篇他说……'人们告诉我，我的案件必然与种族歧视有关，我相信这是没有的事，我想在大沃利邻里可能有一两个人遭遇种族歧视，但是我从来没有真正碰到，所以我认为种族歧视与我的案子无关。'他这样想是可以理解的，因为种族歧视不是有逻辑的，不是理性的，而他是理性的人"(Fraga 141)。必须承认巴恩斯在塑造乔治时借助了一些历史依据，但更应该看到是，他对乔治的塑造更多、更主要的是来自他的想象。作为白人作家，他对英格兰人的想象自然与族裔作家有所不同，所以他将自己对所谓英格兰人的标准用于对移民乔治的塑造，而没有考虑移民文化的存在及其对移民的影响和作用。

小说中，不仅乔治被同质化了，乔治的父亲也是如此。这不仅体现于他对基督教的信仰和传承，也体现在他对乔治的

第二章 东方的他者化——巴恩斯小说的种族身份书写

教育上。艾达吉的教育目的就是把乔治塑造成为完全意义上的英格兰人。虽然他自己是帕西人,但他没有教过乔治关于印度或帕西的任何知识。他甚至总是提醒乔治他不是帕西人。(55)这导致乔治对帕西的语言、文化和传统毫无了解,他讲一口标准的英语,但不会说半点帕西人的语言。夏普吉对乔治的教育有意割裂了乔治与其母国文化的联系,既体现了他对英国和英国文化的肯定,也暗含其对母国文化的否定。小说中有这样一个情景,充分体现了艾达吉对乔治的西化教育:

"乔治,你住在什么地方?"
"教区牧师住处,大沃利。"
"那是什么地方?"
"斯坦福德郡,爸爸。"
"在什么位置?"
"英格兰中部。"
"英格兰是什么,乔治?"
"英格兰是帝国跳动的心脏,爸爸。"
"很好。通过帝国的动脉和静脉,甚至流到最远海岸的血液是什么?"
"英格兰教会。"
"很好,乔治。"(21—22)

夏普吉甚至比乔治更像西方人。亚瑟初次遇见夏普吉时,对他的西方化印象很深:"牧师的肤色比儿子淡,平顶头,前部已谢顶,外表像个结实的斗牛犬。他的嘴型跟乔治的一样,但在亚瑟看来,他长得比乔治帅,也更西方化。"(295)

特里·伊格尔顿认为在巴恩斯笔下乔治成了"有传统思

想的英格兰人（a conventional minded Englishman）"（34），而父亲夏普吉则"比英格兰人更英格兰人"（Eagleton 34），这足以说明巴恩斯对移民同质化处理的严重程度。关于移民同质化问题，马丁·布尔默和约翰·所罗莫斯指出"移民不会简单地作为个体融合进社会中。在许多情况下，相当比例的移民和他们的直接后裔群体一起享有共同的社会经济地位，发展他们自己的社会结构，并试图保持他们的语言和文化。这在一定程度上是文化亲密关系的问题，但这也毕竟是对种族歧视和边缘化经历的一种反应。文化和族群是迁居过程中最为关键的资源，即使移民作为个体获得全部的权利，这种资源也不会消失。这意味着如果国家与民族共同体（national community）不愿承认（至少在某种程度上）文化差异的权利，移民将不可能成为完全意义上的公民"（7），文化同质化"也就是'文化差异的权利'遭到否定。最近在英国出现的一些趋势显示，对文化同质化（cultural homogenization）幻想式的渴望之心仍然未死，这种渴望不仅存在于民族主义者当中，而且也存在于少数民族和反种族歧视者当中（布尔默和所罗莫斯11）。小说《亚瑟与乔治》中乔治和父亲的文化同质化的表现，同样是对"文化差异权"的否定。

可以说，深肤色移民的同质化也是巴恩斯东方主义思想认识的延伸和东方移民他者化的另一种表现形式。同质化实质上反映了巴恩斯对非白人文化的排斥，对英国多元文化现状的担忧，是他的文化纯洁观的体现。正因为他不愿看到"英国文化"受到"低劣文化"即东方文化的"污染"，才采取了非白人移民同质化的策略。这也恰恰表明在其心目中东方文化仍是他者的文化，是低下的文化。

巴恩斯的作品从不同的侧面就东方他者进行了想象性的建构，在这个过程中，东方处于被观看、被评判的被动位置，没有发出任何反抗的声音，完全是个沉默的他者。无论是对土耳其、埃及，还是对中国的描写和评说；无论是对土耳其教士还是埃及女性的鄙视和攻击，都只有一个声音，一个居高临下者发出的声音：东方是肮脏、落后、暴力和腐败堕落的代名词。正是这些表征卑劣的词汇定义了东方他者的身份。这个声音也单方面暗含西方的优越性和欧洲中心主义思想。拉康的他者理论将"自我"归结为"他者"，自我身份认同形成于自我对另一个完整对象的认识过程。一切外在于自我的都是他者，自我的建构意味着对他者的否定。他者表示一切负面意义，"暗示边缘、属下、低级、被压迫、被排挤的状况"（张剑 118）。

不仅外在于西方的东方人在巴恩斯小说中以他者身份出现，生活于其中的东方移民也是如此。巴恩斯虽然意识到这些东方移民以内他者身份存在于英国社会，遭受排斥和歧视，但作为西方白人作家，巴恩斯在尽力将东方移民同质化的过程中也留下明显的东方主义痕迹，并且同质化本身也是东方主义意识的产物，也是文化霸权的体现。这表明"他者具有完全外在于自我的陌生性"，有一种"绝对他异性"，"这种他异性和不可知性使他者具有一种神秘感，同时在面对他者时，自我也会感到某种威胁，产生对他者进行收编、控制的冲动"（张剑 120）。而且"由于他者的绝对他异性和外在性，任何对其进行定位和定义的企图都是对他者的内在他异性进行驯化或'殖民化'"（张剑 120）。巴恩斯对东方移民的同质化在某种意义上说就是文化上的"驯化"或"殖民化"。

巴恩斯对移民文化的排斥，并非表明他对外来文化的完全排斥。他虽然对东方文化持否定态度，但对法国文化却持积极的态度。这在一定程度上也表明其欧洲白人文化优越论。以法国和法国文化为参照想象和界定英格兰民族身份也成为探讨巴恩斯小说身份主题的又一个重要环节。

第三章　英格兰性的想象——巴恩斯小说的民族身份认同

巴恩斯文学不仅关涉种族他者,也涉及民族自我,即有关英格兰民族身份或英格兰性的想象和认同。英格兰性是近二十年来学术界关注的热点,它之所以备受青睐,与"二战"以来英国发生的重要历史变迁有直接关系。虽然"有关英格兰性本质构成的探讨贯穿英国历史"(Giles and Middleton 4),但是 20 世纪以来,经历了第一、二次世界大战、帝国解体等重大历史事件的影响,英国在世界政治和经济中的地位和影响力急剧下降,作为昔日"帝国中心"的英格兰也已经失去了往日雄风,出现了空前的民族身份焦虑和危机感。英国社会各界开始广泛关注英格兰民族身份问题,文学艺术家也在其列。巴恩斯的创作总是体现出很强的时代性,英格兰性也是其讨论的主题之一。他的多部小说是对英格兰的人和事的虚构和想象,所涉及的地理、人物和风貌体现出明显的英格兰特性,其中蕴含着巴恩斯对英格兰性的理解和认同。此外,巴恩斯小说很少牵涉苏格兰、威尔士或北爱尔兰,没有对它们的生活、风土人情或文化进行关注,但却有与法国或欧洲的对话,其小说人物如果离开英格兰,其目的地主要是法国或欧洲。

他们往往将英格兰文化与法国和欧洲其他国家进行对照,进而认识自我。巴恩斯小说之中所呈现的对英格兰性的观照在一定程度上体现了英格兰民族的自省和文化身份认同。

本章结合库马尔关于英格兰性形成的两个视角,即内视角和外视角,借助科利等人的个人想象理论,探讨巴恩斯小说对英格兰性的想象与认同。第一节主要以《英格兰,英格兰》、《亚瑟与乔治》为研究对象,聚焦于巴恩斯对英格兰性的内部观照,讨论他如何回应长期占统治地位的乡村英格兰性,分析他的英格兰民族自我认同及其特征。第二节以《地铁通达之处》、《福楼拜的鹦鹉》、《有话好好说》等作品为研究对象,聚焦于巴恩斯对英格兰性的外部观照,讨论巴恩斯如何通过想象一个民族的"他们"即法兰西民族,并以之为外部参照从民族思维和性格等方面界定英格兰性。两节的讨论旨在揭示巴恩斯作为一个中产阶级精英所期许的英格兰民族身份认同。

第一节 内部观照:解构乡村神话,突显中产阶级意识

英格兰性与英格兰乡村有密切关联,从传统意义上看,乡村等同于英格兰。与之相对,有另一种版本的英格兰性,它代表"进步的"、"城市化、工业化的"英格兰(达比 80)。巴恩斯小说的英格兰性书写同时涉及乡村和城市,从他对两者的不同表征和态度,可以窥见巴恩斯对待传统英格兰性的立场,以及他个人对英格兰性的认同。

乡村是英格兰民族身份认同的根源,尤其是英格兰南方乡村长期被视为"深层的英格兰"和"真正的"英格兰。曾经担任英国首相的斯坦利·鲍德温说过"英格兰就是乡村,乡村就

是英格兰"(Baldwin 101),于他而言,英格兰乡村是英格兰本质所在,正是它造就了英格兰。1995年,英国政府白皮书《乡村英格兰:致力于建设活力乡村的国家》同样把英格兰经久不变的本质归结于乡村,认为其"理想的社会结构是拥有绿地、酒店、教堂连在一起的乡村,其理想的建筑是以石块和木材为材料、以干草为顶"(Howkins 147)。这种理想的英格兰乡村早已成为英格兰的文化符号,它以同一、稳定和恒久不变的形式体现于英格兰文化和艺术作品之中,出现在贺卡、旅游海报上。外国游客也将乡村视为英格兰的"脸面"(Kumar,"The Making" 209)。19世纪后期,英国诗人发现的"南方乡村",即老盎格鲁—撒克逊王国的心脏,更是成为某种英格兰性的象征。

在英格兰的历史进程中,乡村没有被英格兰城市化的浪潮所湮没,也从未在英格兰人心目中失去位置,它一直是英格兰文化的自我画像和抵拒各种现代发展和变化的重要利器。当人们担心现实的发展改变或背离了"真正的英格兰性",他们就会借助这种似乎客观存在的本质特性对现实进行审视,乡村也因此成了英格兰在发展中出现问题时的规避所和寄托身心的归宿。正如默顿所说:"乡村依然是发展的基本单位,我们是从这个单位首先发展成一个伟大的欧洲国家,然后成为继罗马以来,世界上最强大的国家"(Giles and Middleton 90),但"观照旧的草房是我们的职责,因为某一天,我们可能得回到那儿,或出于我们的身体需要,或出于灵魂的需要"(Giles and Middleton 91)。艾诺克·鲍威尔将"老英格兰文化"视为解决移民问题的关键所在,因为它是几百年来持续存在而从未变质的民族文化,其古老和坚实可以抵御移民文化的威胁。他认为,帝国游戏已经结束,英格兰必须寻求新的身份,而新的身份只能在过去寻找,在老英格兰寻找。

第三章 英格兰性的想象——巴恩斯小说的民族身份认同

可见,对于英格兰民族身份而言,存在着乡村神话。然而,这个神话在巴恩斯小说里遭到了解构,在巴恩斯笔下英格兰乡村虽然有其优越之处,但也问题丛生,不是理想英格兰性的代表,也不是英格兰性的本质所在,更不是英格兰发展出现问题时的规避所。

《英格兰,英格兰》被巴恩斯称为"关于英格兰观念"(ideas of England)的小说。在小说结尾部分,作者采用与马丁·艾米斯《时间箭》相似的逆时叙事策略①,让老英格兰退回到了前工业时期,变成了英吉利。在这里,巴恩斯融入了人们熟悉的传统英格兰乡村元素,如教堂、绿地、酒店以及许多早已被遗忘的事物,展现英格兰乡村风貌,突出其美好诱人的一面。

在这个部分,人与自然的关系更为紧密,从根本上说,人成了自然的组成部分,巴恩斯写道:

> 多年后,四季又回到了英吉利,并且显出原初状态。……它不再受工业天气的威胁或干扰。
>
> ……
>
> 化学药物从大地上消失了,色彩变得更加柔和,光线没有了污染;月亮升起,因为受到的干扰较少,现在显得更加明亮了。在面积扩大的乡村间,野生

---

① 巴恩斯和艾米斯本是好朋友,艾米斯曾非常赏识巴恩斯,出道早期巴恩斯曾得到艾米斯的大力帮助和支持,巴恩斯最早的工作都是艾米斯提供的。但是后来两人交恶,关系疏远。艾米斯非常反感巴恩斯小说中的法国文化元素,他公开指责巴恩斯,要巴恩斯对福楼拜闭口。作为英国著名作家,巴恩斯和艾米斯都致力于改变英国文学现状,勇于探索小说形式。据说在一次交谈中,巴恩斯和艾米斯说起以逆时形式创作小说,至于谁先产生这个想法,现已不得而知,在两人关系恶化之后,都说是自己先想了逆时叙事,但事实只有一个,即艾米斯通过逆时叙事,创作了他的天才之作《时间之箭》。

> 动物自由地寻觅着食物。兔子的数量成倍增长；鹿和野猪从农场放归森林；从城市里放回的狐狸又能吃到更为健康、血腥而鲜活的肉了。……各式各样的蝴蝶又一次证明厚厚的旧蝴蝶书的确是真实的记载；那些很久以来只是匆匆而过的候鸟现在待的时间更长了，有的甚至留了下来。
>
> ……
>
> 现在分离的村庄又恢复了它的整体性。母鸡和鹅俨然一副主人的派头，大摇大摆地走过孩子们用粉笔画有跳棋盘的马路，……没有了车辆，村民们安全多了，也彼此更靠近了；没有了电视，村民们交谈更多了……（255—256）

这完全是一幅久违的乡村画面，给人一种原生态的感觉。它避免了现代社会遭遇的种种问题："没有坠机事故、没有政治叛乱、没有屠杀、没有毒品贩运、没有非洲式的饥饿和好莱坞式的离婚"（259），也没有交通阻塞、没有电视以及电视带来的一系列问题，更没有工业污染和生态问题。生活于这种模式中的英格兰人，不仅与自然更为密切，而且人与人之间关系也更近了，交流更多了，也更安全了。布朗警察的警服、警棍和自行车就是警察所需要的一切，而且自从他到村子以来，就没有案件发生（265）。这在一定程度上呼应了《10½章世界历史》"逆流而上"一章中主人公查理的观点，他在亚马孙丛林拍电影期间与原始部落亲密接触后，大发感慨："就是该死的伦敦，加上它的污垢、肮脏的街道，还有酒。我们在城里这种活法，不是真正的生活，对不对？而且我认为，城市让人尔虞我诈。……这些印第安人从不撒谎……从不装腔作势。在我看来，这不但不原始，而且特别成熟。……这是因为他们生活在

第三章 英格兰性的想象——巴恩斯小说的民族身份认同

丛林之中,而不是在城市里。"(205)查理认为自己身上的坏毛病,比如抽烟和情感不忠等都与伦敦有关,要改变这些不良习惯就得离开城市,去乡村生活,去真正的乡村:"隐蔽在某个地方——也许是威尔士或者约克郡。"(205)

在《英格兰,英格兰》中,巴恩斯还特别细致地描写了独具英格兰韵味的事物和生活方式。在英吉利,人们过着完全乡村的生活,当地报纸《中威瑟克斯公报》刊载的内容几乎都是本地特色的,其中有牲口和饲料的价格,蔬菜和水果的市场比价;货物拍卖的详细情况;婚礼、节日和对公众开放的园林等信息(260)。英吉利所进行的活动也是民间传统项目,包括撞柱戏(非起源自英国,但是古老的运动游戏)、糠桶摸彩游戏、叼苹果、打椰子、订驴尾、看哈哈镜等游戏。而摇摇晃晃的支架桌上摞着果酱、果冻、腌菜和酸辣酱(chutney)。玛莎在自己的花园里种植白萝卜、红色卷心菜、英格兰变种的莴苣(Bath cos)、圣乔治花菜、产于牛津郡鲁斯汉姆公园地区的葱(Rousham Park Hero onions)以及各种本地的豆类;人们喝的饮料和酒水,主要有柠檬碳酸水和姜味啤酒,还有同样起源于英格兰,用传统方法酿制的苹果酒(scrumpy)。大人哄孩子入睡时讲的故事是关于吉卜赛人或骑马抢劫路人的故事。主要的交通工具是马车(horse-taxi),警察用的不是警车,而是自行车。这些生活场景对于英格兰人而言,有某种似曾相识燕归来的感觉,颇具怀旧特色。

但这并不意味着乡村可以成为规避问题的避风港,巴恩斯并未沉浸在这些美好的田园想象中,没有将乡村英格兰神秘化或理想化,他笔下的乡村远非伊甸园,也不是英格兰失去的天堂。相反,乡村非但不能解决英格兰面临的困境,它本身也存在诸多问题。《英格兰,英格兰》中老英格兰仍有偷盗行为,有人甚至偷走玛莎的内衣和内裤(244—245)。乡村小商贩也有欺诈行为。而且近亲婚配普遍。同时,老英格兰也如同老年主人公玛莎一般,呈现衰败的景象,它"失去了权力、国土、财富、影响力和人口",变得像"葡萄牙或土耳其的一些落后的省份"(251)。主人公玛莎在城市职场竞争中失败,不仅遭到自己男友的背叛,而且失去了费尽心思才得到的领导职位,然而回到老英格兰的她并没有找到心灵的慰藉,这里的生活让她觉得单调乏味,没有乐趣,甚至村里的五月节也索然无味。这种生活状态并没有什么幸福和快乐可言,她只是无奈地适应而已。

乡村在《英格兰,英格兰》中也不再是自然的造化,不能代表本质或永恒,"自然创造了乡村,人类创造了城市"(60)这一命题遭到解构。这从杰克爵士对马克的一番话里可见一斑:

> 前天我站在一座山上,往下看到一片起伏如波浪的田野通过萌生林,伸向一个河流,此时有一只松鸡在我的脚下晃动。作为路人,毫无疑问,你会认为自然正在忙着她永恒的事务。马克,我更清楚。这座山是一个铁器时代的墓葬,绵延的田野是撒克逊时期农业的遗迹,生长着萌生林是因为上千棵树已经被砍伐。那河是一条运河,而松鸡是一个狩猎人喂养的。马克,我们改变了一切,包括树木、庄稼和动物。再跟我进一步。看地平线上的那个湖,原本是一个水库,但开凿了几年后,鱼游了进来,候鸟也在此停留,林木线适应了新的环境,小船来来去去地划出美丽的纹路,当这一切发生的时候,它就成功地变成了一个湖。……它变成了事物本身了。(61)

在这里看似自然造化的乡村,其实是人的活动所致,与城市别无二致。因此,英格兰乡村也并非英格兰不变的本质所在。

实质上,巴恩斯笔下的老英格兰恰是开历史倒车的隐喻。老英格兰不断衰败,它先从英格兰变成英吉利,又从英吉利分裂成为五个小国,每一次变化都是进一步的衰落、封闭和倒退。老英格兰的衰退暗示了一个国家的历史不应该成为一个民族的负担,如果一味地强调历史,强调回到过去、回到乡村寻找所谓本质上的英格兰,就会被历史拖累。从这个意义上看,巴恩斯版的乡村书写也是对英格兰乡村怀旧的反驳。这与当时反怀旧的声音是一致的。在英国,20世纪80年代早期怀旧盛行过后,在反怀旧的声浪中,许多评论家和作家变得更为严厉。1985年之前,怀旧只是一个因代表向后看而令人瞩目的词,但是1985年之后,虽然它的意义保持不变,但变成了令人尴尬的话题和诋毁之辞。无数的谩骂将它斥责为反动、倒退和荒唐。例如,1986年马尔科姆·切斯(Malcolm Chase)争论说"在所有利用历史的方式中,怀旧最为普遍,看上去最清纯,但可能最危险"。1987年罗伯特·休伊森(Robert Hewison)攻击怀旧是"伪造的……无创造性的……瘴气",批评他的英国同仁"在崇拜有意伪造真实记忆的拼贴和戏仿中打滚"。迈克尔·伍德(Michael Wood)1999年说英格兰目前"在国外被贬低为粗野文化或者文化遗产主题公园……各色评论家如电视节目主持人杰里米·帕克斯曼,小说家朱利安·巴恩斯均担心英格兰人留下的只是文化遗产工业了"(Wood 91)。可以说,小说《英格兰,英格兰》中,老英格兰的衰败也是对乡村怀旧的警示。

巴恩斯对英格兰乡村神话的解构也体现于其他小说之中。小说《亚瑟与乔治》中的大沃利贫困、肮脏、混乱。在主人公乔治心中,它无异于噩梦:

牧师家以外的世界，在乔治看来，似乎充满了想不到的嘈杂和无法预知的事件。四岁的时候，他被带到乡间小路上散步，第一次看到牛。使他恐惧的不是这家伙的庞大体积，也不是在他眼子前晃动的肿胀的牛乳房，而是牛毫不客气突然发出嘶哑的咆哮。这头牛脾气一定非常之坏。乔治吓得哭起来，他父亲赶紧用棍子把牛赶走了。然后，这头动物又折回来，抬起尾巴开始排粪。乔治被源源不断喷泻而出的牛粪惊呆了，它们伴随这一种陌生的泼溅声，以一种不可控制的突然排倾之势，落在在草地上。(7)

乔治认为乡村充满邪恶，对此巴恩斯写道："不仅仅是牛——或者牛的朋友比如马、羊和猪——引起了乔治对牧区住处围墙外那个世界的猜疑，他所听到的关于外面世界的大多数内容都让他感到焦虑，那里全是老人、病人和穷人，……这些事情都是邪恶的。"(8)因此，当他离开农场学校时，他感觉非常高兴，仿佛离开地狱一般："现在他在鲁格利学校上学，每天来回坐火车上学……能离开农村学校和那些野孩子，他很高兴，那些愚蠢的农场男孩和说话怪腔怪调的矿工儿子们的名字很快就被遗忘了。"(24)另外，亚瑟为弄清乔治冤案，到哈里·查尔斯沃斯的奶牛场去拜访，农场非常肮脏，"他们踩着牛粪到农场后面的一个小办公室。办公室里有三把摇摇欲坠的椅子，一张小桌，一个脏兮兮的耶叶椅垫"(303)。同时，有人抱怨乡村是是非之地："多年来大家肯定都心知肚明。英格兰乡村[英国村庄](English villages)不就是流言蜚语的旋涡吗？"(326—327)警官坎贝尔对乡村也没有好印象：

> 他是伯明翰人,因为妻子厌倦了城市,向往她童年时期的悠闲和空间,他才不情愿地申请了调动。……但对于坎贝尔来说,已经感觉是被流放到另一片土地上。当地的贵族们忽视你,农夫自行其是,矿工和铁匠们太粗鲁,跟贫民窟的没有两样。所以关于浪漫乡村生活的模糊想法很快烟消云散。这里的人们似乎比城市更不喜欢警察。……也有犯罪发生,也会有人报案,但是受害人有办法让你明白,他们有自己的正义观,不需要一个穿三件套西装、戴名牌货礼帽的巡官来指手画脚。(98)

在《结局的意义》里,乡村代表诱惑和危险。小说的叙述人"我"是维洛尼卡的前男友,大学时,"我"假期间随女友到乡下度假,维洛尼卡的母亲对"我"殷勤照顾,"我"甚至被她的外表和举止所打动,担心会爱上她,"我"对女友说"我喜欢你妈妈"。维洛尼卡的父亲玩笑式地对她说:"听起来好像,你多了一个竞争对手,我也多了一个。"(30)维洛尼卡与"我"分手后,她的母亲还曾写信给"我",之后,维洛尼卡成了"我"的好朋友亚德里恩的女朋友。假期间,她将亚德里恩带回乡下家里,她的母亲勾引到了亚德里恩,亚德里恩也因为这段不伦之恋在学校自杀身亡。"我"曾对好友的自杀深感困惑,因为在同学中,亚德里恩是大家羡慕和崇拜的对象,他很聪明,很有思想,把纪律视为行动的指南,是一个很有约束力的优秀学生。亚德里恩悲剧的直接原因是维洛尼卡母亲的不忠行为。这场由维洛尼卡的母亲导演的悲剧还产生了一个恶果,即她与亚德里恩的孩子——一个不健康的儿子。这个孩子生活不能自理,在他的母亲去世后,由维洛尼卡照顾。亚德里恩的人生悲剧表明乡村并不如想象那样简单和单纯,而维洛尼卡的母亲也成为乡村危险的隐喻。在这里,巴恩斯也暗示:把看似迷人的乡村定义为英格兰性的本质是不可取的,也是危险的。此外,在小说《凝视太阳》中,乡村观念陈旧落后、家暴横行。主人公简在遭到丈夫第一次,也是唯一一次家暴后,产生了离家的念头。而周围的妇女对家暴理解完全不同,她们主张忍气吞声,这反映了乡村的愚昧和封闭。小说《地铁通达之处》的主人公托尼指出:动物性侵犯在乡村广泛存在,而在城市里却没有(189)。

有评论认为巴恩斯笔下的乡村"既不是田园式的,也不是反乌托邦的(dystopic)"(256),这一评价对于小说《英格兰,英格兰》是中肯的,但对于其他小说而言值得商榷。总体而言,乡村在巴恩斯小说中具有负面意义。

通常情况下,怀念和推崇乡村是因为城市发展带来的许多问题引发了人们的忧虑。在英格兰,城市也在负面意义上与民族身份联系,正如沃德指出的那样,"因为现代化城市的性质从根本上损害了国民的生活方式"(Ward,"Since 1870" 55),"从19世纪以来不受控制的城市增长开始,城镇就与犯罪、贫穷、匿名、不健康的环境和移民联系起来,所有这些问题被认为败坏了民族身份的整体感"(Ward,"Since 1870" 55)。但在巴恩斯的作品中,城市更令人向往,并且巴恩斯的英格兰性想象更强调城市和中产阶级价值取向和审美,有雅文化的趣味。

在《地铁通达之处》中,城市对于克里斯和托尼而言,具有巨大的吸引力,在他们看来,地铁通达的城郊代表了令他们厌恶的中产资产阶级生活方式,而以城郊相比,伦敦对他们来说就是文化圣地。克里斯和托尼正是在伦敦体会到了自由和快乐。伦敦在他们心里就是梦想中的巴黎,他们的好奇心,甚至虚荣心在这里得到满足。克里斯总结道:"伦敦是你开始的地方;伦敦就是有了智慧的你最终要返回的地方"(Metroland 27);"伦敦是权力、工业、金钱、文化以及一切有价值、重要和美好的事物的中心"(188)。在小说《亚瑟与乔治》中,乔治视乡村为噩梦,而把城市看作身心的归属,总是希望永远离开让他担惊受怕的大沃利乡村。他在伯明翰找到工作后,更深刻地体会到乡村和城市对他的不同意义:"维多利亚女王来访的那天,五十万民众聚集到一起欢迎她,虽然异常拥挤,但那天并未发生骚乱与伤亡,乔治对此并不惊讶,但却留下了深刻的印象。很多人认为城市是个充满暴力、拥挤不堪的地方,而乡村则是安静平和的。他个人的经验却正好相反:乡村嘈杂而原始,但城市生活却是有序而又现代化的……这里人们的行为更为理性,更为守法:也就是更为文明。"(64)他梦想着成为"一个有前途的伯明翰公民,而不是一个乡下人"(74)。乔治在伯明翰做了律师,梦想着离开大沃利:"他很庆幸自己在伯明翰工作,他将来在这里居住只是个时间问题罢了……每天早晨,让零星点缀着家畜的田野让位给井然有序的城镇,乔治的精神就明显地为之一振。"(96)

  城市代表发展与进步,这在《英格兰,英格兰》第二部分得到充分的体现。这部分的重心是杰克公司"英格兰,英格兰"旅游项目的建设。老板杰克计划将最能代表英格兰的事物在怀特岛上进行复制形成一个庞大的旅游公园,"英格兰,英格兰"这个名称就代表对英格兰的复制。小说中列出了五十项最能代表英格兰的事物,其中包括历史建筑、名人、事件、文化、神话,例如有英国皇室,白金汉宫等。这些名单的出台主要来自公园的潜在客户,并且主要是国际客户。可以说"英格兰,英格兰"是杰克公司立足于当下,定位于全球,放眼于未来进行打造的,与老英格兰代表怀旧或向后看不同,"英格兰,英格兰"是向前看,代表进步的力量。"英格兰,英格兰"虽然把具有苏格兰的、威尔士和爱尔兰的成分排除在外,但是杰克公司并没有退回到"小英格兰"的模式中,而是向外看,不仅吸引富裕国家的游人,赚得"美元"和"日元",与此同时,"英格兰,英格兰"加强了与欧洲大陆的联系,杰克不仅请来了法国理论家为项目提供理论依据,同时加强了与欧洲或世界有影响力机构的合作。"英格兰,英格兰"正是在这些联系中得到发展。在与欧洲合作的基础上,"英格兰,英格兰"不断改进了许多不利于发展的因素,他们不仅改革了医疗体系,取消了福利制度(与撒切尔主义有关联)。在某种程度上,"英格兰,英格兰"融入了欧洲,成了欧洲的一个地区。与老英格兰的衰落形成鲜明的对比,"英格兰,英格兰"项目的成功使其影响力远远超过老英格兰,甚至完全取代了老英格兰在游客中原来的位置,游客们主动放弃了老英格兰,而把"英格兰,英格兰"看作英格兰本身——比老英格兰更好的英格兰。这一定程度暗示了英格兰的繁荣仍需要向外看,如果英帝国从前的繁荣是建立在向外侵略和扩张的基础上的,那么现在的英格兰似乎仍需要向外看,并且要加强与欧洲大陆的合作。这是英帝国解体和全球化背景下,对英格兰前景的一个设想。在保留自己独特性的基础上,建立与欧洲大陆的联系,并成为世界其他发达国家的一个市场。

巴恩斯小说中城市比乡村更有魅力,但巴恩斯同样对城市版的英格兰心存忧虑,担心城市发展带来的问题,尤其是商业化和全球化导致传统历史文化的改变,甚至丧失。在小说《英格兰,英格兰》中,杰克公司五十项最具英格兰性事物的复制并非照搬、照抄或忠实于原件,而是根据需要做出改变,甚至是创造和发明,以达到吸引游客的目的。对罗宾汉的改造就是一例。"罗宾汉与快乐汉"高居杰克公司英格兰性名单的第七位,深受人们喜爱和认同,因为"他们劫富济贫",是"正当

第三章　英格兰性的想象——巴恩斯小说的民族身份认同　191

的造反",是"一个最重要的英格兰传奇",同时它体现了"男人之间的兄弟情"(146),是个"基督教神话"(146)。但是这个家喻户晓的故事遭到质疑和解构。小说中历史学者马克斯博士的研究表明罗宾汉传奇故事远比人们所知要复杂。首先,这个传奇在它的早期历史中并不令人向往,也可能并不起源于英格兰;罗宾汉等人作为社会边缘人,身体有可能并不强健,甚至发育不良,身患疾病。另外,这群人也并非全是男人,因为单从名字来看,罗宾和马利安等是中性名字,无法判定他们的性别,而且在英国童话剧中就有女性扮演逃犯的惯例。所以传统历史将这些人作为男性看待似乎存在问题。甚至不排除他们是同性恋群体。马克斯博士的研究与大家熟知的罗宾汉传奇故事形成巨大反差,他的研究不仅没有解决问题,反而使问题变得更为复杂。最终,公司考虑到游客中可能有女性主义或同性恋,决定同时推出两班人马,一班是男人,由罗宾汉率领,而另一班是以马利安为首的女性。

此外,杰克公司五十项最具英格兰性事物的选出意味着其他传统和文化遭到忽略,这从公司的商标设计可以看出。杰克公司的商标样本都是商标设计中的常规元素,例如各种立狮,各式皇冠和冠冕,城堡主楼和城垛;威斯敏斯特宫调闸;灯楼,燃烧的火炬,标志性大楼的侧影;布里塔尼亚(Britannia)、布狄卡、维多利亚和圣乔治的侧面像;各式各样的玫瑰;茶和多花(tea and floribunda)、野玫瑰、白菜、狗与圣诞节(dog and Christmas);橡树叶、果实累累的苹果树;板球三门柱(cricket stump)、双层公共车、白崖、伦敦塔卫士、红松鼠、雪中鸲(robin in the snow)、凤凰和猎鹰,等等(120)。巴恩斯列出这些具体而详细的事物,以突显它们曾经是体现民族身份的传统文化符号。然而它们的象征意义正在消逝,即传统文化正在改变或消亡。小说中这些元素并不符合公司老板杰克的要求,他认为它们太陈旧了:"全弄错了,全弄错了","太过时了,我要的是当下的"(120)。他这样说正是因为狮子、皇冠、狗与圣诞等传统文化元素与帝国紧密相关,并不能突出英格兰性,或英格兰身份。就圣诞而言,宗教并不能将英格兰与不列颠的其他成员区分开。不列颠在18、19世纪共同对付欧洲,尤其对付天主教法国时,"狗与圣诞"具有重要的意义,但现在要与其他不列颠成员区分时,便失去了功能。同样狮子和皇冠代表不列颠成员的统一,而非差异,但在杰克看来,区分的时代已经到来,所以这些不列颠的共同传统不在他的选择范围之内。最终,杰克公司从一个编造的故事中虚构了一个形象作为商标。也就是说,在这里传统遭到抛弃。

乡村和城市对英格兰民族身份的想象有积极的一面,也有消极的一面,这体现了英格兰性的复杂性和矛盾性。巴恩斯在法国回答有关英格兰性的问题时说:"有件事是同时的:一是朝向更为民族性的英格兰,这在我看来似乎非常倒退。……另一件是托尼·布莱尔第二的戈登·布朗界定英格兰性的尝试,他规定了英格兰性的组成,我认为这同样是灾难性的。确实,在《英格兰,英格兰》中我做了一个版本,也就是当我们将民族简约为某些这样成分时的版本","对于整个问题我非常困惑。我不知道答案。一方面,我喜欢独特的民族文化这个观念(the idea of individual cultures)以及多年来积淀的东西,但它们总是成为狭隘思想、沙文主义和挑衅的借口。"在这里巴恩斯所说的"困惑"也是身份焦虑的某种表达。巴恩斯在法国接受的一次采访中更为明确地表达了这种忧虑,他说:

> 就像欧盟——考虑到欧洲一千年的战争历史,欧盟,以及它的各种形式,确实很令人惊讶。自

第三章 英格兰性的想象——巴恩斯小说的民族身份认同

1945年来,在南斯拉夫以外,就没发生过战争,这是非常了不起的成就——它是以更大的同质化和国际化削弱各国民族文化为代价的。我们正在付出同样代价。你们怎样做贸易的。年轻人走向世界,你们要他们理解差异和多样性,要和平,要在世界各地交朋友。同时,当他们说,'我不是英格兰人'或'我不是英国人','这不要紧。让我们忘记国籍吧(Let's forget about nationality)',我觉得很遗憾:语言在消失,文化在消失,是否会在某时出现一些奇怪的遗民装作英格兰人,就像威尔士人集在一起,穿着像德鲁伊特信徒。大家将会使用一种通用国际英语(a shared international English),然后,在美国英语最终统治世界之前,会有一小群人聚集在一起保护所有存在于英国英语中的特别古老的差异。我想这会在一百年后发生。(Fraga 143)

对于此类问题,赫德(Dominic Head)指出"关于民族主义有两种相互矛盾的观点,或被作为传统自我利益的虚假复兴,或通向更公正、更协调的未来的途径。战后对英格兰民族身份的处理趋于两者之间,一方面是对不可调和的传统的警惕,同时也试探性地思考对民族性的重建"(Head 118)。巴恩斯对乡村英格兰性的反思正是这一状态的体现。

虽然巴恩斯对乡村和城市所代表的英格兰性,存在矛盾的心理,但他所想象的英格兰性的价值取向和定位则是确定的,即带有较为明确的中产阶级文化立场和价值判断。在小说《英格兰,英格兰》中,巴恩斯借杰克公司打造的旅游项目"英格兰,英格兰"形象地表达了英格兰性的中产阶级特性。首先,杰克公司的英格兰性蓝本是一份列有五十项最具英格兰性事物的排名名单,这个名单就本质上而言正是中产阶级意识的产物。它的出台至少包括了三个步骤,首先是问卷调查,然后是公司内部讨论,最后是领导审查。问卷调研又包括国际和国外的,对象都是"英格兰,英格兰"项目的潜在客户。国外调查对象是来自美国和日本等发达国家的有钱阶层,他们有能力享受公司提供的优质服务,可以给公司带来丰厚的利润。这些有钱阶层为公司提供了他们心目中最能代表英格兰性的五十项候选事物,包括"皇室"、"大本钟/国会大厦"、"曼联足球俱乐部"、"阶级体制"、"酒吧"、"BBC"和"温布利球场"等(85),涵盖历史人物、建构、机构和民族性格等各方面。国内调查对象是受过大学教育,有知识和文化的阶层,而工人阶级和下层人不在调查范围内。这说明,英格兰性其实是中上阶层心目中的英格兰性,而不是工人阶级和下层眼里的英格兰性。杰克公司内部人员在项目建设过程中,也对英格兰性进行探讨,道出他们对英格兰性的认识,他们代表白领阶层和管理人员,是中产阶级精英。而杰克是公司的最高领导,他拥有最高决定权。因此,名单出台的整个过程,从一开始就是由中产阶级精英及以上阶层决定的,代表他们的价值判断、审美情趣和思想意识。公司在具体运作过程中体现的也是中产阶级的意识,他们把不符合这种意识的成分排除或进行包装,正如有学者指出:"富裕中产阶级的欲望却一直在膨胀,他们致力于开发和营造安乐窝,其性情始终被一种贪婪所支配。他们通过牺牲那些还在中产阶级圈外拼力挣扎的人的利益来确立自我身份。"(杨金才,"若干命题"68)这其中包含了民族身份建构与权力意识的关系,如斯托利所说,"葛兰西用霸权描述权力过程,在其中统治集团不只是利用暴力进行统治,而且利用'满意'实施统治。霸权包括某种特别的一致。在一致中,某个社会群体将自己特定利益呈现为民族总体的利益;化

第三章　英格兰性的想象——巴恩斯小说的民族身份认同

特别为普遍"(Storey 17)。这种"化特别为普遍"的操作，在小说中更为具体地体现于杰克公司对纳尔的包装和改造以及项目的商标设计之中。杰克公司在实施"英格兰，英格兰"项目计划过程中，考虑到现代旅游对性的需求及其重要性，想把它作为一个卖点，因为"人们度假是为了性，这是众所周知的。或者说，当他们想到度假，他们想到的有可能就是性。单身的，希望有艳遇；已婚的，希望得到比在自己床上更好的性生活。或许，甚至想得到某种性"；"出钱买优质休闲的人将会寻求优质的性"(92)。他们希望找一个历史人物作为这方面的代表。他们首先想到奥斯卡·王尔德以及乔治·戈登·拜伦，但觉得他们不合适，不能作为21世纪家庭价值的代表，最后杰克爵士想到了查理二世最受欢迎的情人——纳尔·格温，认为她"曾经赢得国人爱戴。对于我们的时代而言，这是具有民主意义的故事"(93)，他决定把格温确立为21世纪家庭价值的代表。但是，格温有些方面不符合要求，他们不能按原貌将她呈现给游人。格温生活于17世纪，是英格兰最早的女演员之一。她出生于下层人家，曾经是雏妓。查理二世1660年复辟后，批准建立了两个表演公司，格温受聘在其中的一个戏院内卖水果和糖果，一年之后十四岁的她，凭自己的姿色、清亮的嗓音和聪明的头脑，成为当时最为著名的女演员，并且由一个卖橘女变成了英格兰查理二世的情人，演绎了从平民到皇室的"灰姑娘"传奇故事，被视为英格兰复辟精神的鲜活代表，她也因此成为民间故事的女主角。但历史现实中的格温自称"新教荡妇"，她同时有多位情人，至少生下了两个私生子，而且从现在的角度看，她和查理在一起时还是个孩子，有雏妓之嫌。鉴于此，杰克公司对历史人物格温进行了包装和改造，将她的年龄改大，把她的工人阶级家庭出生背景提升为中产阶级，抹除她道德方面的问题，避开孩子问题，省去社会和宗教背景(94),把她变成游客们期待的形象:"乌黑的头发、闪亮的双眼,穿着镶荷叶边的开口衬衫、抹着口红、戴着金首饰,活泼开朗:一个英格兰版的卡曼。"(186)

"英格兰,英格兰"的商标设计也同样体现中产阶级审美意识。杰克公司商标图案是一个美丽的女士风中飘落的奇妙景象,她一手打着伞,一手拎着一篮鸡蛋,长裙篷展。此商标来源于项目成员马克斯讲述的一个神奇的故事:19世纪早期或中期左右,怀特岛本地一个卖鸡蛋的妇女去温特诺(Ventnor)市场途中,突遇大风,被吹落悬崖,但却毫发无损,因为下落过程中她的伞被撑开了,她的衣裙也被风吹鼓了,像两个降落伞一样,一上一下保护着她安全地落在海滩上。马克斯博士特地说明卖蛋女穿的裙撑是资产阶级流行服饰。尽管他自己也怀疑"中产阶级会去卖鸡蛋"(121)。但在他的叙述中,他却让这个卖鸡蛋的妇女穿上了"时髦的资产阶级服饰"。显然,马克斯是为了迎合项目的需要,对这个奇异故事的主人公进行了包装。虽然故事是编造的,但却赢得公司老板杰克爵士的认可:"我喜欢这个故事。虽然我一点也不相信它,但是我喜欢它"(122),因为这个故事符合杰克爵士的三个标准:"本地的"、"奇迹的"和"现在的"。图案中卖蛋女也非农村妇女的形象,而是被设计成了一个上层妇女,因为这样的阶层才能代表英格兰性。所以,公司职员当着杰克的面叫她"Beth"、"Maud"和"Delilah"等,但背后,却戏称她"维多利亚女王展示她的内裤"(122)。

不仅如此,小说中巴恩斯讽刺和批判了王室损害中产阶级价值的行为。英国王室在国民的民族认同中具有举足轻重的作用。有研究表明,王室和贵族在阶级分化的英国起到了道德示范作用,甚至体现中产阶级的价值观。沃德(Paul Ward)指出:

第三章　英格兰性的想象——巴恩斯小说的民族身份认同

> 自从19世纪70年代以来英国社会潜在的分化最可能就是阶级分化。……可以说贵族和上中产阶级通过共享的、充满帝国爱国主义的公立学校教育走到一起。但是君主在将中产阶级带到社会的中心也起到了作用。在19世纪早期,君主是以伦敦为中心的纯贵族社会圈的头目,但是维多利亚和阿尔博特的家庭假扮中产阶级,并确实体现了中产阶级的价值。正如托马斯·理查兹声称的那样:"维多利亚是个家庭化的君主,她的公共形象并非归结于上层阶级的外部标志,而是确立于中产阶级的道德,即节俭、自我否定、勤劳和公民责任。"(Ward "Since 1870" 27)

科尔斯也认为,在英国维多利亚时期,中产阶级逐渐将自身视为解放的力量,但是贵族被认为是"道德的引领者"(Colls 73),"他们代表国家"(Colls 75)。他们的绅士品质影响了其他阶层。在英国,君主也象征令人敬畏的权利,被认为具有神圣的品质,"王室家族成员被寄予期待作为保守的道德标准,因为他们是民族'传统'的象征"(Chaney 209)。但是在巴恩斯笔下,英国王室并非如此。他们满口污言秽语,个人生活不检点,丑闻不断,破坏了它所代表的道德价值和传统。

王室与英格兰民族身份的关系从《英格兰,英格兰》杰克公司的调查中也可看出。王室在杰克公司的调查结果中高居首位,被认为是英格兰性最为重要的代表。但在小说中,王室代表的传统意义和价值正在丧失,他们在人们心目中的地位也下滑了,此王室非彼王室。巴恩斯写到"伊丽莎白二世过世以及随后承袭规则的断裂,被普遍认为是传统君主制的终结。……总体上国民已经开始抱怨,或是王室的道德使他们生气、王室的花销激起他们的愤慨,或者只是因为付出千年的爱之后,他们已经厌倦了"(143)。甚至首相也希望改变王室的出行方式,让他们骑自行车,即他所谓的"骑自行车的君主"(143)。王室本身的举动也很难与他们所代表的传统价值和生活方式相提并论。在收受了杰克公司的经济贿赂后,国王和王后才答应参加杰克公司"英格兰,英格兰"旅游公园的开幕式;国王和王后满口脏话,他们的私人生活都不检点。在国王眼里,"王后是很好的伴侣,但同时也是个真正的荡妇"(164)。国王本人,贪图好色,玩世不恭,在"英格兰,英格兰"公园开幕式结束后,他让王后先走,自己留下,幽会他的崇拜者果迪瓦女士(166)。同时,巴恩斯也不忘对王室的一些传统进行讽刺,如在王后看来,"对于那些自己事后想得到的东西,要不停地表达羡慕";对于国王而言,"当事情整体上变得难以忍受,你觉得无聊怨烦的时候,就转向主人大声地叫好,让周围的人也能听到"(166)。他们痛恨媒体的跟踪和报道,因为王室的丑闻经常出现在《日报》上。在参加"英格兰,英格兰"开幕庆典的飞行中,他们遇到一架轻型飞机,拖着写有"沙滩德柯斯特和《日报》向国王敬礼"字样的彩带,这让他们极为反感。为了把飞机吓跑,他们的护驾居然向对方开火,无意中将轻型飞机击落。对此国王本人不仅没有任何责备,还向护驾表示祝贺,认为它打下的是歹徒(163)。不仅如此,皇室在老英格兰走向衰败的时候,并没有与它的国民一起共渡难关,而是选择离开。他们的离开"使得移居国外在上等阶层成为时尚"(251)。王室在英国历史上留下浓墨重彩,一直是英格兰民族身份的象征,但在巴恩斯笔下遭遇解构,他们道德失范,行为不检点,没有起到国民榜样的作用,损害了中产阶级价值观念,也损害了英格兰的形象。

巴恩斯把《英格兰,英格兰》称为"关于英格兰观念"的小说,他所谓的观念也主要是中产阶级的。小说《英格兰,英格兰》对英格兰性的想象和建构其实是以中产阶级的视角为主导的。这在《亚瑟与乔治》中又以不同的方式得到体现。

《亚瑟与乔治》一定程度上可以视为《英格兰,英格兰》的姊妹篇,因为它也是关于英格兰性的。巴恩斯称《亚瑟与乔治》是"关于英格兰状态的小说"(state of England),这充分说明它们之间的亲密关系。就如《英格兰,英格兰》的英格兰的观念与中产阶级意识紧密关联,《亚瑟与乔治》的"英格兰状态"也是中产阶级的状态,代表中产阶级的趣味和价值取向。巴恩斯在《亚瑟与乔治》中试图把混血乔治塑造成所谓真正意义上的英格兰人,但这个"真正的英格兰人"实质上是中产阶级的定位。这体现在乔治的生活状态里,主要包括着装、态度、举止和观念等方面。巴恩斯这样描写乔治上学的穿着:"乔治被送进了乡村学校。他戴着浆得笔挺的硬领,用一个松松的蝴蝶领结遮住接头处,马甲的扣子一直扣到领结下方,外面是一件高高翻领的夹克。"(9)这与其他孩子有明显区别:"他们有的穿着自己织的粗糙运动衫,有的穿着兄长传下来的不合身的夹克。很少有人戴浆过的硬领,只有哈里·查尔斯沃斯跟乔治一样戴着领结。"(9)这里虽然描写着装,但意在突出乔治的中产阶级家庭背景。正因为如此,乔治的教养与其他孩子也不同:"有些男孩来自农场,乔治觉得他们身上有牛的味道。另外一些是矿工的儿子,似乎说话的方式也完全不同"(10);"乔治之前从未见过男孩打架。当他观望的时候,其中一个更为粗野的男孩西德汉肖走过来站在他面前做了鬼脸"(10)。乔治的举止之所以不同,是因为他的中产阶级家庭环境和价值观:"乔治是在信奉辛勤工作、诚实、不偷窃、慈善和家庭关爱的环境下长大的,他相信美德自有回报。"(84)当律师之后,乔治更是一副绅士派头,巴恩斯写道:"他有体面的胡须、手提箱、优雅的表链,他的礼帽已换为夏日的草帽。他还有把雨伞。他对这样最新添置的东西骄傲,经常无视晴雨表,随身带着它。"(95)即便乔治蒙冤坐牢三年,亚瑟第一次见到他,也对他的教养赞赏有加:"这个年轻人并没有激动地抛下报纸,而是小心地折起报纸。他没有跳将起来,缠住这位未来的救星不放。相反,他小心地起身,直视亚瑟爵士的眼睛,伸出他的手。……并彬彬有礼、沉着稳重"(277),"他黑发里掺些许灰白,这只会显得他有头脑、有教养。他完全一副在职律师的模样。只可惜他不是"(277)。乔治非常注重维持中产阶级的形象,当他得知亚瑟参加灵媒活动后,他深感疑惑,因为这是有损身份和阶级形象的行为。在小说结尾,乔治参加亚瑟遗孀为了满足亚瑟遗愿而举办的降神会,由于从心底里根本就不相信灵媒,他最终看到的只是场骗人的闹剧。巴恩斯对乔治的描写带有明显的倾向性,注重强调他的品味、品质、教育和情调。伊格尔顿认为"乔治代表传统的英格兰人",但如果联系阶级进行读解,可以说巴恩斯赋予了乔治传统中产阶级特性,体现中产阶级的趣味、价值和审美。这既是传统英格兰性的体现,也是中产阶级眼中,当然也是巴恩斯眼中英格兰性的表征。这些特性现在可能在逐渐消失或已经消失,巴恩斯对这些雅文化所表达的英格兰性有怀念之情。

从小说对下层人的态度也可体察到巴恩斯的中产阶级立场。从规模看,巴恩斯小说很少谈及工人阶级和中下层人群,而少量出现者大都与"肮脏"和"粗鲁"等负面用语联系在一起,如前文提到巴恩斯对矿工子弟和农场孩子的描写。这些描写仅限于外表,流于粗浅的印象,缺少对他们的价值观念、生活经验等深入了解和分析。可以说,巴恩斯对这些阶层是陌生的,更不可能将他们与关于英格兰性或英格兰民族身份的讨论联系起来。不仅如此,这些阶层还被视为英格兰性的威胁,受到排斥。乔治那些同学粗俗的举止和行为就是对乔治的良好教养的威胁。小说《地铁通达之处》的叙事人"我"也出生于中产阶级家庭,工人阶级在他看来就是威胁。从地铁列车上看到伦敦基尔本区域(Kilburn)拥挤的贫民窟,"我"感到害怕,担心"快速增长的工人阶级大众,他们会像白蚁一样随时拥上高架桥,扯掉上面的细条"(67)。正如霍尔姆斯所言:"克里斯想象中对他所属阶级的价值的反抗没有导致他认同和同情下层阶级。对他来说,他们是潜在危险的他者。"(Holmes 54)

当然,巴恩斯小说也偶有对中下层的同情。在《亚瑟与乔治》中,亚瑟在如何看待中下层阶级的问题上与第二任妻子琼态度有很大的区别。琼对这些人存在歧视,对他们不屑一顾,在她看来"那些人,比如坐在露天市场摊前,用纸牌和茶叶帮你测算未来的吉卜赛女人。他们只是……普通人"(252)。这让亚瑟难以接受,巴恩斯写道:"亚瑟觉得这太势利了,尤其是出自他爱的人,叫人无法接受。他想说就是这些伟大的中下层阶层,才一直是这个国家的精神贵族:你不需要看得比清教徒更远,当然,很多人看不起他们。他想说的是,在加利利海周围,毫无疑问有很多人认为我们的上帝耶稣也是个普通小人物。"(252)亚瑟也关心"普通人"。一次,亚瑟应健身教练桑多邀请,担任壮男比赛的评委。冠军获得者是来自兰开夏郡的默里,一个贫穷而"单纯的乡下小伙子"(260)。参加比赛当晚,默里打算在大街上过一晚上,第二天早晨返回,因为"他根本没有钱,只有返回布莱克本的票",亚瑟遇见他,知道情况后,带他去了酒店,让员工照顾他。当晚,默里"不仅欢欣地征服了他的大床,也征服了充满敬畏的女佣和服务员"(260)。显然,他并非像亚瑟认为的那样"单纯"。这暗示亚瑟其实并不了解他,只看到他贫穷的一面。从小说叙事层面来说,巴恩斯在呈现亚瑟同情中下层人的同时,也有担忧。

作为中产阶级的一员,巴恩斯虽然批判中产阶级,但最终则以调和、认同收尾。小说《地铁通达之处》一定程度上对英国中产阶级价值观进行抨击和批判。主人公克里斯家住伦敦郊区地铁通达之处,那里被称为"资产阶级宿舍"。处于青少年时期的克里斯和托尼对父辈的中产阶级价值观念表示不满。他们的文学偶像是19世纪那些强烈抨击资产阶级的法国作家,包括杰哈·德·讷瓦尔、德奥菲尔·果狄尔、夏尔·波德莱尔和阿蒂尔·兰波等。他们引用这些作家的文学词句对城郊中产阶级进行讽刺。"城郊中产阶级经常被认为'在政治上保守并且强烈地敌视社会主义'"(Taunton 16),所以,在他们眼里,城郊中产阶级患上了"心灵梅毒症"(*Metroland*,163)。克里斯和托尼用"他们"(7)指称郊区或伦敦市内居住的"立法机关人员、道德家、社会杰出人物和家长",以表明自己与这些"资产阶级"的界线。他们俩不想"长大后拿着国家的钱,只是存在着,只是到处为美好生活做宣传"(8),正如唐顿(Matthew Taunton)所言"对于年轻的克里斯,'资产阶级'这个词就是一种侮辱"(Taunton 16),或者用小说里的话,资产阶级这个称号对于克里斯而言"就像老师承认他知道他自己的外号"一样难以忍受(*The Metroland*,37)。由于反感资产阶级,他们以"砸烂臭名"("ecraser l'infame")和"震惊资产阶级"("epater la bourgeosie")为座右铭(9)。他们经常到伦敦市区游荡,以对抗中产阶级保守思想的束缚。走向社会以后,虽然托尼一直坚持青少年时期对中产阶级的批判,践行无根游离的生活方式,抗拒中产阶级保守的生活,但"我"却返回到地铁通达之处,安家立业,过上了自己曾经痛恨的中产阶级生活。对此,唐顿评论道,"克里斯新近表现的礼貌是他融入城郊文雅小资产阶级世界的标识,而托尼的'语法和词汇变得更为普通'表明他与工人阶级的政治联系"(Taunton 18)。但"我"却对现在的生活心满意足,认为自己是"最幸福的",可以说,"我"接受了中产阶级的价值和生活方式,并对此表示满意。正如桂聂丽所说,这反映了主人公的发展轨迹:"从繁复到简单,从渴望寻求到渴望接受。"(Guignery, "Fiction of Barnes" 13)而这种从"渴望寻求到渴望接受"本质上表明"资产阶级情调的文人英勇地反抗资产阶级,但终究逃脱不了资产阶级收编的归属"(阮炜 55)。

西蒙(Bernd Simon)指出,"一个人出生的民族是她的身份的重要源泉。民族归属影响身份,因为它提供使用民族文化的通道,而民族文化是意义建构的一种方式,影响和组织我们的行为和我们对自己的认识。为确保民族的想象独特性,历史和具体的民族叙事在社会过程中要不断修改,在这个社会过程中,不同的精英或利益集团相互竞争社会影响力,试图兜售自己版本的民族形式和民族文化,进而影响民族想象共同体所有成员的身份"(Simon 15)。英格兰性也不例外,它历史地反映了上层和上层中产阶级的兴趣、态度和习惯:"是他们的政治、教堂、运动、说话方式和态度,是他们的学校和大学以及他们的历史观等。"(Kumar, "Englishness" 53)可以说,巴恩斯小说的英格兰性想象也是如此。虽然他解构了由中产阶级建构的乡村神话,进而消解了本质的英格兰性,但他心目中的英格兰性仍旧是中产阶级立场的体现,而且带有雅文化趣味和价值取向。这种具有中产阶级立场的审美个性也体现于巴恩斯通过民族外部的"他们"即法国界定民族自我的过程中。

第二节　外部观照:突显英法差异,坚持英格兰民族个性

前面探讨种族身份时,提到西方身份的自我表征离不开东方。同样,想象英格兰民族身份也离不开他者参照。托什(John Tosh)指出,"认同,尤其是本身具有不稳定因素的认同,常常都要依赖一个被妖魔化的'他者'的在场,'他者'具备所有与自我所渴望拥有的那些优点恰好相反的特征,而且总是依附于现实生活中最近的人身上"(Tosh 49)。对于英格兰而言,这个"最接近的人"无疑就是法国。

巴恩斯在接受采访回答英格兰人现在的含义时,也表明了法国就是英格兰的外部参照,他说:

> 我不知道我们将来能否找到答案,因为关于英国的(the British),尤其是英格兰的(the English)的一个关键问题是他们弄不清英格兰人的含义。不,我认为部分原因是缺乏想象力;部分原因是这个事实,即他们以世界最强民族的身份度过了两百年,或者多长时间。如果你们是世界上最强的民族,就像你们看到现在的美国,你们也不会很清楚你们是什么。你们认为你们是规范,其他民族是规范的一种变体(a variant form of what is the norm)。威尔士人、爱尔兰人和苏格兰人一直以英格兰人为参照定义他们自己,而英格兰人(the English)则不知道以谁来界定自己。他们不知道是否法国人是参照——常常是法国人(笑了一下)——有时是德国人,虽然

在不同时期我们既非常接近于法国人又非常接近德国人。(Fraga 141-142)

在这里,巴恩斯表明英格兰人不会以苏格兰人、威尔士人或爱尔兰人作为外部参照想象自我,因为它们不够强大,而英吉利海峡对面的法国则不同,它可以对英格兰形成威胁:英国兰性由于威胁的存在而引起,也因之而持续(Westcott 9)。同时,从巴恩斯的话里还应该看到,现在并非整个英国都以法国为外部参照定义自身,因为苏格兰、威尔士以及爱尔兰是以英格兰为外部参照对自身进行界定,只有英格兰以法国或德国为外部参照定义英格兰民族身份。

在小说中,巴恩斯主要以法国为参照界定英格兰性。巴恩斯每一部小说均含法国元素,涉及法兰西文学、文化等方面,而且法语也堂而皇之地直接出现于几乎每部小说中,这些成分在语言、思维、意识、文学、审美和文化等诸多方面与英格兰形成对比,成为其想象英格兰性不可或缺的重要参照。

在英格兰传统界定自身确立起来的二元对立中,法国性总是劣等的一方,而英格兰性表示美好:英格兰是善,法兰西是恶;法国人粗鲁、暴乱,英格兰绅士而克制。巴恩斯小说也将英格兰性的反思建立在英格兰与法兰西对立的基础之上,但这种对立并不是出于恐法和贬法的心理和认识,而主要是试图站在法国一方,借助法国文学和文化对英格兰性进行思考,他的思考不是自我褒扬,而是对自我的批判,英格兰性往往由低劣来表征,而法国性以优越来展现,无论从语言、文学,抑或从礼貌礼节和审美观之均是如此。

与法国人相比,英格兰人是冷淡的:在小说《英格兰,英格兰》中"冷淡"在英格兰性的前五十位排名中,名列第二十一位,是英格兰民族特性的一个重要标志。巴恩斯对英格兰人的冷淡颇有微词。小说中"英格兰,英格兰"与老英格兰的封闭不同,它突破了老英格兰的封闭和狭隘,主动与国际进行接轨,人们冷冰冰的态度得到改善,巴恩斯写道:"在这里,你将感受到国际上的那种友好,而不再是传统冷冰冰的英格兰式欢迎"(184),"你是愿意成为那个困惑的人,顶风站在肮脏的老英格兰城区的路边,试图弄清该往哪儿走,而其他人流从你身边擦肩而过,还是成为被关注的对象"(184)。与此相反,在《福楼拜的鹦鹉》中,巴恩斯引用 G. M. 马斯格雷牧师的话赞扬法国热情而贴心的服务品质:"我们的朋友 G. M. 马斯格雷牧师十多年前在布洛涅下车的时候,被法国铁路运输深深吸引住了:'行李的接收、称重、标号以及费用支付设备简单而完美。每一部门都有序、准确、守时。礼貌又舒适(在法国舒适!),每一种安排都让人感到愉悦;而所有这一切都是在没有帕丁顿那种到处可见的喧嚣或混乱中进行的;更不用说那里二等车厢差不多可与我们头等厢相媲美了。情况竟然是这样,英格兰[英国](England)真是无地自容哪!'"(140)马斯格雷牧师还认为"法国海关官员的行为像绅士,彬彬有礼,而英格兰[英国]海关官员(English customs officers)是无赖"(133)。

　　法国人的热情友好在《生活的层级》中尤为突出。该小说分为三个部分:"高度的罪","在地上"("on the level")和"深度的缺失"。第一部分是关于人类最早的热气球飞行尝试以及热气球飞行者们的感受,属新闻和史料性质的文字;第三部分是作者告白亡妻带来的痛苦以及相关的生活变化,有传记的成分。第二部分是真正的虚构故事。作品延续了巴恩斯的一贯风格——将虚构与真实,将小说与其他文类混杂在一起。在虚构故事的部分,男主人公弗雷德和女主人公莎拉上演了一场无果而终的爱情剧。他们是小说第一部分的热气球飞行者，是历史真实人物，虽然他们同为人类最早的热气球飞行者，但并不相识，更没有相爱过，巴恩斯虚构了他们的爱情故事，因为"他想看看将两个从未在过一起的人放在一起会发生什么"。在第一部分的早期热气球飞行记载里，皇家卫队上尉及飞行协会理事成员弗雷德·伯纳比对法国人的热情和善良深有感触。他1882年从英格兰的多佛煤气厂（Dover Gasworks）起飞，在法国的蒙提尼城堡（Chateau de Montigny）附近着陆时，当地人跟着热气球看热闹，一个农民不小心遇到了危险，"他的头陷进了半瘪的气囊里，差点窒息过去"(7)，好在大家很愿意帮忙，不仅挽救了险情，还"帮着折叠好气球"(7)。伯纳比"发现这些穷困的法国农民比英国人更善良，更礼貌"(7)，而且好客的农场主让他住在自己家里过夜，农场主的妻子还准备了丰盛的晚餐；之后村里的医生赶过来，屠夫也来了，还带着香槟酒。席间，"医生提议为共同的兄弟情举杯"(9)。虽然"作为英国人（being British），他向这些法国人解释君主立宪比共和制优越"(9)，但法国人的热情好客让伯纳比感动不已，他不得不承认"热气球在诺曼底着陆确实比在艾瑟克斯好"(7)。

与法国人相比，英格兰人缺乏艺术品味。在《福楼拜的鹦鹉》中，叙述人布莱斯怀特这样描述英吉利海峡两面的不同天气状况和景色：

> 从法国那边望去，海峡上的天空的光线完全不相同：更加清晰，但更加富于变化。天空就是一个蕴含着无穷变幻的剧场。我并不是在浪漫幻想。沿着诺曼底海岸有不少艺术馆，进去看看，你会发现，本地的画家一遍又一遍地画这样的景色：那北边的风光。一片海滩，大海，还有变幻无穷的天空。拥挤在

黑斯廷斯或马盖特或伊斯特本的英格兰画家[英国画家](English painter), 眼睛盯着性情乖戾、单调乏味的海峡, 从来画不出类似的景象。(102)

这不仅只是对两岸不同风景的描述, 也是两个民族性格的写照, 它区分法国人的浪漫气质和艺术修养与英格兰人的沉闷、乏味和呆板以及无艺术秉性的特质。小说中马斯格雷夫在法国看到的蓝色正是法国浪漫性格的写照:"在卡昂, 马斯格雷夫看过一次赛舟会……大部分观众是男人, 而且其中大多数都是农民, 他们穿上他们最漂亮的蓝衬衫。整体的效果就是一种最漂亮的淡蓝。这是一种独特的很正的蓝色;……法兰西的颜色", "男人的衬衫与长袜是蓝色的; 四分之三的女人的外衣是蓝色的。马厩与鬃饰是蓝色的……", 法国比他熟悉的"世界任何其他地方所拥有的蓝色都要多"(117)。在《生命的层级》里, 巴恩斯写到:"这些热气球飞行者很惬意地遵从民族的陈规"(6), 所以, 英国(British)飞行者伯纳比体现自己是"一个实用的英国军官(English officer)"认为"自己可以应对"(6), 拒绝法国渔船让他在海上降落的信号。相比较而言, 法国飞行者萨拉的飞行却充满浪漫气息。她和他的艺术家情人以及一个专业飞行员一起乘坐热气球, 途中他们"打开一瓶香槟"并"把盖子点燃, 抛向空中"; 萨拉"用一个银杯喝香槟酒"(4)。萨拉对热气球感兴趣是因为"我充满梦想的本性总是不停地将我带向更高的领域"(6), 在她的短途飞行中, 她坐在一把麦秸椅上, 她关于乘坐热气球冒险的文字, 也是"突发奇想地从椅子的视角叙述的"(6)。

巴恩斯在小说《地铁通达之处》中设计了一个场景, 特意体现英格兰人艺术品味的缺乏。主人公克里斯于20世纪60年代到法国巴黎做研究, 为写毕业论文做准备。一天他在居斯塔夫·莫洛博物馆,遇到三个到法国度假的同胞,包括后来成为他妻子的玛瑞恩,他们一边看莫洛的作品,一边议论。莫洛的作品在克里斯眼里"引人入胜",它们"将私人性和公共性象征地糅在一起,令人称奇叫绝"(125),但他的三个同胞对莫洛艺术的反应却完全不同,其中一个甚至用"手淫者的艺术"(126)来称呼这位法国绘艺术大师,而"手淫"一词在此表达"鄙夷"之意。这些评价在克里斯看来是"缺乏艺术鉴赏力的"(126),对此,他忍无可忍,于是他用法语对自己的同胞进行回击,捍卫自己喜好的莫洛艺术。克里斯参观莫洛博物馆的情节来自巴恩斯的亲身经历。1964年,巴恩斯到巴黎去了几个星期,在此期间,他自己选择参观莫洛博物馆,那是巴恩斯"第一次有意识地参观绘画,而不是处于被动和服从他人的意志"(Barnes, *Keeping an Eye Open* 4),所以印象深刻,而且他很喜欢莫洛的艺术。小说中克里斯对莫洛的评价也是巴恩斯的对莫洛艺术的认识(*Keeping an Eye Open* 4)。但与其他英格兰人(English)的相遇则是小说的虚构。通过虚构这次英格兰人与英格兰人关于艺术绘画的交锋,巴恩斯讽刺英格兰人缺乏艺术品味的特质。

因为英格兰人缺乏艺术品位,艺术在英格兰也看不到前途。《干扰》是巴恩斯短篇小说集《跨过海峡》里的第一个故事,故事主人公利奥纳德,为了追求自己的艺术梦想,离开了英格兰,到死也没再回去过。在他眼里:

> 英格兰对真正的艺术家而言是没有出路的。在那里要成功,你就必须做第二个门德尔松:这是他们所等待的,就像等待第二个弥赛亚。在英格兰,他们的双耳间就像有雾一样。他们想象自己谈论的是艺术,但其实他们只是谈论趣味。他们对艺术没有概

念,对艺术家的需要也没有概念。在伦敦城只有耶稣和结婚。爱德华·厄尔加爵士,他是骑士,获荣誉勋章(Order of Merit),是国王音乐大师、男爵和丈夫。《法尔丝塔芙》(*Falstaff*)令人尊重,曲子的开始和第一乐章(Allegro)都不错,但在耶稣和那些讨厌的清唱剧上浪费了他的时间。如果他多活几年的话,想必一定把完整的《圣经》编成音乐。(12)

他认为"在英格兰要成为艺术家是不可能的。你有可能会是画家,或作词家,或者是某种涂涂抹抹的人,但是那些一头雾水的大脑不明白成为艺术家的先决条件"(12);"在英格兰,灵魂是跪着的,拖曳着走向不存在的上帝,就像一个做屠宰的男孩。宗教毒害了艺术。……你不得不离开英格兰,去找个高坡,让灵魂飞翔。那个舒适的岛只会将你拖向柔弱和渺小,拖向耶稣和婚姻。音乐是释放(an emanation),是精神的提升。当精神受到羁绊时,音乐怎样会流出?"(12—13)不甘于像厄尔加在英格兰浪费时间,利奥纳德为了自己的艺术生命离开了英格兰到欧洲大陆,经过不懈努力取得一些成就,并且在柏林认识了一生的女友和伴侣阿德琳。为了他的音乐,他们在不同的城市生活,在柏林、雷普兹格、赫尔辛基、巴黎,最后在库洛米尔南部的一个小村庄度过追求音乐梦想的最后时光。利奥纳德虽然从未忘记英格兰,但为了艺术,没再回去过。关于英格兰人缺乏艺术审美能力,奥威尔曾指出:"艺术能力的缺乏,这可以说是英格兰人(the English)外在于欧洲文化的另一种说法。有一门艺术他们表现了足够的天赋,那就是文学,但这也是唯一不能跨越国界的艺术。文学,尤其是诗歌,抒情诗为甚,是一种家庭玩笑,在自己的语言群体之外价值很小,或者没有价值。除了莎士比亚,英国最好的诗人(the best

English poet)在欧洲几乎不为人所知,甚至连名字都没人听说"(Orwell 24)。与巴恩斯一样,奥威尔在谈到英格兰人(the Englishmen)时也以欧洲为参照。巴恩斯最近出版的《论艺术》(*Keeping an Eye Open：Essays on Art*, 2015)一书里,主要谈论的也是法国画家,而没有英格兰艺术家。这同样表明,英格兰艺术与法兰西艺术相比的差距,以及法兰西艺术在巴恩斯心里的地位。

在法国人眼里,英格兰人"不忠不信"。在小说《英格兰,英格兰》中,"不忠"或背信弃义位列英格兰性代表事物的第三十三位,这也充分说明,在巴恩斯这里,"不忠"是其英格兰性想象的重要组成部分之一。在小说《地铁通达之处》中,克里斯的巴黎女友得知他交了新女友,对他说:"英国人(Albion)不忠诚。这是我们在教科书上学到的。"(144)"不忠"在这里不是一般意义上的情感不忠,而是在道义上的民族区分。法国将英国视为他者的同时,也把负面意义赋予了这个海峡对面的民族。作为规训工具的学校又将这种思想灌输于受教育者,规范他们的民族想象和民族身份认同。英国人不忠,这本身是法国对英国的认识观念,但却得到了巴恩斯的认同,成为他塑造英格兰人的一个重要参照。小说《她邂逅我之前》的主人公格雷厄姆·亨德里克对妻子不忠,他在作家朋友杰克·鲁普敦举办的晚会上与安相遇,产生了婚外情,不久他离婚,与安结婚。婚后,他却受困于第二任妻子的不忠行为。在看到安出演的影片里有她与男主人公亲热的镜头后,他怀疑现实生活中安与那些男人也发生了影片中的亲密关系。于是,他开始寻找妻子与其他男人在一起的线索,想象他们在一起亲热的情景,并深陷其中不能自拔,最后在妒忌和仇恨中杀死了曾经与安有关系的杰克。《福楼拜的鹦鹉》并行着福楼拜的传记和布莱斯维特的个人故事,后者主要涉及情感不忠。布莱斯维特一直怀疑自己的妻子对自己不忠,这让他倍感压抑,难以释怀。他试图从研究福楼拜的情爱中解脱自身,他甚至将自己等同于福楼拜,因为福楼拜的情人们并不只钟情于他,他只不过是她们众多情人中的一个而已。当然,这只是布莱斯维特的一厢情愿,因为他的研究同时表明,福楼拜也有多个情人,并与她们保持良好的关系,同时福楼拜对性的开放也令他望尘莫及,对福楼拜的研究非但没有解决他的困惑,反而更让他难以自拔,因为他的研究对象,与他自己的妻子一样都不忠。在这里巴恩斯将一个法国人的故事与一个英格兰人的故事(主要是琐事和情感故事)并置在一起,产生对比,有意将法国的性开放和自由,与英格兰的保守和压抑并行而论,这在定义英格兰性的同时,也不乏对其深刻的反思。

《有话好好说》和《爱及其他》中的三个主人公对发生在他们之间的每件事都各执一词,让人莫衷一是。对此,不少评论者认为,这两部小说主要揭示真理的相对性。这不无道理,但如果联系英格兰性进行探讨,不难看出巴恩斯对英格兰人"不忠"或"不信"的反思。小说的主人公斯图亚特、奥利弗和姬莉娅之间产生了复杂的情感纠葛,其始作俑者是奥利弗。他在好友斯图亚特结婚大喜之日,不但没有送上祝福,反而突然间爱上了新娘姬莉娅。这其中的主要原因不是他真正爱上了姬莉娅,而是因为他妒忌好友斯图亚特,容忍不下他结婚的幸福。在他看来,斯图亚特情感麻木,而自己魅力十足。他本不看好斯图亚特与姬莉娅的恋情,可他们最终却成了夫妻,这让他心里不是滋味,产生了夺友之妻的歹念。不仅如此,他在实施计划时,也充分利用和欺骗了斯图亚特。为了更方便接近目标,他专门在斯图亚特家附近租了房子,趁斯图亚特上班的时间,到他家里私下接触姬莉娅。尽管斯图亚特后来知道了此事,但出于对朋友和妻子的信任,他没有深究。令斯图亚特始料未及的是，他最信任的两个人都背叛了他。离婚之后，斯图亚特很受伤害，从来不抽烟的他开始吸烟成瘾，并总结说："真正的不忠产生于朋友之间，产生于那些你所爱的人之中"，是"信任导致背叛"(Love, etc 12)。出于报复和不甘，斯图亚特试图要夺回前妻。奥利弗与姬莉娅结婚后，为了躲避斯图亚特的干扰，他们去了法国，而斯图亚特也去了美国。期间，他曾秘密到过法国，在暗中看到姬莉娅与奥利弗争吵、奥利弗动手打了她之后，才又开心离开。多年之后，斯图亚特从美国返回英格兰，看到奥利弗一家生活并不富裕，便以帮助为由，接近他们。他不仅将房子出租给奥利弗一家，而且给了奥利弗一份工作。奥利弗为此心存感激，他不知道斯图亚特开始利用他的信任，与他从前一样，采用欺骗和隐瞒的手段对他进行报复。斯图亚特介入后，奥利弗与姬莉娅的关系发生了变化，两人矛盾不断，姬莉娅的心也逐渐偏向了前夫斯图亚特。在小说《爱及其他》的结尾，姬莉娅在家里忍不住与斯图亚特亲热起来，此时丈夫奥利弗就在楼上。纵观整个故事，作为被争夺的对象，姬莉娅在发现奥利弗追求自己时，她对丈夫斯图亚特隐瞒了实情，并逐渐接受了奥利弗的爱，背叛了丈夫，这是第一次背叛；与奥利弗结婚后，在斯图亚特的各种帮助下，姬莉娅又与前夫走近，这又是一次背叛。同时，两位男主人公之间也彼此背叛。对于这两部小说，也有评论者认为它们探讨了妒忌等问题，这不无道理，因为两个男主人公确实有很强的妒忌心。但更应该看到他们三人彼此不忠的行为，而且姬莉娅的父亲弃家而走也因为与一个17岁的女孩有了私情。总体而言，情感不忠才是小说的主旋律。

小说《亚瑟与乔治》中的亚瑟算得上巴恩斯小说里的模范丈夫，但他也有外遇。亚瑟在妻子生病期间爱上了后来成为他第二任妻子的琼。此时，亚瑟已经45岁，因创作福尔摩斯侦探故事，名利双收，成为国人的骄傲。在伦敦的一个午茶会上，亚瑟与21岁的琼·莱琦相遇，并迅速坠入爱河，碍于婚姻，两人东躲西藏秘密幽会。彼此相爱让两人感到快乐和幸福，但也导致痛苦和折磨，尤其是来自道德与良知的谴责。亚瑟将这种状况称为"难题！令人痛苦的、毁灭般的欢乐与痛苦！"(219)，因为一方面他与琼真心相爱，他不愿只是与她幽会，把她当作情人，他是真心想娶她为妻；另一方面，他又不可能与妻子托伊离婚，不仅因为她是孩子们的母亲，而且他仍然爱着她，更何况她有病在身，需要照顾，"只有卑鄙的男人才会抛弃病人"(219)。在此期间他经常对妻子说谎，而妻子对他的信任，又让他难以忍受，对此巴恩斯写道："亚瑟知道她一点也不怀疑，这更刺激他的神经。他无法想象一个奸夫如何活在良心的谴责里；他们必须简单地忍受必要的谎言，这在道德上是多么的原始。"(225)亚瑟清楚，假如他与琼的私情败露，自己将名誉扫地："假如托伊知道了，他就完了，他在康妮面前就是一个伪善者……他对名誉行为的理解就是自欺欺人。"(326)亚瑟经常责备自己说："你对爱情撒谎，你欺骗合法妻子，所有这些做法都是打着维护名誉的招牌。这就是该死的矛盾：要想做正人君子，必须先做无赖小人。"(290)他感觉"荣誉和耻辱相隔如此之近，很难把它们分开"(326)。巴恩斯不仅深入挖掘了亚瑟痛苦和自责的心理，同时也将亚瑟塑造成具有骑士精神的男人。出于道德和责任，亚瑟尽力把自己的不忠行为产生的影响缩减到最小，他没有抛弃生病的托伊，照顾她直至她去世。此时，他与琼秘密相处已长达9年，他们在托伊去世的第二年才举行婚礼。毫不夸张地说，在巴恩斯的小说里，亚瑟是最有爱心与责任感的情感不忠者。

可见，巴恩斯的每部小说都涉及"不忠"和"背叛"，仿佛只要写英格兰人的故事就要有"情感不忠"。不仅如此，在巴恩斯小说中,英格兰男人对情感不忠的态度显得狭隘和粗暴。这与传统英格兰的自我认识有较大差距。因为这些缺点正是英格兰人归谬于法国人的特质。

相比较而言,巴恩斯对法国的"粗鲁和残忍"有意回避。在巴恩斯小说中,最有可能涉及法国人的粗鲁和暴乱的是小说《地铁通达之处》的第二部分"巴黎(1968)"。众所周知,1968年巴黎爆发了大规模的学生运动,学生与法国当局发生了激烈的冲突,造成大量的流血和死亡事件,是法国最为动荡的阶段之一。主人公克里斯在这个敏感时期到巴黎留学令人期待。但出乎预料的是,巴恩斯并没有让克里斯与此重大历史事件遭遇,而是安排他与法国女孩阿里克相识,体验了一场异国恋情。叙述人在谈及学生运动时,对所谓的暴乱含糊其词,他说:"关键在于——呃,我在那儿,整个五月都在那儿,烧毁股票交易所(the burning of the Bourse)、占领沃德恩(the occupation of the Odéon)、占据比扬库尔(the Billancourt lock-in)、夜里从德国轰隆隆开回坦克的谣言,这些事发生的时候我都在那儿。但是我实际上什么都没看见。坦率地说,我记不起天空有过乌黑的烟痕"(86);"好几个星期我回家,在晚上写'阿里克'。当然,不仅如此:她的名字后接着一段段的文字,表达我的粗俗的喜悦,带讽刺的自我庆贺,以及佯装的自怜"(86)。对此有评论者认为,巴恩斯有意回避大历史,关注小历史。但抛开历史来说,这恐怕与巴恩斯避免落入英格兰传统认识的窠臼有关。他不愿再强化英格兰对法国人的传统认识,让1968年的法国成为有关粗鲁和暴乱的又一例证,而是以一场浪漫的个人恋情冲淡了对那场暴乱的记忆,也试图冲淡对法国暴乱的敌对性认识。所以,有评论者认为巴恩斯有意美化法国,有将法国理想化的倾向。但所谓美化在这里可以理解为对英格兰传统贬低法国的一次矫正,也是对英格兰传统自我认识的批判,对英格兰性格中根深蒂固的"憎恨外国人"态度的反思。

巴恩斯小说尤其强调英格兰和法兰西两个民族的性格和思维的差异。具体而言,英格兰人擅于具象思维和处理具体事务和细节,而法国人擅长抽象思维和理论。巴恩斯小说中的人物总会道出这些差别,借此表明和强调自己的英格兰人身份。

小说《地铁通达之处》的叙事人克里斯在巴黎做研究期间,与法国女孩阿里克相识相恋,在相处过程中他们很快便注意到英法思维的差异:"法国人处理抽象的、理论的、总体的事物;英格兰人(the English)处理具体的、外表的、附加的、特例的、个性的。"(118)在探讨文学问题时,阿里克善于抽象的理论,体现了"法国式的良好教育,把握理论就像她用叉子取面一样容易,运用引文支持自己的观点,很自信地在各流派间穿行"(118)。克里斯在巴黎一段时间之后也感觉自己受到法国思维的影响,开始法国化了,变得"更具有总体性思维了"(124)。

《透过窗户》是巴恩斯的论文集,但其中却出乎意料地加入了一个短篇故事《向海明威敬礼》("Homage to Hemingway: A Short Story")。故事的主人公赫尔应邀到欧洲教授文学和写作,并深刻体会到欧洲人与英格兰人在思维方面的差异:"但有时他们的欧洲思维,他们对抽象和理论的那份自然与轻松使他的英格兰实用主义(the English pragmatism)好像成了草率的思维。"(181—182)克里门茨是小说集《跨越海峡》中《钢琴曲》("Gnossinne")的主人公和叙述人,他应邀到法国参加一个学术会议,他多次提到英法的差异,其中就有英格兰人不擅概括,只重细节的问题,他说"我的记忆力不好,概括能力差。我更愿意讨论单本书,单个章节会更好,最好是谈论我碰巧看着的那一页"(125)。《福楼拜的鹦鹉》中,叙事人布莱斯维特利用业余时间做福楼拜研究。在寻访福楼拜故居期间,他无意间发现,福楼拜在创作《纯洁之心》塑造鹦鹉"露露"时所使用的实物原型,现实中有不同版本:福楼拜纪念馆和福楼拜故居都保有一只鹦鹉,均标明是福楼拜作品中"露露"的原型。这激起了他的好奇心,并决定寻找真实的"露露"。在解释原因时,布莱斯维特说:"如果你是一名法国研究人士,你也许会说,鹦鹉是罗格斯的象征。作为英格兰人(being English),我急忙返回到有形的物质上:回到我在主官医院里见到的那只体态娇美、自鸣得意的生物那里。"(11)布莱斯维特寻找"露露"虽然是个人行为,但却与民族性格和思维有关。也就是说,与法国人相比,英格兰人更注重具体和个性,而法国人更注重抽象意义。究竟哪只鹦鹉是真实的,这对于布莱斯维特很重要,因为只有从这个真实的实物出发才能揣摩它的意义。寻找鹦鹉只是布莱斯维特关注具体事物的一个例证,如果从整部小说来看,他对福楼拜的研究均是些细枝末节的,如有关福楼拜小说人物包法利夫人眼睛颜色的讨论,有关福楼拜喜欢的动物的探讨等。小说的第四部分"福楼拜动物寓言故事集"则收集了福楼拜与各种不同动物之间的联系,其中包括熊、骆驼、绵羊、鹦鹉、狗等。内容主要是福楼拜在不同的时期,在生活和作品中将自己比作不同的动物。在"熊"的标题下有这样记述:"他虽然戏谑地把犀牛与骆驼当作自己的形象,但他主要地、暗地里、本质上来说,都是一头熊:一头固执的熊(1852年),一头因时代的愚蠢而陷入更深的熊性中的熊(1853年),一头肮脏的熊(1854年),甚至还是一头饱食的熊(1869年),以此类推,一直到他生命的最后一年,这时的他依然还是'像任何一头在洞穴中发出怒吼的熊'(1880年)。"(58)小说的绝大部分都是以类似的方式,从不同的细节和琐事,呈现福楼拜的形象。有不少论者认为,巴恩斯对琐事和细节的关注是对宏大叙事的反动,但如果从民族身份来看,有理由认为,巴恩斯在刻意强调叙述人的英格兰思维特性和行事风格。小说的叙事人还提到英格兰牧师马斯格雷夫,他同样关注"细枝末节",巴恩斯写道:"那位尊敬的乔治·M.马斯格雷夫牧师是一个关注细节而善于观察的人。他还是个有一定浮夸倾向的人……,但是他对细枝末节的极端关注使他成为一个有用信息的供应者。"(115)到法国旅游,他所留意的均是一些细碎的事物,例如他"注意到法国人钟情于韭菜,厌恶下雨",甚至"惊讶地听到一个鲁昂商人说他没有听说过薄荷酱油"(115)。在这一点上,他与叙事人布莱斯维特一样,都是典型的英格兰人。

这些小说人物认可的英格兰与法兰西思维和"民族性格"(*Metroland* 118)差异,也是巴恩斯塑造法国人形象的一个基本模式。在小说《英格兰,英格兰》中,巴恩斯以法国人善于理论和抽象思维塑造了一位法国专家,他应杰克的邀请到公司做演讲,为公司在怀特岛复制英格兰的项目提供理论基础,以消除大家的疑虑,确保计划顺利实施。与小说《地铁通达之处》中的法国女孩阿里克一样,这位法国专家对理论驾轻就熟:他"没有带手提箱,手里也没有任何笔记"(52—53),但却轻松自如地穿梭于理论之间:"从帕斯卡尔经过劳伦斯·斯登到索绪尔;从卢梭经由埃德加·艾伦·坡、马奎斯·德·萨德、杰里·刘易斯、德克斯特·戈登、勃纳德·希诺特以及安·希尔维斯特早期研究译者讲到鲍德里亚;从列维·施特劳斯到列维·施特劳斯"(53),顺理成章地得出公司想要的结论和命题——"在当今世界,我们喜欢复制品胜过原物"(54),从理论上支持了杰克公司复制英格兰的计划。

在小说《有话好好说》以及《爱及其他》中,姬莉娅的母亲维亚特女士是法国人,她嫁给姬莉娅的父亲,并随他到英格兰生活,但她的思维和观念仍然是法国的。巴恩斯有意突显其理性分析能力和话语的哲理性,以强调法国人的理性思维特质。她在《有话好好说》中首次开口就与众不同,她并没有直接介绍自己,而是引经据典地讨论起爱情与婚姻问题。她引用了两位法国人对这个问题的认识,一是拉罗斯福科(La Rochefoucauld)的"爱比婚姻令人快乐,就如小说比历史更令人愉悦一样",一是尚福(Chamfort)的"婚姻在爱情之后产生,就像烟生于火之后"。她认为英格兰人(you English)喜欢拉罗斯福科,因为"你们认为精心打磨的警句就是法国人'富有逻辑的头脑'的最高境界"(145)。接着她从一个法国人的角度,谈自己的看法。她说她不喜欢拉罗斯福科,因为他"太愤世嫉俗,也太精致了……他想让你看到为了显得智慧,他费了多少工夫。但智慧不是这样的。智慧有更多生命在其中,智慧具有幽默而不是机巧"(145)。她的分析始终没有忘记英法思维和审美趣味的区别。在姊妹篇《爱及其他》中她继续讨论,并批判性地提出自己对尚福的几种解读,认为尚福想表达"爱是戏剧性的、火热的、燃烧的和喧嚣的,而婚姻就像一团热气附着在我们的眼睛上,让我们不可能看得清楚"或者"婚姻会随风而逝——爱情强烈地燃烧着婚姻的基础"(38)。她也对英格兰性进行了批评:

  盎格鲁—撒克逊人总是相信他们自己是因爱情而结婚,而法国人结婚是为了孩子,为了家庭,为了社会地位,为了事业。不,等会,我只是重复你们的一个专家所写的。她——是个女的——把自己的生命分配于这两个世界……她说对于盎格鲁—撒克逊人而言,婚姻建立于爱情的基础之上,这是荒谬的,因为爱情是混乱无序的,情感注定会终结,不是婚姻可靠的基础。另外,她说,我们法国人(we French)

> 结婚是出于对家庭和财产理性而明智的考虑,因为不像你们,我们认可这个必然的事实:爱不能限制在婚姻的框架内。因此我们相信爱只存在于婚姻之外。这当然也不是没有瑕疵,事实上它同样是荒谬的。这两个解决方法都不理想,都别指望会带来幸福。你们这个专家,她是一个智慧的女人,因而也是一个悲观主义者。(*Love, etc* 164)

当她的情人——一个有妇之夫——提出要回归从前的生活时,她并没有责怪他,因为在她看来"我们只是对爱理解不同而已。我能享受一天,一个周末,或一时(the sudden time)。我知道,爱是脆弱的、不稳定的、易逝的、冲动的(anarchic),所以我给爱情一个完整的空间,一个它的王国"(166)。维亚特女士的话富于思辨性和哲理性,具有浓烈的法国味。斯图亚特追求姬莉娅时,表现得非常体贴和关爱,但这位法国母亲并没有立刻断定他会一直这样对待自己的女儿,而是运用了前中国领导人周恩来回答法国革命对世界历史影响时所说的话:"现在下结论还太早。"(*Talking it Over* 224)关于婚姻,她认为有一个永远不变的法则:"男人绝对不会离开妻子去和一个比她年龄还大的女人结婚。"(170)关于三角恋爱,她的回答也颇有理论的深度:"有时爱情很沉重,需要三人才能支撑起来。"(*Love, etc* 90)同时,她认为自己的观点不只代表法国,而是一种普遍性的认识。乔治·奥威尔曾经指出,英格兰人(Englishmen)"缺少哲学禀赋","缺乏有序的思维系统所需要的,或运用逻辑所需要的东西"(24),这也是英格兰人与欧洲大陆人的区别。小说强调维亚特女士思维和逻辑,正是基于这种差异性。

当然,她也是一位迷信的老太太,她认为女儿与奥利弗婚姻不顺,在结婚当天发生的一些不祥和不顺的事就早早露出端倪。这是英格兰人对法国的认识,因为在英格兰人看来法国人是迷信的。

与法国人相比,英格兰人缺乏反思的习惯,对历史态度消极。巴恩斯不仅在《亚瑟与乔治》中借助小说人物乔治之口对此进行揭示,而且小说本身也通过乔治事件反思历史。小说试图将深肤色乔治作为英格兰人来塑造,不仅强调乔治的出生地是英格兰和他地道流利的英语,以及他英格兰式的行为举止,而且突出其英格兰式的认识观念:

> 按照他的理解,法国是个走极端的国家,是个充满暴力思潮、暴力原则和怀旧的国家。英格兰［英国］①(England)相对平静、自律,但对原则上的问题并不喜欢过分关注。在这里,人们更信任公共法律

---

① 将原译文中的"英国"改为"英格兰",因为在小说中乔治始终强调自己的英格兰人身份,这段引文强调的正是乔治的英格兰式思维。小说中巴恩斯也一直用"England"和"English"以突出乔治的身份。原译者将小说中的"England"大都译文"英国","English"译文"英国的",这值得商榷。事实上,在《亚瑟与乔治》中,这两个词在绝大多数情况下,都应译为"英格兰"和"英格兰的"。例如,亚瑟与乔治见面时,称自己和对方都是"unofficial Englishmen",因为他自己的父母分别是爱尔兰人和苏格兰人,而对方的父亲是西印度的帕西人,母亲是苏格兰人,两人都没有英格兰人血统,所以应该译为"非正统的英格兰人"。但译者却译为"非正统的英国人"(286),这一翻译无论从"Englishman"这个词本身,还是语境来看,都不准确。另外,译文中的"英国味"(English)(286,289),其实是"英格兰味"。本论文虽然引用蒯乐昊和张蕾芳的译文,但如果译文中出现"英国"时,论文作者都会查找英文原著进行求证,如发现英文原文是"England"或"English",就根据语境,大都多数情况下译为"英格兰"和"英格兰的"。巴恩斯在小说中如需要强调"英国",他会用"Britain"的相关用语,例如"the British state"(Arthur and George 269)。巴恩斯将《英格兰,英格兰》和《亚瑟与乔治》分别称为有关"英格兰思想"和"英格兰状态"的小说,但蒯乐昊和张蕾芳的译本将本是指"英格兰"的"England"译为"英国",将表示"英格兰味"或"英格兰的"这一意义的"English"译成"英国味"或"英国的",没能体现小说对英格兰性的观照。

> 而不是政府条例,大家都忙着自己的事,不想干预别人的事;在这里,时常会爆发公众骚乱,群情激愤的情况时有发生,甚至会倒向暴力和不公正,但很快这些都会消失在记忆中,鲜有在国家历史上留下痕迹。事情已经发生了,现在就让我们忘掉,回到从前的日子去吧:这就是英格兰[英国]方式(English way)。有些事是错的,有些东西遭到了破坏,但现在都复原如初,那我们就装作打一开始就没错。如果我们有上诉法庭,艾达吉一案就不会冒出来是不是?那好吧,一年内赦免艾达吉,成立上诉法庭——还有什么好说的?这就是英格兰[英国](England),乔治理解英格兰[英国]观念(England's point of view),因为乔治是英格兰人[英国人](English)。(437)

显而易见,是英格兰人的观念决定了乔治英格兰人的身份,而且在他的自我认识里,又少不了法国人作外部参照。将自己界定为法国人的对立面是英格兰人的思维特色之一,自然也是英格兰性的一个重要组成部分。相比较而言,英格兰人对历史没有反思的习惯,"事情发生了,现在就让我们忘掉,回到从前的日子",而法国人却不同,他们对待历史的态度更为积极。历史上,在法国也发生过类似乔治案的错判案。1894年,一名叫阿尔弗雷德·德雷福斯的阿尔萨斯犹太军官被指控提供情报给驻扎在巴黎的德国军队,随后被判刑入狱。当时许多人站出来为德雷福斯申冤,其中包括著名法国小说家艾米尔·佐拉,他在1898年写了一封公开信攻击军队,将德雷福斯案公开化。德雷福斯案1899年重审,仍判有罪,直到1906年民事法庭澄清案件,德雷福斯无罪释放,重新回到军队。这一事件在法国引发了长时间的政治危机,暴露了反犹思想在法国的盛行。但在英国,乔治冤案并未产生太大影响,只是推动了上诉法庭的成立以审判和纠正不公正的判决,可以说乔治冤案最终沦为法学史的一个注脚。巴恩斯自己也说过,"我认为两个案件道出了两个国家的不同。法国人对自己国家的历史积极主动。而在英国(in Britain)我们不这样"(Jeffries 131),他尤其强调英格兰人对历史的遗忘,他说:"在法国他们喜欢敞开旧伤口,可以说,他们喜欢记住历史是常态,就像英格兰人忘记历史是常态一样。苏格兰人、爱尔兰人和威尔士人将会长记性,因为英格兰人对他们不那么好。"(Lewis, "Julian and *Arthur and George*")他写作《亚瑟与乔治》是受到法国伟大历史学家道格拉斯·约翰逊的启发,这位历史学家提醒巴恩斯关注英格兰大沃利案与法国德雷福斯的相似性。巴恩斯创作《亚瑟与乔治》的动机源于他想把乔治案从历史的尘封中解放出来,提醒英格兰人关注历史。从这个意义看,《亚瑟与乔治》既是在反思历史,也是在反思英格兰性,是对英格兰缺乏历史反思的批判。

巴恩斯小说中经常出现英格兰与法兰西对比的情形,其中不乏对英格兰性否定性的言说,《地铁通达之处》就是典型的例子。在这部小说里,巴恩斯塑造的那两个叛逆青少年克里斯和托尼,他们对英格兰强烈不满,而对法国的一切表示出极大的兴趣,尤其是法语、法国文学和思想。在他们眼里法语优于英语,因为它"准确"(10)。对于法国文学他说:

> 我们关注其文学主要因为它的斗争性。法国作家总是彼此争斗——守护和净化语言、排除俚语词汇、撰写规定性的词典、被捕、因晦涩而遭起诉、做强势的巴拉斯派诗人、争夺学界位置、争夺文学奖项、被流放。复杂而强硬的思想深深地吸引着我们。孟

> 特兰和加缪是两个守门员;我贴在柜子里那张亨利高高跃起救高球的巴黎赛照片与有杰夫·格拉斯签名的《一种爱》中邱恩·里奇的肖像画一样受尊重。(10)

克里斯又说:"我们英文课程(English course)里似乎没有成熟的强硬者,当然更没有守门人。约翰森强硬,但对我们来说不够优雅:毕竟他一生都没有跨过海峡。像叶芝之流又反过来:优雅,但总是围绕童话之类的东西打转。如果世界的红色变成了棕色,他们两人会有怎样的反应呢? 一个几乎不会注意到它的发生;另一个会因为震惊而茫然。"(10)法国作家尤其是十九世纪法国作家的斗争精神成为他们的精神支柱。他们把波德莱尔、兰勃、多德、福楼拜等人当作偶像崇拜,用他们的思想和认识武装自己的头脑,作为世界观的基石,并以法国的斗争精神作为指南,试图构建一个新的自我。他们将伦敦中心区域视为巴黎,视自己为漫游者,在并无"河岸"和"大街"的伦敦城区游荡,制造"无根"的状态,追求自由(53)。这种无根的游离和自由是对英格兰沉闷和保守的一种反驳。莫斯利认为在小说《地铁通达之处》中"法国是思想,也是一个生活方式、语言和散文,是正确生活的形象,是对地铁通达之处的谴责"(Moseley, *Understanding Julian Barnes* 30)。应该说不仅是对地铁通达之处的谴责,也是对英格兰性的批判。对此霍尔姆斯表达更为具体,他认为:

> ……法兰西在克里斯和托尼生活中的位置体现了民族这个概念在自我形塑的过程中是多么重要。他们两人建立起了一个二元对立的系统,在其中法兰西代表他们所渴望的特色和经历,如自由、新奇、

第三章　英格兰性的想象——巴恩斯小说的民族身份认同

艺术的丰沛、性兴奋以及社会的不落熟套,而英格兰代表沉闷,狭隘守旧的思想、缺乏反思习惯、对美学价值毫无鉴赏的冷漠以及压迫性的成人权威。……英格兰通常在消极意义上代表了他们认为阻碍了他们成长的因素,但是伦敦中心地带有时对他们而言代表并包含都市的成熟和大城市性:"伦敦,我们在某处读到,集你想要的一切于一身。"(27)因此,尽管没有河岸与大街,在想象里他们把伦敦与19世纪的巴黎混在一起,体验游荡的生活。(Holmes 53)

与《地铁通达之处》的思想一致,《英格兰,英格兰》也对英格兰的封闭和保守进行了反思,将其闭塞的思维和循旧的生活方式视为英格兰发展的阻碍和威胁其生存的重要原因之一。巴恩斯通过老英格兰与"英格兰,英格兰"不同命运的对比,揭示了封闭、保守的思想可能导致的恶果。小说中,老英格兰由于拒绝走出封闭的思维,一步步走向衰败,成为世人最不愿意居住的地方,不仅移民的后代开始离开英格兰,回到他们祖先生活的地方,而且本民族的富人们也迁往欧洲其他国家。最终老英格兰国家安全受到威胁,面临亡国的危险。通过老英格兰的衰退,巴恩斯批判了长期困扰英格兰发展的狭隘岛国意识。

不仅如此,巴恩斯自己也以"跨越海峡"突破英格兰传统的故步自封。"跨越海峡"不仅是他的一部小说集的书名,也是《福楼拜的鹦鹉》其中一章的标题。巴恩斯首先通过小说人物实现"跨越海峡":《地铁通达之处》的克里斯多夫跨过海峡到巴黎做学术研究;《有话好好说》的奥利弗和姬莉娅夫妇为躲避斯图亚特去过法国,而斯图亚特后来也秘密去过法国;《福楼拜的鹦鹉》中的叙事人布莱斯维特为研究福楼拜去过法国鲁昂。也有跨越海峡到英格兰的法国人，如《有话好好说》和《爱及其他》中姬莉亚的母亲。但更主要的"跨越海峡"当属巴恩斯对法国文字、文学和文化的借用。巴恩斯对法语的掌握炉火纯青，还用法语写过小说和评论文章。用英语创作时，法语对他而言也是不可或缺的。他笔下的人物有些是法国人，适当地使用一些法语词汇和语句作为他们身份的标识，这似乎不足为怪，但更重要的是，巴恩斯小说中的英格兰人也使用法语，甚至大量使用，这在英国文学创作中实属罕见。这样的人物最具代表性的是《地铁通达之处》的主人公克里斯和托尼，以及《有话好好说》和《爱及其他》中的奥利弗。虽然他们生活在英格兰，但法语却成为他们日常生活的一部分，宛如法语对于现实生活中的巴恩斯。此外，巴恩斯在作品中也会引用法国文学、文化名人的名言，且以法语原文出现，仿佛英语的翻译会让这些话语失去光彩。可以说巴恩斯几乎没有一部纯英文创作的小说，他总要跨越语言的边界，这其中体现了语言对身份建构的影响，语言左右着人的行为、举止、思想和身份的形成和建构。例如，小说《地铁通达之处》提到有趣的语言实验。实验对象是嫁给美国士兵的日本人。英语和日语是她们生活中的两种语言，"在她们之间以及在商店里，她们使用日语，在家里使用英语"(123)。她们被采访两次，分别用日语和英语，"结果显示讲日语时，这些妇女会意识到紧密社会联系的价值，表现得顺从、配合（supportive）。讲英语时，她们变得独立、直率，而且更加外向"(124)。这个实验表明，语言不仅只是一种交流工具，而且包含文化、价值判断和取向，它左右和塑造着使用者，是民族性格形成和认同的基础。小说的主人公克里斯也是如此，在去巴黎之前与好友经常使用法语交流，到了巴黎后更是每天使用法语，一段时间之后，他的思维和言说方式也法国化了，变得更容易"概括、贴标签、归档、分段和解释,也更趋于清晰明朗了"(124)。他不仅在讲法语时,加上了一些肢体语言,而且也学会了法国人的身体语言:"我开始打手势:就像要找准法语元音的位置,舌和嘴唇忙个不停,手也要放到新的位置。我用指背划过颔边表达感觉无趣。我学会耸肩的同时两嘴角做出朝下动作。我将手指交叉在腹部,手掌朝内,然后两大拇指向外弹出,同时用嘴皮发出扑扑的声音。"(123)这表明,巴恩斯在小说中使用法语时,不仅仅是在运用语言本身,而且融入了相关的文化、情态和思维等,体现了巴恩斯敢于突破英国文学和性格中的狭隘和文化沙文主义思想。

巴恩斯这种"跨越"性的书写也引起不少评论家的兴趣,比如莫斯利就以《有话好好说》为例讨论了法国在该小说中的三种用处,即作为:① 真实或佯装的事件与成熟的标志;② 旅行之地;③ 三角恋爱关系(Moseley,"Three Uses of France" 69 - 80)。但莫斯利等人未能看到巴恩斯"跨越"性书写与英格兰性的关系。其实,跨越或越界就是两种文化的碰撞和交流,巴恩斯正是通过"跨越海峡"不断地反思和界定英格兰性。

巴恩斯的个人成长经历也是"跨越海峡"的最好例证。巴恩斯与法国的关系非常密切,是当代最亲法的英国作家之一。这与他个人的经历有密切的关系。像小说《有话好好说》中的奥利弗一样,巴恩斯的父母曾在法国教英语,巴恩斯兄弟也随父母来往于英法之间,"每年都去那儿度假",法国是巴恩斯"十八岁以前到过的唯一欧洲国家"(Koval 127),法语也是他们的家庭用语,巴恩斯十四五岁就开始阅读法语著作(Guppy 59),法语也是他在牛津攻读当代语言专业时选择的主要语言之一,他哥哥在法国拥有住房,巴恩斯称法国为自己的"第二故乡"(Koval 127)。他喜爱法国文学,谙熟法国文学和文化,甚至用法语创作,其作品在法国也很受欢迎,其中《有话好好说》和《爱及其他》等小说在法国荣获文学大奖。巴恩斯还荣获"法兰西文学和艺术勋章"。他毫不掩饰对法国的好感,他说"在我最初对法国事物的偏爱中存在文化势利成分:他们的浪漫似乎比我们更浪漫,他们的颓废也似乎比我们更颓废,他们的现代也更现代。兰波对斯温伯恩很容易就看出优势;伏尔泰确实比约翰逊博士更胜一筹。早期有些判断也是正确的:喜欢法国六十年代的电影胜于我们自己的,这不难,也不错"(Moseley, "Three Uses of France" 73),"对我来说,他们完全不是敌人……他们是有政治智慧的人"(Koval 128)。巴恩斯向法国人解释英国人对法国的鄙视时说:"真不是你们……只是你们不仅是你们,你们已经变成了所有外国的象征;一切,不仅是法国性,从加莱就开始了。你们环顾你们不同的边境,可以得到四个伟大文明的选择,而我们在对面的岛上,一面被你们包围,在另外三面是海。难怪我们对你们的感觉比你们对我们更强烈,更担心——无论是亲法还是恐法。"(Moseley, "Three Uses of France" 72)同时,他认为"英国人(the British)因法国人而担忧,而法国人只是被英国人所纠葛。当我们爱他们时,他们以理所当然的态度而受之;当我们恨他们时,他们困惑而恼怒,但说句公道话,问题出在我们,而不是他们"(Moseley, "Three Uses of France" 72)。可以说,法国于巴恩斯而言"如果不是实际意义的,也是精神上的第二个家"(Jeffries 130)。法国评论家杰哈·穆达尔说巴恩斯"在当代英国作家(British authors)中最亲近法国,这是毫无争议的"(Moseley, "Three Uses of France" 71)。

巴恩斯的法国情结并非意味着巴恩斯否定英格兰性,希望英格兰如法国一般。莫斯利曾指出:"每个亲法都是关于某事的亲法,而不是每件事都亲法,可能更重要的是反对某事的亲法。"(Moseley, "Three Uses of France" 74)巴恩斯很看重某些能标识英格兰民族身份的重要特征,如英格兰人直接、简单和清晰等。在小说《地铁通达之处》中,主人公克里斯在巴黎一定时间之后,自己意识到被法国化了,但同时也开始对此有所警觉,他说:"我发现归纳概括对我更容易了,也更容易贴标签、打钩、分类(docketing)、分割、解释,并且更容易明晰了——天啊,是的,容易清晰了。我感到内心翻腾;这不是孤独(我有阿里克),也不是想家,而是与'做英格兰人'(being English)有关。我还感觉我的一半好像不忠诚于另一半了。"(124)法国化让他颇为不安,产生了想要找回做英格兰人的感觉。他不再像刚到法国那样避讳见到自己的同胞,而是渴望见到他们。在莫洛博物馆遇见几个英国人,克里斯便主动与他们接近。后来成为他妻子的英格兰人马瑞恩当时吸引他的原因居然是"没有任何化妆",他觉得"她不化妆看上去很好。多么奇怪!"(128)。"没有任何化妆"在这里暗示英格兰的简单和直接。另外,"马瑞恩没有什么习惯性的动作情态——无论她说什么,她都保持平静、直接、公开(open)和敞亮(bright)"(129)。可见,正是这些久违的英格兰特性让他动心了,在法国的经历更让他体会到英格兰人的不同,也更怀念英格兰人简单、直接的"民族性格"。

巴恩斯的文学也是如此。他虽然深受法国文学和文化的影响,大胆借鉴和引用法国文学、文化元素,但其创作依然保持英格兰文化特性,体现清晰和直接的风格,不会敷施多少粉黛,就如吸引克里斯的马瑞恩"没有任何化妆"。

借助英格兰和法兰西的对比,巴恩斯在界定英格兰性的同时,又批判和反思英格兰性。由于巴恩斯亲法,在他所建立的英格兰与法兰西二元对立中,英格兰不再是优势的一方,因此所确立的英格兰性与传统英格兰民族自我画像有明显差异。莫斯利指出:"无论法兰西和法国性在他的小说中是作为一种文化符号以激起和满足希望或者是将不够都市化的英格兰人(Englishmen)置于他们的位置上;还是作为多少有些都市性的通奸模式;或是作为一个去处,一个可以发现'与你正常英格兰城市生活(English urban life)相对的地方',差异有助于定义什么是英格兰的(what is English),什么不是,并且以似乎既是英格兰(English)又完全是欧洲的方式进行定义。"(Moseley, "Three Uses of France" 80)这样的评论道出了法兰西文化元素在巴恩斯小说中对于界定英格兰性的作用。但还应该看到,巴恩斯不只要定义什么是英格兰的或什么不是,更试图借此反思英格兰性。其目的不是法化或欧化,而是要在突破英格兰的狭隘、保守和封闭的同时,保持英格兰的民族个性。

在巴恩斯以法兰西文学、文化观照英格兰性的背后是其对英格兰现状和发展的担忧。他希望英格兰也能像他的文学所做的那样,对传统做些改变,融入更多新元素,更多来自欧洲的新鲜血液,改变其保守思想,重塑自我。但他并不希望以牺牲英格兰特色为代价,所以有学者指出"巴恩斯作品总体上好像在重复与不同之间摆动,在对过去文学的意识与希望超越并创作新的杂糅的东西之间摇摆。他完全没有受限于法国文学的传统或受制于过去的传统,而是设法发出自己的声音,创造自己的形式"(Guignery, "Barnes and the French" 49),"他对福楼拜,多德和赫纳这些影响自己创作的作家的选择实际上可能表达对他们的喜爱,表明与法国文学经典有联系的文化身份的方式,同时也是暗示自己对原创的思考"(Guignery, "Barnes and the French" 49)。巴恩斯的亲法态度也引起争议:"因为巴恩斯的小说和散文常常弥漫着对法国事物和人民的喜爱(an affectionate tenderness),有些评论谴责巴恩斯再现法国时的伤情理想主义和怀旧。"(Guignery, "Barnes and the French" 39)对此,巴恩斯也认可自己的片面,他说:"我对法国的观念来自文学,来自我的度假,来自我在你们中仅只一年的生活;它必然是片面的",因为你"把你的浪漫情怀和理想主义投射到这个国家,并且,有人会补充、投射到它的文学和文化上"(Guignery, "Barnes and the French" 39)。可见巴恩斯对法国的想象也包含对英格兰性的反思和认同。

巴恩斯这样定位自己:"我是一个深爱法国的中产阶级英国作家(English writer)。"(Mosley, "Three Uses of France" 71)这一自我定位可用于总结巴恩斯关于英格兰民族身份书写中内外观照这两个向度的基本特征。就内部观照而言,巴恩斯通过解构传统英格兰乡村神话,消解了本质主义的英格兰民族身份认识,从而突显英格兰性的文化建构实质。在巴恩斯那里,乡村并不比城市优越,它与城市一样都是人类社会的产物;与城市相比,乡村虽没有城市发展面临的问题,但封闭、落后,并非英格兰规避问题的天堂;试图返回英格兰乡村去寻找原粹的英格兰性,不仅不可取而且是倒退和危险的。英格兰性本质的消解并不意味英格兰性的消解。巴恩斯虽然不认可英格兰乡村神话,但却认同英格兰性的中产阶级属性。巴恩斯将中产阶级的价值和审美投射到英格兰性的想象和反思之中。无论是"关于英格兰的思想",还是"关于英格兰的状态",在他的英格兰性定义里没有对工人阶级和下层人民的认识,其对英格兰性的想象只与中产阶级审美和价值密切关联。巴恩斯英格兰性想象的外部参照是法国。他通过英格兰与法兰西的对比,从民族思维、性格等方面界定和反思英格兰性,具有明显的亲法性,与传统英格兰优于法兰西的英格兰自我画像有明显差异。值得关注的是,在巴恩斯关于英格兰性内外双向书写的背后是他对英格兰民族身份的忧虑——内外的双重忧虑。一方面,巴恩斯担心中产阶级价值和审美受到下层阶级的威胁,而影响英格兰民族认同的取向;另一方面,他忧虑全球化或欧洲化对英格兰民族身份认同的影响。巴恩斯在小说中反复从多方面强调英格兰与法兰西的差异,强调民族个性,其中也包含着巴恩斯的英格兰本土意识:差异的强调,目的不是要抹平差异,而是通过突显差异抗拒全球化和欧洲化。对英格兰民族身份的忧虑本身反映了民族身份的不稳定性和非本质特性,正是这种不确定性导致巴恩斯等人对英格兰性的强烈担忧和对它的追寻和反思。这个过程又因为英格兰自身的发展和国际形势的变化而变得纷繁复杂。吉登斯指出:"20世纪后期和21世纪的社会变化过程增加了人们的危机感和焦虑感,但与此同时也提升了建构自我的创作力。"(Woodward 3)的确如此,英格兰在激烈的社会变化和全球化的影响下,激发了强烈的民族身份意识和危机意识,同时,这种身份危机意识也促发了他们思考和再塑民族自我形象,表现出极大的创作力,以对抗全球化的冲击和社会变化带来的影响,从而寻找平衡,缓解焦虑。

结　论

　　巴恩斯小说具有复杂的主题内涵，由人物展示出来的各种身份特征也复杂难辨，更加彰显主题之后巴恩斯小说创作嬗变和历史文化意蕴。正如鲁宾森（Gregory J. Rubinson）指出的那样："巴恩斯小说中的人物寻求解答当代关于人类经验令人困惑的问题。有时他们遭遇到非常严肃的问题，如人类的目的、种族政治、性别以及民族等问题，或者是技术将怎样影响我们的生活。"(175)的确，对性别、种族和民族等问题的持续关注构成巴恩斯小说耐人寻味的身份主题，也是巴恩斯小说的魅力所在。

　　对身份的追问由来已久，可以追溯到古希腊文明时期，但没有任何一个时代比当代更加关注这一话题。如今我们正生活于一个变化多端的世界，伴随科学技术迅猛发展，人们的生活日新月异，但问题是，物质生活变得更为丰富，心灵却越发空虚，仿佛游离于世间，没有归宿。全球化、民族主义、移民等问题更冲击传统的价值观和自我认识，触发和加深了身份焦虑。自20世纪六七十年代以来尤其"自20世纪90年代起，身份政治受到关注，对个人与社会关系的探讨直接影响到自我建构，小说成了作家开掘主体性自我反省和探索身份政治的广阔空间。尽管当代英国小说家仍然在写阶级……但他们逐渐被性别、性爱、性取向、种族和民族等具有更大文化内涵的术语蚕食了"(杨金才,"核心主题" 57)。巴恩斯对这些身份问题又如何看待,体现了怎样的"身份政治",是一个值得探讨的问题。

现有研究虽然关注到巴恩斯小说的身份反思,但大都局限于《英格兰,英格兰》这部小说,兴趣点只是英格兰性,未能窥见巴恩斯身份书写的多重向度,因此也不能充分深入分析巴恩斯对身份的深刻体悟和反思,尤其是对性别、种族以及民族等社会身份的思考。对这些问题的研究可以深入了解巴恩斯小说的政治意义,充分揭示巴恩斯身份书写的政治文化内涵,破解巴恩斯小说的"身份政治"诉求。从反本质主义立场出发,身份没有一个本质的中心,它是社会历史文化的建构,是权力话语的效果,体现权力意识和政治文化意识。身份书写是一种策略,是作家介入身份政治的重要手段,考察身份书写可以窥见作家的身份认识和身份政治诉求。正是基于这一认识,本论文探讨了巴恩斯小说的身份主题,揭示了巴恩斯小说身份书写所包含的女性主义意识、东方主义认识和中产阶级文化立场。

性别、种族和民族身份是巴恩斯小说身份书写的三个主要维度。它们从不同侧面揭示了巴恩斯小说身份书写的政治文化内涵,即女性主义意识、种族意识和阶级意识。这与巴恩斯作家个体身份的文化属性和阶级归属既相符合,也有冲突。作为欧洲白人作家,巴恩斯继承了欧洲中心主义思想或东方主义思维,作为中产阶级的一员,巴恩斯维护本阶级的价值和利益,但作为男性作家,他却有强烈的女性主义认识。

巴恩斯小说的性别身份书写以反传统性别认识为主要特征。首先,巴恩斯笔下女性人物不以柔弱、感性、顺从等传统女性特质为认识基础,相反她们成了传统男性气质的载体,体现理性、刚毅、坚韧、独立等特性。而男性则不以彰显男性气质为导向,不强调征服欲、强势、刚毅和坚强等男性气质,他们大都软弱、胆怯、犹豫和迟疑。这充分体现了巴恩斯身份主题的女性主义意识。这与巴恩斯创作的主要历史背景不无关系。20世纪七八十年代,女性主义运动对英国社会政治生活影响深远。本特利这样评价女性主义运动对男性及男性作家的影响:"女性主义的成功也影响到重新评价男性气质的方式……20世纪80年代新男人观念开始传播。新男人指与他的女性气质层面相关的男人(常常是异性恋的)和广泛认可女性品质的男人。许多男性作家开始探索因女性主义的成功及其介入后开始出现的新型性别框架,探讨这又如何促成对男性气质的新界定。"(Bentley, "English Fiction" 14-15)巴恩斯就是他列举的作家之一。巴恩斯小说中的男性书写正是他对"男性气质的新界定"。正因为如此,巴恩斯小说中没有传统所谓英雄人物或英雄叙事,有的只是传统称为懦夫的男人,其特点是男性人物的女性化,这也形成了巴恩斯小说男性人物塑造较为统一的模式。小说《凝视太阳》中的主要男性,即普罗瑟、舅舅莱斯利和简的儿子格雷戈里,无一例外都是传统意义上的懦夫,胆小、懦弱、缺乏勇气是他们的共同特质。但他们的故事并不令人耻笑,因为他们"也是过时的男性气质神话的受害者"(Bentley, "English Fiction" 14)。小说《福楼拜的鹦鹉》的布莱斯维特是一个"女性口吻"的叙事人,他迟疑徘徊,凌乱无序,不像男人讲话干净利落。巴恩斯借此讽刺的不是他们的男扮女相,而是传统性别认识观念,他借助这些人物所体现的女性气质,质疑男性气质和女性气质的生物性别基础,重新对传统标识男性气质的重要成分进行定义。在巴恩斯那里,勇气并非男人所有,而且有各种不同类型,甚至逃跑也是一种勇气;安静、懦弱、感性等所谓女性气质也是男性的一部分。与此相对,巴恩斯笔下的女性,几乎不被情感左右,理性和冷静的头脑是她们把握和判断事物的依靠,她们大胆追求独立,勇于面对困境,绝不屈从于生活和命运的摆布,体现出坚毅果敢的男性品质。小说《凝视太阳》的主人公简起初将男人视为一切问题的答案,并按传统对女人的规范自我塑造,形成女人身份,但社会和婚姻中女人地位的低下唤醒了她的斗争意识,她决定要离开自己的"二等生活"以追求自由独立的新生活。这个过程也是女性气质逐渐丧失,男性气质不断获得的过程,是一次女性从依赖到反抗再到独立的嬗变。《英格兰,英格兰》中的玛莎性格叛逆,更深受父母离异的伤害,这促成了她的"假小子"性格,在家里她是母亲的"保护神",试图守护母亲以免再受男人伤害;在外,她处处与男人比肩。理性和才智让她在职场中应对自如,比男性更胜一筹,但女性在职场中广受歧视,对此,她深有感触。她萌生争夺权力的意识。她利用杰克不检点的个人生活做筹码,迫使杰克让位,夺取了公司的领导权。虽然,最终男人们合力将她逼走,但她的勇气、智力和能力足以让男人汗颜,表现为一个名副其实的"女汉子"。《10$\frac{1}{2}$章世界历史》中"逃离"一章的女主人公虽为人妻,但她所关注的并非自己的小家庭,而是国家政治和世界局势。在男人眼里,政治是男人们的事。但她常常与丈夫争论国家大事和政治。在她眼里女性并不愚蠢,愚蠢的是男性政治。巴恩斯笔下的女性都不是传统推崇的温柔女人,她们是男子气质的女人。家庭不再是她们生活的唯一中心,男人不再是左右她们命运的筹码,她们也不是男人的附属物,不会逆来顺受。她们身上的男子汉气质是对传统性别认识的质疑和颠覆,她们与男性的竞争是对父权统治秩序的拒斥和批判。男性的女性化处理和女性的男性化形塑是巴恩斯小说上演的"换装表演",借此巴恩斯尝试重新界定男性气质与女性气质,挑战传统男权社会的性别认同观念。

不仅如此,巴恩斯对性取向的表征呈现多元化,体现"性跨越"特征,这也是巴恩斯在女性主义背景下对性别身份反思的一部分。同性恋、双性恋、甚至怪异恋形成对异性恋男性霸权和性别认识的拷问。《有话好好说》中两个男性主人公之间的同性恋情危机引发了一场夺妻子暗战。这种反常的三角恋情的背后是异性恋社会的同性恋恐惧和歧视。奥利弗为了婚姻不得不选择与异性结合,但这样的婚姻并不幸福,而且他变得更为压抑,最终婚姻难以维系。借此巴恩斯表达了对异性恋社会规范的控诉和鞭挞。《福楼拜的鹦鹉》中的福楼拜具有多重复杂的性取向,他不仅与女性之间情爱缠绵,而且与同性之间关系暧昧,福楼拜"怪异的"性取向是对异性恋天然合法性的质疑。在小说《凝视太阳》中的拉切尔那里,性取向完全成了表演,她根据不同的需要和目的,自由地游走于同性恋和异性恋之间,把性爱作为声张女权和反抗男权控制的工具。在巴恩斯看来"性欲望"本身就是一个"认知黑洞",并不像异性恋传统认识那样简单,他的小说没有简单把性别身份视为生物性的表达,也没有所谓自然或规范的性行为,其性别身份书写有明显的女性主义色彩。

就种族身份而言,《10½章世界历史》、《福楼拜的鹦鹉》、《凝视太阳》、《亚瑟与乔治》、《英格兰,英格兰》等小说的东方人以"他者"形象出现。西方人通过旅游的形式观看东方人,巴恩斯小说也不另外,而且巴恩斯小说中的旅游者以女性居多,这些旅游者所到之处包括中国、埃及和土耳其等地。她们以居高临下的态度俯视东方人,在她们眼里,东方人有共同的特点:肮脏、混乱、落后、危险而邪恶。《福楼拜的鹦鹉》中欧洲白人女性科莱从未见过福楼拜的东方情人埃及女性库楚克,但她却可以凭借东方想象生产一个库楚克,在她那里,库楚克"全身发着臭味",是肮脏、腐败、堕落的象征。同样库楚克在福楼拜看来不过是"欲望机器"。具有讽刺意义的是,巴恩斯允许西方"女性主义者"路易斯·科莱对库楚克品头评足,但却没有给库楚克半点述说的机会。《有话好好说》中,斯图亚特召妓,他选择了东方妓女,因为"她精于此道",这同样是出于"东方女性是欲望机器"的逻辑。不仅如此,东方妓女也是东方他者的化身,是西方人征服东方的象征。在《10½章世界历史》的"不速之客"一章中,巴恩斯再现了美国大片对阿拉伯恐怖分子的塑造,续写了东方威胁论的故事。在这个故事里,阿拉伯人以经典的阿拉伯恐怖分子形象出现,劫持了欧洲游轮"圣菲米亚号"。"圣菲米亚号"是欧洲文明世界的象征,阿拉伯人的劫持行为是对西方文明、秩序和公正的挑衅。故事突出美国人的勇敢和作用,最后也正是美国特种部队制服了恐怖分子。在《10½章世界历史》的"山岳"一章中,弗格森和洛根两位西方白人眼里的土耳其人肮脏、混乱、堕落愚昧而且有罪。地震发生时,他们不但没有救援,还把地震看作对这些"罪人"的惩罚。毫无疑问,在巴恩斯这部"世界历史"里,如果有历史也只是西方历史,东方仅以他者形式存在其中。同样,在《凝视太阳》以及短篇小说《脉搏》里,中国也被巴恩斯东方化了。《凝视太阳》的主人公简游览的中国正处20世纪80年代改革开放时期,人民虽然不富裕,但物质文化和精神生活有很大改观,充满希望。但在简看来,中国贫穷落后,环境恶劣,行为古怪。而且简和她的西方同胞对中国的了解,并非来自导游的讲解。他们并不相信导游的介绍,因为到中国之前他们早已形成了对中国的东方化认识,旅游只起印证的作用。不仅如此,导游反倒成了他们嘲讽和捉弄的对象。《脉搏》进一步将中国文化妖魔化了。针灸本是中国医学和文化的重要符号,但在叙事人看来它无异于巫术之类,属骗人的把戏。叙事人得出这样的决定论并非源自对针灸的了解,或接受针灸治疗的经历,而是源于对东方的固化思维。叙事人对针灸的认识与实际的中国针灸理论不符,他甚至将针灸治疗时间的长短与患者的生辰联系起来,这明显是对针灸的误读。在叙事人看来,针灸不仅不治病,而且致病,他将父亲出现的其他症状也归结于针灸治疗。但他对"自己的"医院不能治疗父亲的病表示理解,毕竟,针灸在他看来属他者文化。巴恩斯的针灸叙事仍在继续东方化东方的东方主义模式。东方不仅外在于欧洲,也内在于其中,东方移民构成巴恩斯小说种族身份书写的内他者。在《英格兰,英格兰》中,巴恩斯有意回避了英国社会多元文化的现实,小说中有关英格兰性或英格兰民族身份的讨论中,听不到深肤色移民的声音。他们与英格兰民族性的界定毫无关系。他们只是在老英格兰日益衰退,陷入困境时被提及。这时他们正纷纷抛弃英格兰,前往他们祖先生活的东方故土。这说明在巴恩斯的意识里,东方移民本来就不属于英格兰,他们也不会将英格兰视为长久之地。《亚瑟与乔治》虽然让东方移民发出了声音,但这个声音并非真正来自移民。在多数批评家和读者心中《亚瑟与乔治》是一部反种族歧视的力作。的确,小说揭露了乔治冤案的种族歧视成因,但巴恩斯仍没有完全突破欧洲中心主义的传统思维模式。他在揭露和批判种族主义的同时,也落入了东方主义的套路,与巴恩斯之前有关东方人的叙事并无二致。他虽然着力从语言、行为、举止和思维等方面将印裔二代移民艾达吉打造成为"真正的英格兰人",但仍然流露出明显的东方主义痕迹。在他笔下乔治·艾达吉仍有"东方式的冷漠",艾达吉家庭依然弥漫着东方人的神秘感,乔治与其妹妹之间关系有不伦之嫌。而且乔治的同质化背后的推手也是东方主义思维,是出于害怕东方移民文化"污染"英国文化的纯洁性的认识。这在一定程度上，体现了巴恩斯对待英国移民问题和全球化的态度。总体而言，巴恩斯的种族身份书写将东方或东方人他者化了，具有浓重的东方主义意识。

民族身份是巴恩斯小说身份书写的又一个维度。与传统英国小说试图追寻英格兰性不同，巴恩斯小说挑战英格兰性的传统定义和理解。传统英格兰性的表征主要是以英格兰乡村为核心，乡村代表真正的英格兰，它是英格兰民族身份认同的基础和文化渊源。巴恩斯小说的乡村却打破了传统对英格兰乡村乌托邦式的建构。在《亚瑟与乔治》里，乡村肮脏、落后、无序、"嘈杂而原始"，而城市"文明"、"理性"、"有序"；在《结局的意义》中，乡村代表危险的诱惑；《英格兰，英格兰》则集中探讨了英格兰性的两个版本——乡村英格兰和城市英格兰。巴恩斯一方面解构了乡村"神话"和"自然创造乡村，人类创造城市"命题，一方面也看到城市发展对民族文化的威胁，这使得巴恩斯徘徊于乡村版英格兰性与"城市版"英格兰性认同之间。但有一点是确定的，即巴恩斯的英格兰性想象有强烈的阶级特色，是其中产阶级审美情趣的表达。无论是表达英格兰思想的小说《英格兰，英格兰》，还是表达英格兰状态的小说《亚瑟与乔治》，其英格兰性与工人阶级和下层人民的思想意识和存在状态格格不入。在《英格兰，英格兰》中，杰克公司打造"英格兰，英格兰"旅游公园是按照中产阶级标准选择英格兰性的代表事物和人物，体现的是中产阶级的价值和审美，工人阶级和下层人民的观点不在考虑之内，与这些阶层相关的成分被排除或者被改变成中产阶级的。历史人物格温的工人阶级背景就被公司提升为中产阶级，甚至项目商标中的卖鸡蛋妇女也被包装成中产阶级形象，穿上了"时髦的，资产阶级的服饰"。《英格兰，英格兰》虽然体现英格兰性的不确定性，但中产阶级却是一个主要标尺，这在《亚瑟与乔治》中表现更为明显。巴恩斯努力将乔治打造成"真正的英格兰人"，但在巴恩斯这里，"真正的英格兰人"其实是英格兰中产阶级的代名词。那些所谓真正英格兰人的标识，包括语言、行为、态度和思维等都是中产阶级的。乔治随身携带的物件如"礼帽"、"手提箱"、"优雅的表链"、雨具等也是中产阶级的标志。在这些方面他与那些矿工的孩子有明显差距，后者显得粗野、鲁莽，不是"真正英格兰性"的代表。而且巴恩斯小说总体没有对中下层阶级的关注，即便提到，也是作为英格兰性的威胁。在《地铁通达之处》工人阶级大众被比作白蚁，这更为明确地表达了中产阶级的担忧。这些充分证明巴恩斯的英格兰民族身份认同是中产阶级性质的。另外，虽然巴恩斯小说也以法国作为参照反思和界定英格兰性，也强调民族性格和思维的差异，但与英格兰传统表征不同的是，在巴恩斯这里法国不再代表负面意义，相反英格兰却成为反面意义的一极。与法国人相比，英格兰人并非绅士，他们粗鲁、冷漠，而且缺乏艺术鉴赏力和理论修养。也即从一定意义上来说，巴恩斯是站在欧洲，尤其是法国的角度来考量英格兰性。可以说，巴恩斯从法国性中看到了英格兰人性格和行为习惯的差距。但这并不等于巴恩斯希望以法国性代替英格兰性。他认为每个民族应该有自己的文化特征。巴恩斯更欣赏英格兰人的简单、直接和清晰。

巴恩斯每出版一部小说都能引发读者兴趣。他们的关注往往开始于小说的形式，期许巴恩斯在形式、技巧、风格等方面又有新的突破。的确，巴恩斯注重小说形式，强调形式创新，他甚至批评现在的英国青年作家急于求成，缺乏创新精神。但我们不能因此忽略了对巴恩斯小说内容和主题的挖掘和探讨，看不到他作为一个严肃作家对社会文化和政治的深入思考，以及他以写作介入当下历史现实的责任感和使命感。巴恩斯谈到《亚瑟与乔治》种族歧视主题时告诫说："如果人们不能留意到当代的相同事件，那么他们就不是很好的读者。"所以即便是写历史，其意也在当下。更何况巴恩斯凭《终结的意义》斩获布克奖也是因为他对生活的严肃思考，在追求小说形式创新的筹措中更有他对生命意义的探讨。

　　巴恩斯的身份书写展示了他对性别、种族和民族等问题的思考以及用文学艺术形式观照现实的创作立场。对巴恩斯小说身份主题的探讨不仅对巴恩斯研究有建设意义，而且对研究那些与巴恩斯一样被贴上后现代小说实验标签的作家也有一定的借鉴意义。过分关注这些作家的形式技巧容易导致忽视作品与社会现实和政治的关联性。后现代实验作家的标签会将巴恩斯与元叙事、文字游戏、拼贴、戏仿等后现代文学特征天然联系起来，认为巴恩斯同样致力于意义的消解和真理相对性的探讨以及对知识的质疑等问题。正如前文所探讨的那样，巴恩斯小说性别身份体现了后现代主义文学特征，强调性别和性取向的流动性和跨越性，但这并非只是一种意义消解，而是某种意义的延伸和拓展，体现了巴恩斯独特的女性主义性别身份意识，富有深刻的身份政治文化内涵。同样，在种族和民族身份书写后隐藏着巴恩斯对英国白人中产阶级意识和价值所持的立场，有着严肃的文化价值取向，从中可以看到巴恩斯面对移民和全球化双重影响而产生的身份焦虑感。强调民族文化和中产阶级价值取向成为巴恩斯小说应对身份危机的策略。总体而言，巴恩斯小说的身份主题融女性主义、东方主义和阶级习性与民族想象于一体，贯穿其中的是他对英国白人中产阶级精英文化和价值的守成。毫不夸张地说，所谓巴恩斯后现代文学并非消解了意义或致力于终极意义的解构，而是建构和强化，这是巴恩斯文学的严肃性所在。作为一个具有国际视野的作家,巴恩斯在创作中也不同程度地借鉴外来文化。他大胆借用法国文学传统,并从异文化想象中获得自我认识,进而反思英格兰自身民族文化建构,实现了对英国文学传统的继承、突破和发展。

参考文献

英文文献：

Addison, Paul and Harriet Jones, eds. *A Companion to Contemporary Britain 1939 – 2000*. Malden, Oxford and Victoria: Blackwell Publishing, 2005.

Alcoff, Linda Martin. *Visible Identities: Race, Gender and Self*. Oxford: Oxford University Press, 2005.

Alías, M. Escderao. "When (non) Anglo-saxon Queers speak in a Queer Language: Homogeneous Identity or Disenfranchised Bodies?" *Identity Trouble: Critical Discourse and Contested Identities*. Ed. Carmen Rosa Caldas-Coulthard and Rick Iedema. Basingstoke: Palgrave Macmillan, 2008. 77 – 93.

Atkins, Kim, ed. *Self and Subjectivity*. Malden, Oxford and Victoria: Blackwell Publishing, 2005.

Auste, Michelle Denise. "England, My England: Re-imagining Englishness in Modernist and Contemporary Novels." Diss. Stony Brook University, 2005.

Baldwin, Stanley. "On England and the West England at the

Annual Dinner of the Royal Society of St. George, at the Hotel Cecil." *Writing Englishness 1900 - 1950*. Ed. Judy Giles and Tim Middleton. London and New York: Routledge, 1995. 97 - 102.

Barnes, Julian. *Metroland*. London: Picador, 1990.

—. *Before She Met Me*. New York: Vintage International, 1992.

—. *Flaubert's Parrot*. New York: McGraw-hill Book Company, 1985.

—. *Staring at the Sun*. New York: Vintage International, 1993.

—. *A History of the World in 10½ Chapters*. New York: Alfred. A. Knopf, 1989.

—. *Talking It Over*. New York: Vintage International, 1992.

—. *Letters from London* 1990 - 1995. London: Picador, 1995.

—. *Cross Channel*. London: Jonathan Cape, 1996.

—. *England, England*. London: Jonathan Cape, 1998.

—. *Love, etc*. London: Jonathan Cape, 2000.

—. *Arthur & George*. London: Jonathan Cape, 2005.

—. *Nothing to Be Frightened of*. Random House Canada, 2008.

—. *Pulse*. London: Vintage Book, 2011.

—. *The Sense of an Ending*. London: Jonathan Cape, 2011.

—. *Through the Window*. London: Vintage, 2012.

—. *Levels of Life*. London: Jonathan Cape, 2013.

—. *Keeping an Eye Open: Essays on Art*. London: Jonathan Cape, 2015.

—. *The Noise of Time*. London: Jonathan Cape, 2016.

—. "My hero: Dmitri Shostakovich." *The Guardian* 30 January 2016. 〈http://www.theguardian.com/books/2016/jan/30/my-hero-dmitri-shostakovich-by-julian-barnes〉

—"Julian Barnes on his new book, not platforming and more." BBC Newsnight 29 January 2016.

Baucom, Ian. *Out of Place: Englishness, Empire, and the Location of Identity*. Princeton: Princeton University Press, 1999.

Beasley, Chris. *Gender & Sexuality: Critical Theories, Critical Thinkers*. London, Thousand Oaks, New Delhi: Sage Publications, 2005.

Bell, William. "Not Altogether a Tomb: Julian Barnes: *Flaubert's Parrot*." *Imitating Art: Essays in Biography*. Ed. David Ellis. Boulder: Pluto, 1993. 149–159.

Bem, Sandra. "Probing the Promise of Androgyny." *Beyongd Sex-Role Stereotypes: Reading Toward a Psychology of Androgyny*. Ed. Alexandra G. Kaplan and Joan P. Bean. Boston: Little Brown, 1976.

Bentley, Nick. "Re-writing Englishness: imagining the nation in Julian Barnes's *England, England* and Zadie Smith's *White Teeth*." *Textual Practice* 21.3 (2007): 483–504.

—. *Contemporary English Fiction*. Edinburgh: Edinburgh University Press, 2008.

Bennett, Tony et all, eds. *New Keywords: A Revised Vocabulary of Culture and Society*, Malden, Oxford and Victoria: Blackwell publishing, 2005.

Berberich, Christine. "England? Whose England? (Re)constructing English identities in Julian Barnes and W. G. Sebald." *National Identities* 10.2 (2008): 167–184.

Berlatsky, Eric. "'Madame Bovary, C'est moi!': Julian Barnes's *Flaubert's Parrot* and Sexual 'Perversion'." *Twentieth-Century Literature* 55.2 (2009):175–208.

Boulding, David. "Lethal Enclosure: Masculinity under Fire in James Jones's *The Thin Line*." *Performing Masculinity*. Ed. Rainer Emig and Antony Rowland. Basingstoke: Plagrave Macmillan, 2010. 110–129.

Bradford, Richard. "Julian Barnes's *England, England* and Englishness." *Julian Barnes*. Ed. Sebastian Groes and Peter Childs. London, New York: Continuum International Publishing Group, 2011. 92–102.

—. *The Novel Now: Contemporary British Fiction*. Malden, Oxford and Victoria: Blackwell Publishing, 2007.

Bradley, Ian. *Believing in Britain*. London: I. B Tauris & Co Ltd., 2007.

Braga, Xesús. "Interview with Julian Barnes." *Conversation With Julian Barnes*. Ed. Vanessa Guignery and Ryan Roberts. University Press of Mississippi, 2006. 134–147.

Bristow, Joseph. *Sexuality*. London and New York: Routledge, 1997.

Buchbinder, David. *Performance Anxieties: Re-Producing Masculinity*. St. Leonards: Allen and Unwin, 1998.

Butler, Judith. *Gender Trouble: Feminism and the*

Subervervion of Identity. 2nd ed. New York and London: Routledge, 1999.

—. *Bodies That Matter*. London: Routledge, 1993.

Buxton, Jackie. "Julian Barnes's Theses on History (in 10 ½ Chapters)." *Contemporary Literature* 41.1 (2000): 56–86.

Caldas-Coulthar, Garmen Rosa and Rick Iedema, eds. *Identity Trouble*. Basingstoke: Palgrave Macmillan, 2008.

Calhoun, Craig. "Social Theory and the Politics of Identity." *Social Theory and the Politics of Identity*. Ed. Craig Calhoun. Oxford: Blackwell Publishing, 1994. 9–36.

Candel, Daniel. "Nature Feminised in Julian Barnes's *A History of the World in 10½ Chapters*." *Atlantis* XXI (1999): 27–41.

Castells, Manuel. *The Power of Identity*. 2nd ed. Malden, Oxford and Victoria: Blackwell Publishing, 2004.

Chaney, David. "The Mediated Monarch." *British Cultural Studies: Geography, nationality and Identity*. Ed. David Morley and Kevin Robin. Oxford: Oxford University Press, 2001. 207–219.

Corber, Robert J. *Homosexuality in Cold War America: Resistance and the Crisis of Masculinity*. Durham and London: Duke University Press, 1997.

Cohen-Hattab, Kobi and Jenny Kerber. "Literature, Cultural Identity and the Limits of Authenticity: A Composite Approach." *The International Journal of Tourism Research* 6.2 (2004): 57–73.

Colley, Linda. Britons: *Forging the Nation 1707 – 1837* (1992). New Haven and London: Yale University Press, 2009.

Connell, R. W. *Masculinities*. Berkeley and Los Angeles: University of California Press, 2005.

Cook, Bruce. "The World History and then Some in 10½ Chapters." *Los Angeles Daily News* 7 November 1989: L10.

Cox, Emma. " 'Abstain, and Hide Your Life': the Hidden Narrator of *Flaubert's Parrot*." *Critique* 46. 1 (2004): 53 – 62.

Cusack, Tricia. "Janus and Gender: Women and the Nation's Backward Look." *Nations and Nationalism* 6. 4 (2000): 541 – 561.

de Beauvoir, Simon. *The Second Sex* (*La Deuxième Sexe*). Trans. H. M. Parshley. London: Jonathn Cape, 1956.

Diawara, Manthia. "Englishness and Blackness: Cricket as Discourse on Colonialism." *Callaloo* 13. 4 (1990): 830 – 844.

D'cruz, Carolyn. *Identity Politics in Deconstruction: Calculation with the Incalculable*. Aldershot: Ashgate Publishing Limited, 2008.

Donskis, Leonidas. *Troubled Identity and The Modern World*. New York: Palgrave Macmillan, 2009.

Edensor, Tim. *National Identity, Popular Culture and Everyday Life*. Oxford and New York: Berg, 2002.

Dunn, Robert G. *Identity Crisis: A Social Critique of Postmodernity*. Minneapolis: University of Minnesota

Press, 1998.

Eagleton, Terry. "The Facts." *The Nation* 20 February 2006: 34-36.

Emig, Rainer and Antony Rowland. Introduction. Ed. Rainer Emig and Antony Rowland. *Performing Masculinity*. Basingstoke: Palgrave Macmillan, 2010. 1-12.

Fanon, Frantz. *Black Skin, White Masks*. Trans. Charles Lam Markmann. London: Pluto Press, 1986.

Featherstone, Simon. *Englishness: Twentieth-Century Popular Culture and the Forming of English Identity*. Edinburgh: Edinburgh University Press, 2009.

Filene, P. *Him/Her/Self: Gender Identities in Modern America*. Baltimore and London: Johns Hopkins University Press, 1998.

Finney, Brian. "A Worm's Eye View of History: Julian Barnes's *A History of the World in* 10½ *Chapters*." *Papers on Language and Literature* 39.1 (2003): 49-70.

Fraga, Xesús. "Interview with Julian Barnes." *Conversation with Julian Barnes*. Ed. Wanessa Guignery and Ryan Robers. Jackson: University Press of Mississippi, 2009. 135-147.

Freiburg, Rudolf. "Julian Barnes." Do You Think Yourself A Postmodern Author? Interviews with Contemporary English Writers. Ed. Rudolf Freiburg and Jan Schnitker. Munster: Lit Verlag, 1999. 41-66.

Gellner, Ernest. *Nations and Nationalism*. Oxford: Basil

Blackwell, 1983.

Giles, Judy and Tim Middleton. *Writing Englishness 1900 - 1950*. London and New York: Routledge, 1995.

Glover, David and Cora Kaplan. *Genders*. London and New York: Routledge, 2009.

Goode, Mike. "Knowing Seizures: Julian Barnes, Jean-Paul Sartre, and the Erotics of the Postmodern Condition." *Textual Practice* 19.1 (2005): 149 - 171.

Groes, Sebastian and Peter Childs. "Julian Barnes and the Wisdom of Uncertainty." *Julian Barnes*. Ed. Sebastian Groes and Peter Childs. London and New York: Continuum International Publishing Group, 2011. 1 - 10.

Guignery, Vanessa. *The Fiction of Julian Barnes*. Baskingstoke: Palgrave Macmillan, 2006.

—. " 'A preference for things Gallic': Julian Barnes and the French Connection." *Julian Barnes*. Ed. Sebastian Groes and Peter Childs. London and New York: Continuum International Publishing Group, 2011. 37 - 50.

Guppy, Shusha. "Julian Barne: The Art of Fiction CLXV." *The Paris Review* 157 (2000): 54 - 84.

Gupta, Suman. *Social Constructionist Identity Politics and Literary Studies*. New York: Palgrave Macmillan, 2007.

Hall, Stuart. "The West and the Rest: Discourse and Power." *Formations of Modernity*. Ed. Stuart Hall and Bram Gieben. Cambridge: Polity Press and The Open University, 1992. 275 - 318.

—. "Who Needs 'Identity'?" *Identity: A Reader*. Ed. Paul du Gay et al. Los Angels: Sage Publications Inc, 2000. 15 – 30.

Hateley, Erica. "*Flaubert's Parrot* as Modernist Quest." *QWERTY* 11 (October 2001): 177 – 181.

Haywood, Chris and Máirtín Mac an Ghaill. *Men and Masculinities: Theory, Research and Social Practice*. Buckingham and Philadelphia: Open University Press, 2003.

Head, Dominic. "Julian Barnes and a Case of English Identity". *British Fiction Today*. Ed. Philip Tew and Rod Mengham. London and New York: Continuum International Publishing Group, 2006. 15 – 27.

—. *The Cambridge Introduction to Modern British Fiction, 1950 –2000*. Cambridge: Cambridge University Press, 2002.

Heilbrun, Carolyn G. *Toward A Recognition of Androgyny*. New York: Norton, 1973.

Henstra, Sarah. "The McReal Thing: Personal/national identity in Julian Barnes's *England, England*." *British Fiction of the 1990s*. Ed. Nick Bentley. London and New York: Routledge, 2005. 95 – 107.

Hickman, Mary. J. et al. "The Limitations of Whiteness and the Boundaries of Englishness." *Ethnicities* 5. 2 (2005): 160 – 181.

Hobsbawm, E. J. *Nations and Nationalism Since 1780: Programme, Myth, Reality*. 2nd ed. Cambridge: Cambridge University Press, 1990.

—. Introduction: Inventing Traditions. *The Invention of Tradition*. Ed. Eric Hobsbawm and Terence Ranger. Cambridge: Cambridge University Press, 1983. 1–14.

Hogan, Jackie. *Gender, Race and National Identity: Nations of Flesh and Blood*. New York and Landon: Routledge, 2009.

Holland, Dorothy et al. *Identity and Agency in Cultural Worlds*. Cambridge, Massachusetts: Harvard University Press, 1998.

Holmes, Frederick M. *Julian Barnes*. Basingstoke: Palgrave Macmillan, 2009.

Howkins, Alun. *Rurality and English Identity*. *British Cultural Studies: Geography, Nationality and Identity*. Ed. David Morley and Kevin Robins. Oxford: Oxford University Press, 2001. 473–493.

Hutcheon, Linda. *The Politics of Postmodernism*. London and New York: Routledge, 1989.

Jagger, Gill. *Judith Butler: Sexual Politics, Social Change and the Power of the Performative*. London and New York: Routledge, 2008.

Jeffris, Stuart. "It's for Self-Protection." *Conversation With Julian Barnes*. Ed. Vanessa Guignery and Ryan Roberts. Jackson: University Press of Mississippi, 2006. 129–133.

Jenkins, Richard. *Social Identity*. London and New York: Routledge, 2004.

Kearney, Hugh. "Myths of Englishness." *History Workshop Journal* 56(2003): 252–257.

Kidd, Warren and Alison Teagle. *Culture and Identity*. 2nd ed. London: Palgrave Macmillan, 2012.

Kerkering, John D. *The Poetics of National and Racial Identities in Nineteenth-Century American Literature*. New York: Cambridge University Press, 2003.

Kotte, Claudia. "Random Pattern? Orderly Disorder in Julian Barnes's *A History of the World in* 10 *and* 1/2 *Chapters*." *Arbeiten aus Anglistik und Amerikanistik* 22 (1997): 107-128.

Koval, Romona. "Big Ideas—Program 5—'Julian Barnes'." *Conversation With Julian Barnes*. Ed. Vanessa Guignery and Ryan Roberts. Jackson: University Press of Mississippi, 2006. 118-128.

Krateva, Anna. "The Concept of Identities." *Cultural Identity, Pluralism and Globalization*. Ed. John P. Hogan. Washinton DC: The Council for Research in Values and Philosophy, 2005. 129-145.

Kumar, Krishan. "'Englishness' and English National Identity." *British Cultural Studies: Geography, Nationality and Identity*. Ed. David Morley and Kevin Robins. Oxford: Oxford University Press, 2001. 41-55.

—. *The Making of English National Identity*. Cambridge: Cambridge University Press, 2003.

Lahiri, S. "South Asian in Post-imperial Britain: Decolonization and Imperial Legacy." *British Culture and the End of Empire*. Ed. Stuart Ward. New York: Manchester University Press, 2001. 200-216.

Langford, Paul. *Englishness Identified: Manners and Character 1650 – 1850*. Oxford: Oxford University Press, 2003.

Lawler, Steph. *Identity: Sociological Perspectives*. 2nd ed. Cambridge: Polity Press, 2014.

Lawson, Mark. "A Short History of Julian Barnes." *Independent Magazine* 13 July 1991: 34 – 36.

Lewis, Georgie. "Julian and *Arthur and George*." Powells. Com, February 13, 2006.

Loxeley, James. *Performativity*. London and New York: Routledge, 2007.

McGrath, Patrick and Julian Barnes. "Julian Barnes." *BOMB* 21(1987): 20 – 23.

Marr, David G. "Imagined Communities: Reflections on the Origin and Spread of Nationalism." Rev. of *Imagined Communities: Reflection on the Origin and Spread of Nationalism*. *Journal of Asian Studies* Vol. XLV, No. 4 (1986): 807 – 808.

Martin, Raymond and John Barresi. *The Rise and Fall of Soul and Self: And Intellectual History of Personal Identity*. New York: Columbia University Press, 2006.

Mercer, K. "Welcome to the Jungle: Identity and Diversity in Postmodern Politics." *Identity: Community, Culture, Difference*. Ed. J. Jutherford. London: Lawrence and Wishart, 1990. 43 – 71.

Millington, Mark I. and Alison S. Sinclair. "The Honourable Cuckold: Models of Masculine Defence." *Comparative Literature Studies* 29.1 (1992): 1 – 19.

Millett, Kate. *Sexual Politics* (1969). Urbana and Chicago: University of Illinois Press, 2000.

Miracky, James J. "Replicating a Dinosaur: Authenticity Run Amok in the 'Theme Parking of Michael Crichton's *Jurassic Park* and Julian Barnes's *England, England*." *Critique* 45.2 (2004): 163-171.

Moran, Marie. *Identity and Capitalism*. Los Angels, London, New Deli Singapore and Washington DC: Sage, 2015.

Moseley, Merritt. *Understanding Julian Barnes*. South Carolina: University of South Carolina Press, 1997.

—. "Crossing the Channel: Europe and the Three Uses of France in Julian Barnes's *Talking It Over*." *Julian Barnes*. Ed. Sebastian Groes and Peter Childs. London and New York: Continuum International Publishing Group, 2011. 69-80.

Mosse, George L. *The Image of Man: the Creation of Modern Masculinity*. Oxford: Oxford University Press, 1996.

Mullan, John. "Article History." *The Guardian* 24 September 2005.

Neumann, Iver B. *Uses of the Other: "The East" in European Identity Formation*. Minneapolis: University of Minnesota Press, 1999.

Nicholson, Linda. *Identity Before Identity Politics*. Cambridge: Cambridge University Press, 2008.

Nünning, Vera. "The Importance of Being English: European Perspectives on Englishness." *European*

Journal of English Studies 8.2 (2004): 145-158.

Orwell, George. *The Lion and the Unicorn: Socialism and the English Genius*. London: Secker and Warburg, 1962.

Oxford English Dictionary (Vol. VII)(2nd edition). Prepared by J. A. Simpson and E. S. C. Weiner. Oxford: Oxford University Press, 1989.

Parekh, Bhiku. "Defining British National Identity." The Political Quarterly Publishing Co. Ltd, 2000: 4-14.

Pavlenko, Aneta and Bonny Norton. "Imagined Communities, Identity, and English Language Learning." *International Handbook of English Language Teaching*. Ed. Jim Cummins and Chris Davison. Springer, 2007. 669-680.

Pool, Rose. *Nation and Identity*. New York and London: Routledge, 1999.

Pristash, Christine D. "Englishness: Traditional and Alternative Conceptions of English National Identity in Novels by Julian Barnes, Angela Carter, John Fowles, and Jeanette Winterson." Diss. Indiana University of Pennsylvania, 2011.

Procter, James. *Stuart Hall*. New York and London: Routledge, 2004.

Robins, Kevin. "Endnote to London: The City beyond the Nation." *British Cultural Studies: Geography, Nationality and Identity*. Ed. David Morley and Kevin Robins. Oxford: Oxford University Press, 2001. 473-493.

Rubin, Gayle. "The Traffic in Women: Notes on the 'Political

Economy' of Sex." *Toward an Anthropology of Women*. Ed. Rayna R. Reiter. New York: Monthly Review Press, 1975. 157 – 210.

Rowley, Sue. "Imaginaton, Madness and Nation in Australian Bush Mythology." Ed. Kate Darian-Smith et al. *Text, Theory, Space: Land, Literature and History in South Africa and Australia*. London and New York: Routledge, 1996. 131 – 144.

Rubinson, Gregory J. "History's Genres: Julian Barnes's *A History of the World in 10 ½ Chapters*." *Modern Language Studies* 30. 2 (2000): 159 – 179.

Salih, Sara. *Judith Butler*. London and New York: Routledge, 2002.

Schiff, James. "Conversation with Julian Barnes." *The Missouri Review* 30. 3 (2007): 60 – 80.

Seidler, V. J. *Embodying Identities: Culture, Differences and Social Theory*. Bristol: The Policy Press, 2010.

Scott, James B. "Parrot as Paradigm: Infinite Deferral of Meaning in '*Flaubert's Parrot*'." *A Review of International English literature* 21. 3 (1990): 57 – 68.

Simon, Bernd. *Identity in Modern Society: A Social Psychological Perspective*. Oxford: Blackwell Publishing, 2004.

Smith, Anthony D. *National Identity*. London: Penguin Books, 1991.

Stoller, Robert J. *Sex and Gender: On the Development of Masculinity and Femininity*. London: Hogarth Press, 1968.

Stone, James W. "Indian and Amazon: The Oriental Feminine in *A Midsummer Night's Dream*". *The English Renaissance, Orientalism, and the Idea of Asia*. Ed. Debra Johanyak and Walter S. H. Lim. New York: Palgrave Macmillan, 2010. 97-114.

Storey, John. "Becoming British." *The Cambridge Companion to Modern British Culture*. Ed. Micheal Higgins et al. Cambrige: Cambridge University Press, 2010. 12-25.

Taunton, Matthew. "The Flaneur and the Freeholder: Paris and London in Julian Barnes's *Metroland*." *Julian Barnes*. Ed. Sebastian Groes and Peter Childs. London and New York: Continuum International Publishing Group, 2011. 11-23.

Taylor, Peter J. "Which Britain? Which England? Which North?" *British Cultural Studies: Geography, Nationality and Identity*. Ed. David Morley and Kevin Robins. Oxford: Oxford University Press, 2001. 127-144.

Tosh, John. *Manliness and Masculinities in Nineteenth-Century Britain: Essays on Gender, Family and Empire*. Harlow: Pearson Education Ltd., 2005.

Ward, Paul. *Britishness Since 1870*. Landon and New York: Routledge, 2004.

—*Englishness, Patriotism and the British Left, 1881-1924*. Woodbridge: Boydell & Brewer Ltd, 1998.

Westcott, Robyn. "The Uses of (An) Other History: a Digression from Lida Colley's *Britishness and*

Otherness: an Argument." *Humanities Research* Vol. XIII, No.1 (2006): 5-15.

Willson, Keith. "'Why Aren't the Books Enough?' Authorial Pursuit in Julian Barnes's *Flaubert's Parrot* and *A History of the World in 10½ Chapters*." *Critique* 47.4 (2006): 362-373.

Wolfe, Peter. "Review". Rev. of *Arthur & George* by Julian Barnes. *Prairies Schooner* 82.3 (2008): 187-188.

Winder, Rober. "Bumps in the Night." Rev. of *Arthur & George*. By Julian Barnes. *Newstatesman* 11 July 2005: 49-50.

Wood, Michael. *In Search of England: Journeys into the English Past*. London: Viking, 1999.

Woodward, Kath. *Understanding Identity*. London: Arnold, 2002.

中文文献：

爱德华·W·萨义德:《东方学》,王宇根译,北京:生活·读书·新知三联书店,2000。

卡尔·马克思:《关于费尔巴哈的提纲》,《马克思恩格斯选集》(第一卷),中国中央马克思恩格斯列宁斯大林著作编译局编,武汉:人民出版社,1976,第16—19页。

——:《路易·波拿巴的雾月十八日》,《马克思恩格斯选集》(第一卷),中共中央马克思恩格斯列宁斯大林著作编译局编,武汉:人民出版社,1976,603—703。

——、恩格斯:《德意志意识形态》(节选本),中共中央马克思恩格斯列宁斯大林著作编译局编,北京:人民出版社,2003.

白雪花,杨金才:《论巴恩斯〈生命的层级〉中爱之本质》,《湖南科技大学学报》2015年第5期,第40—44页。

本尼迪克·安德森:《想象的共同体:民族主义的起源与散布》,吴叡人译,上海:上海人民出版社,2003。

彼得·布鲁克:《文化理论词汇》,王志弘、李根芳译,台北:巨流图书有限公司,2004。

波林·罗斯诺:《后现代主义与社会科学》,张国清译,上海:上海译文出版社,1998。

查尔斯·泰勒:《自我的根源:现代认同的形成》,韩震等译,南京:译林出版社,2001。

温迪·J. 达比:《风景与认同:英国民族与阶级地理》,张箭飞、赵红英译,南京:译林出版社,2011。

达尼埃尔-亨利·巴柔:《形象》,《比较文学形象学》,孟华主编,北京:北京大学出版社,2001,第153—184页。

方刚:《当代西方男性气质理论概述》,《国外社会科学》2006年第4期,第67—72页。

弗兰克·莫特:《20世纪后期英国男性气质和社会空间》,余宁平译,南京:南京大学出版社,2001。

黑格尔:《精神现象学》,贺麟、王玖兴译,北京:商务印书馆,1979。

何成洲:《巴特勒与表演性理论》,《外国文学评论》,2010年第3期,第132—143页。

杰里米·帕克斯曼:《英国人》,严维明译,上海:上海译文出版社,2002。

廖炳惠:《关键词200:文学与批评研究的通用词汇编》,南京:江苏教育出版社,2006.

李景端:《仿佛小说的"另类"人物传记》,《光明日报》,2005年12月12日第006版。

李银河:《关于本质主义》,《读书》1995年第8期,第87—89页。

——:《酷儿理论面面观》,《国外社会科学》2002年第2期,第23—29页。

李作霖:《身份认同与文学批评》,《中国文学研究》2012年第2期,第124—128页。

刘慧姝:《性别与欲望的后现代叙事——波利·扬—艾森卓性别理论研究》,《外国文学评论》2004年第3期,第10—17页。

刘岩:《男性气质》,《外国文学》2014年第4期,第106—115页。

罗小云:《震荡余波——巴恩斯小说〈十卷半世界历史〉中的权力话语》,《外语研究》2007年第3期,第98—102页。

罗媛:《追寻真实——解读朱利安·巴恩斯的〈福楼拜的鹦鹉〉》,《当代外国文学》2006年第2期,第105—121页。

——《历史反思与身份追寻——论〈英格兰,英格兰〉的主题意蕴》,《当代外国文学》2010年第1期,第105—114页。

马丁·布尔默和约翰·所罗莫斯:《对族群与种族研究的反思》,梁茂春译,《民族社会学研究通讯》2003年第33期,第1—12页。

芈岚:《性别表演视域下的男性气质建构——海因莱因〈星舰战将〉中男性主体的身份解析》,《陕西师范大学学报(哲学社会科学版)》,2015年第5期第138—146页。

——:《被询唤的主体——'顺应型'男性主体的身份建构》,《当代外国文学》2016年第1期,第143—150页。

米歇尔·福柯:《性经验史》,佘碧平译,上海:上海人民出版社,2005。

齐亚乌丁·萨达尔:《东方主义》,马雪峰、苏敏译,长春:吉林人民出版社,2005。

邱枫:《男性气质与性政治——解读伊恩·麦克尤恩的〈家庭制造〉》,《外国文学》2007年第1期,第15—20页。

瞿世镜:《当代英国中青年小说家》,《现代主义之后:写实与实验》,陆建德主编,北京:中国社会科学出版社,1997,第405—429页。

阮炜:《巴恩斯和他的〈福楼拜的鹦鹉〉》,《外国文学评论》1997年第2期,第51—58页。

申富英:《女性主义批评≠性别批评》,《解放军外国语学院学报》2004年第3期,第76—80页。

施海淑:《巴特勒操演理论研究》,山西师范大学博士论文,2013。

斯图亚特·霍尔:《导言:是谁需要的"身份"》,《文化身份问题研究》,斯图亚特·霍尔、保罗·杜盖伊编著,庞璃译,河南大学出版社,2010,第1—21页。

陶家俊:《身份认同》,《西方文论关键词》,赵一凡等主编,北京:外语教学与研究出版社,2006,第465—474页。

陶丽·莫伊:《性与文本的政治》,林建法等译,时代文艺出版社,1992。

王立新:《在龙的映衬下:对中国的想象与美国国家身份的建构》,《中国社会科学》2008年第3期,第156—173页。

王守仁,宋艳芳:《戴维·洛奇的"问题小说"观》,《外语研究》2011期第1期,第94—98页。

王一平:《〈英格兰,英格兰〉的另类主题:论怀特岛"英格兰"的民族国家建构》,《外国文学评论》2014年第2期,第78—89页。

——:《朱利安·巴恩斯小说与新历史主义——兼论曼布克奖获奖小说〈终结的感觉〉》,《外语与外语教学》2015年第1期,第92—96页。

——《朱利安·巴恩斯小说的当代'英国性'建构与书写模式》,《外国文学》2015年第1期,第74—80页。

吴叡人:"认同的重量:'想象的共同体'导读",《想象的共同体:民族主义的起源与散布》,本尼迪克·安德森著,吴叡人译,上海:上海人民出版社,2003,第1—19页。

西蒙娜·德·波伏娃:《第二性》,陶铁柱译,北京:中国书籍出版社,1998。

阎嘉:《文化研究中的文化身份与文化认同问题》,《江西社会科学》2006年第9期,第62—66页。

杨金才:《美国文艺复兴经典作家的政治文化阐释》,上海外语教育出版社,2009。

——《英美旅行文学与东方主义》,《外语与外语教学》2011年第1期,第79—83页。

——《当代英国小说的核心主题与研究视角》,《外国文学》2009年第6期,第55—61页。

——《当代英国小说研究的若干命题》,《当代外国文学》2008年第3期,第64—73页。

——《爱默生与东方主义》,《南京社会科学》2005年第10页,第65—72页。

——、王育平:《诘问历史,探寻真实——从〈10½章人的历史〉看后现代小说中真实性的隐遁》,《深圳大学学报》2006年第1期,第91—96页。

杨俊蕾:《从权利、性别到整体的人——20世纪欧美女权主义文论概要》,《外国文学》2002年第9期,第44—51页。

张和龙:《鹦鹉、梅杜萨之筏与画像师的画——朱利安·巴恩斯的后现代小说》,《外国文学》2009年第4期,第3—10页。

张剑:《他者》,《外国文学》2011年第1期,第118—127页。

张连桥:《"恍然大悟":论小说〈终结的感觉〉中的伦理反思》,《当代外国文学》2015年第3期,第70—76页。

张莉:《哀悼的意义——评巴恩斯新作〈生命的层级〉》,《当代外国文学》2014年第1期,第73—79页。

张淑华等:《身份认同研究综述》,《心理研究》2012年第1期,第21—27页。

朱刚:《性别研究》,《西方文论关键词》,赵一凡等主编,北京:外语教学与研究出版社,2006,第708—719页。

朱利安·巴恩斯:《10½章世界历史》,林本椿、宋东升译,北京:译林出版社,2005。

——《亚瑟与乔治》,蒯乐昊、张雷芳译,北京:人民文学出版社,2005。

——《福楼拜的鹦鹉》,石雅芳译,南京:译林出版社,2010。

后记(一)

伴着古韵进入,又将带着仙气离开!从鼓楼到仙林,来去已七载。南大校园变大了,天变阔了,但不变的是"诚朴雄伟,励学敦行"。有的学校校训只是口号,而南大的校训化作学习和生活,在南大总有存在感!如今论文写就,七年追梦,终于圆满。回首漫漫长路,没有良师益友和亲人的帮助,马拉松怎能跑到终点?我要向他们鞠躬致谢,终生铭记他们的关心、支持和帮助!

首先要感谢我的导师杨金才教授。杨老师师德高尚,为人谦和,善良无私,能成为杨老师的学生是我一生最大的福分!杨老师治学严谨,诲人不倦,在专业学习和科学研究等方面给予我最耐心的指导和最无私的帮助,我在南大所取得的每一点进步和成绩均离不开杨老师的言传身教。杨老师也非常关心我的生活和健康,每次见面总会提醒我要注意锻炼身体。今年一月我患了急性脉管炎,怕杨老师担心,没敢告诉他,后来,杨老师从其他同学那里得知情况后,专门问起此事,并反复叮嘱我要多走动,不要老坐在宿舍里。杨老师对我付出太多!三年前我返回工作单位,论文一度进展缓慢,杨老师很重视,多次主动与我联系,见效果不明显,2014年利用昆明出差之机,专门召见我,敦促我抓紧写作,鼓励我坚持学业。如果没有那次见面,我会一天天懈怠下去,最终放弃,是杨老师挽救了我的学业。本论文从开题到撰写得到杨老师的悉心指导,无论论文宏观结构,还是细节都经杨老师多次修改,最终成型。预答辩之后,杨老师非常严肃地要求我认真修改,并且多次督促和检查论文的修改进程,对修改不到位的地方进行耐心的指教。论文盲审结果出来后,杨老师亲自阅读了评阅意见,要求我严肃对待,严格按照意见进行修改。正式答辩结束后,杨老师不仅郑重地告诫我要针对答辩委员会提出的问题对论文进行最后的修改和完善,并且提出了具体的修改意见和建议。杨老师在百忙之中还要抽出宝贵时间为我的学业和论文操心费神,我深感内疚和歉意,但更有说不尽的感谢。感谢杨老师全力帮助我在学业和事业等各方面更上一层楼,为我的人生开启了又一段新的历程,他做人、做事、做学问的精益求精和高标准、严要求也将成为我衡量自身的标杆。特别感谢杨老师!

感谢南京大学外国语学院的各位老师。他们学术优秀,教学严谨。在求学期间,我得到了严格的学术训练和良好的教育,终身受益。特别感谢刘海平教授,他在"美国文学史"课堂上精彩的点评和独特的视角,让我受益匪浅,这对论文写作中处理具体问题有很大帮助。特别感谢王守仁教授,他主持的"英国文学史"和"论文写作与研讨"课程在学术视野、研究方法等方面不仅对我的论文写作有很大影响,也对我反思英国文学有重要的借鉴意义。特别感谢朱刚教授,他在"二十世纪西方文论"课堂上对文学批评理论的精辟分析和点评,对我论文写作和理论意识的养成影响深远。此外,还要感谢程爱民教授、江宁康教授、何成洲教授。他们在开题报告会上的意见对论文颇具建设意义。

感谢姚君伟教授、李建波教授、方杰教授、王守仁教授、程爱民教授、朱刚教授、何成洲教授和陈兵教授在答辩和预答辩中为论文修改提出了宝贵的意见和建议。

感谢陈爱华老师。陈老师非常关心我的学业和论文进展。去年陈老师听我讲起论文情况，她非常着急，特别告诫我如果不抓紧，学业有荒废的危险。陈老师向来做事认真严谨，业务特强，从她严肃的语气里，我猛然意识到问题的严重性，开始端正做论文的态度，并决定重回南大专心写作。时至论文完成，我才认识到论文之耗时和艰辛，意识到我之前的认识观念有多危险，也真正明白了陈老师善意的忠告之中包含了多少先见之明和关爱。特别感谢陈老师！

感谢我的硕士生导师刘守兰教授。是她带我走进英美文学的大门，并在事业和学业上给了我莫大的支持和帮助。正是在她的鼓励下，我才有了考博的勇气。论文写作期间，刘老师多次询问进展情况，希望我能早日完成。刘老师的关爱是我坚持写作论文的重要动力。

感谢南京大学2009级的博士同学们。我非常想念这个友爱温暖的集体，他们每个人都令我难忘，让我心存感激。特别感谢陆赟同学为我提供了许多重要电子参考资料；特别感谢任育新博士和周怡博士在国外研修期间为我收集研究资料；特别感谢浦立昕博士为论文提出的修改意见和建议。他们无私慷慨的帮助是论文写作的重要支持。还要感谢浦立昕博士、任育新博士、庞加光博士、陶竹同学，与他们相识是南大学习期间快乐而珍贵的记忆，在每天饭后散步的交谈中和日常的生活和学习中，我从他们那里得到不少启示和感悟。感谢赵宏维博士、方宸博士、顾悦博士与我交流写作经验，鼓励我写作。还要感谢那些默默支持我的同学们，他们是高巍博士、施清靖博士、项歆妮博士、徐海香同学和杨元同学。

感谢答辩秘书刘智欢师妹,她认真细致的工作态度是预答辩和答辩顺利进行的有力保障。

感谢朋友李博为论文提供的支持和帮助。

感谢我的工作单位云南师范大学的各级领导和同事的支持,没有他们的关心,论文不可能顺利完成。

最后,我要感谢我的父母和兄弟姊妹。感谢我的父母李文昌先生和邱桃兰女士,他们不仅生育了我,更为我提供了最好的教育和成长环境,给我最无私的爱,鼓励我在学业和事业上不断前行,是我写作和完成论文最为强大而坚实的精神支柱。感谢妹妹李邱麟从国外及时寄来巴恩斯的最新著作《论艺术》(2015)和《时代的噪音》(2016),为论文写作提供了最新的文本支撑。感谢姐姐李亚菲和哥哥李懿以及外甥女何婧和侄子李熙隆对论文的支持和帮助。感谢弟弟李卫东的心灵相伴,他的突然病逝是我攻读博士期间最大的伤痛,希望论文的完成能告慰他的在天之灵。于我而言,亲人就是动力,没有他们的关爱和支持,我的论文写作难以维系,也不可能完成。

再次向所有关心、帮助和支持我的老师、同学和亲人致以最诚挚、最衷心的感谢!

于南大仙林校区 8 舍 511 - 3 室
2016 年 8 月 26 日

后记(二)

有书面世，不亦乐乎！小说家的处女作多有自传的成分。虽然不是作家，但这第一本专著，也如我的人生，有开始，有展开，有艰难，有延迟，有等待，更有百感交集，春暖花开；出版也非意味圆满，尽管几经修改以求完美，却也难免瑕疵，宛如我尽力写就的人生，虽有精彩，但也不无遗憾和曲折；出版即新的旅程与生命，恰似我离别故土，千里之外，开启新的人生。感慨之余，又有许多期待。希望拙著能经得起时间的考验、世人的审视。

本书的出版得益于多方的支持和帮助。感谢导师杨金才教授对书稿的修改意见和出版推荐，感谢他百忙之中为书作序，并把它列入"文本阐释与理论观照：20世纪70年代以来外国文学专题研究系列丛书"。感谢工作单位河北师范大学对出版的支持和资助，尤其感谢河北师范大学外国语学院领导的诚挚关爱和鼎力支持。感谢家人的陪伴和鼓励。南京大学出版社是本书的不二选择，南大三年的学习让我终身受益，能在南大出版社出版第一部学术著作也是我多年的心愿和向往。感谢南京大学出版社施敏主任和刘慧宁编辑为本书顺利出版所付出的辛勤工作。

是为记。

李颖
2020年10月23日于石家庄

图书在版编目(CIP)数据

论朱利安·巴恩斯小说的身份主题 / 李颖著. — 南京：南京大学出版社，2020.9
（文本阐释与理论观照：20 世纪 70 年代以来外国文学专题研究系列丛书 / 杨金才主编）
ISBN 978-7-305-23774-4

Ⅰ. ①论… Ⅱ. ①李… Ⅲ. ①朱利安·巴恩斯—小说研究 Ⅳ. ①I561.074

中国版本图书馆 CIP 数据核字(2020)第 168119 号

出版发行	南京大学出版社
社　　址	南京市汉口路 22 号　　邮　编　210093
出 版 人	金鑫荣
丛 书 名	文本阐释与理论观照：20 世纪 70 年代以来外国文学专题研究系列丛书
丛书主编	杨金才
书　　名	论朱利安·巴恩斯小说的身份主题
著　　者	李　颖
责任编辑	郭艳娟　　　　　　编辑热线　025-83592148
照　　排	南京南琳图文制作有限公司
印　　刷	江苏扬中印刷有限公司
开　　本	880×1230　1/32　印张 8.75　字数 219 千
版　　次	2020 年 9 月第 1 版　2020 年 9 月第 1 次印刷
ISBN	978-7-305-23774-4
定　　价	30.00 元

网址：http://www.njupco.com
官方微博：http://weibo.com/njupco
官方微信号：njupress
销售咨询热线：(025) 83594756

* 版权所有，侵权必究
* 凡购买南大版图书，如有印装质量问题，请与所购图书销售部门联系调换